Sarah Orne Jewett
Das Land der spitzen Tannen

manesse im dtv

Sarah Orne Jewett

Das Land der spitzen Tannen

Übersetzung aus dem Amerikanischen
und Nachwort von Elisabeth Schnack
Mit Zeichnungen von
Hanny Fries

Deutscher Taschenbuch Verlag
Manesse Verlag

Titel der Originalausgabe:
‹The Country of the Pointed Firs›, 1896

November 1993
Deutscher Taschenbuch Verlag GmbH & Co. KG,
München

Gestaltungskonzept: Max Bartholl
Umschlagbild: ‹Die Morgenglocke›, um 1873
von Winslow Homer (1836–1910)
Gesamtherstellung: C. H. Beck'sche Buchdruckerei,
Nördlingen
Printed in Germany · ISBN 3-423-24026-1

Inhalt

DIE RÜCKKEHR

Der kleine Küstenort Dunnet hatte etwas Besonderes an sich, das ihn anziehender erscheinen ließ als andere Fischerdörfchen in Ost-Maine. Vielleicht war es einfach das Vertrautsein mit der Gegend, dass man sich so zu ihr hingezogen fühlte und so viel Reizvolles an der felsigen Küste sah und an den dunklen Wäldern und den paar Häusern, die zwischen den Klippen bei der Schiffslände sicher verkeilt und wie mit Bäumen festgenagelt schienen. Die Häuser hatten ihre

Lage mit dem Seeblick aufs beste ausgenützt, und ihre kleinen Stückchen Gartenland waren erfüllt von Heiterkeit und tapferer Blühfreude. Die schmalen Scheiben der oberen Fenster im steilen Giebeldreieck glichen wissenden Augen, die den Hafen und weit draußen die Kimmung des Meeres beobachteten, oder sie blickten gen Norden, die ganze Küste entlang und auf den Hintergrund aus Tannen und Balsamfichten. Wenn man einen solchen Ort und seine Umgebung wirklich kennt, dann ist es, als habe man einen Menschen kennengelernt. In einem solchen Falle spielt sich die ‹Liebe auf den ersten Blick› ebenso endgültig wie rasch ab, doch das Reifen treuer Freundschaft mag ein Leben lang währen.

Die in diesen Erdenwinkel Verliebte kehrte nach einem ersten kurzen Besuch vor zwei oder drei Sommern im Anschluß an eine Segelbootfahrt hierher zurück und fand die Küste mit den spitzen Tannen unverändert, fand die gleiche Besonderheit des Ortes mitsamt seinen altväterischen strengen Bräuchen, fand all die Weltabgeschiedenheit und kindliche Überzeugung, Mittelpunkt der Zivilisation zu sein – genau wie es ihre zärtlichen Träume ihr verheißen hatten.

Eines Abends im Juni stieg sie als einziger Fahrgast an der Dampferanlegestelle Dunnet Landing aus. Es war um die Flutzeit; eine stattliche Zuschauerschar hatte sich eingestellt, und die jugendlichere Hälfte der Versammelten zog voll unterdrückter Erregung hinter ihr drein, als sie die schmale Straße des kleinen Dörfchens mit seiner salzigen Luft und den weißgestrichenen Holzhäusern hinaufging.

Später entdeckte sie, daß die von ihr gewählte Sommerwohnung nur einen einzigen Nachteil hatte: sie war alles andere als eine einsame Klause. Zuerst war ihr Mrs. Almira Todds winziges Haus, das der Straße den Rücken kehrte, hinreichend abgelegen vorgekommen und gegen die geschäftige Welt durch ein buschiges Grüngärtchen abgeschirmt, in dem alle blühenden Dinge, zwei oder drei fröhliche Malven und ein Saum von Porzellanblümchen, wie gegen die graugeschindelte Mauer zurückgedrängt schienen. Einem Fremden mochte er Rätsel aufgeben, der seltsame kleine Garten, in dem die wenigen Blumen vor so viel Grünzeug ins Hintertreffen gerieten. Doch hätte man bald entdeckt, daß Mrs. Todd eine glühende Verehrerin von Kräutern war, von wilden und von Gartenkräutern, und wenn die Seewinde durchs niedrige Rückfenster des Hauses bliesen, waren sie nicht nur mit Heckenrosen- und Nelkenduft beladen, sondern auch mit dem würzigen Geruch von Zitronenmelisse und Salbei, von Boretsch und Minze, von Beifuß und Wermut. Wenn

Mrs. Todd in die entlegenere Ecke ihres Kräutergartens ging, dann trat sie kräftigen Fußes auf Kissen von Thymian, dessen starkes Aroma sich nebst allen übrigen bis ins Haus hinein kundtat. Da sie eine recht umfangreiche Frau war, fegten ihre weiten Röcke über fast jeden schlanken Stengel, der ihrem Fuß entkommen war, und duckten ihn nieder. Immer wußte man es, wenn sie draußen umherging, sogar, wenn man frühmorgens erst halbwach im Bette lag. Im Laufe von ein paar Wochen hatte man schon so viel Erfahrungen gesammelt, daß man genau sagen konnte, in welcher Ecke ihres Gartens sie sich gerade befand.

Auf der einen Seite des Kräutergartens gedieh der Bestand einer ländlichen Arzeneikunde: große Schätze und Seltenheiten unter den gewöhnlicheren Kräutern. Düfte stiegen dort auf, fremd und stechend, und weckten dunkle Gefühle und Erinnerungen an Längstvergessenes aus alten Zeiten. Einige dieser Kräuter mochten einst zu frommen und mystischen Riten gehört haben, und ein geheimes Wissen war vielleicht mit ihnen von Jahrhundert zu Jahrhundert weitergereicht worden. Doch jetzt dienten sie nur zu bescheidenen Tisanen, die von Zeit zu Zeit mit Kandiszucker und Essig oder Sprit in einem kleinen Kessel auf Mrs. Todds Küchenherd gebraut wurden. Sie wurden an kränkelnde Nachbarn ausgegeben, die meistens in der Nacht und wie verstohlen kamen und ihre altertümlich aussehenden Phiolen mitbrachten, die sie sich füllen ließen. Ein Arkanum wurde ‹indische Medizin› genannt, und der Preis betrug fünfzehn Cents; die getuschelte Gebrauchsanweisung konnte man hören, wenn die Kunden unterhalb der Fenster vorbeigingen. Bei den meisten Heilmitteln durfte der Käufer unverwarnt aus ihrer Küche scheiden, da Mrs. Todd mit ihren Schritten sparsam verfuhr; doch bei gewissen Fläschchen erteilte sie, in der Haustür stehend, Warnungen, und andere Arzneitränke gab es, denen sie bis zum Gartentor das Geleit auf ihrem Heilweg geben mußte, wobei sie die Anweisung raunend und in langen Kapiteln vortrug und bis zuletzt eine geheimnisvolle und bedeutende Miene aufsetzte. Vielleicht waren es nicht nur die gewöhnlichen Leiden der Menschheit, die sie zu lindern versuchte; manchmal schien es, als ob sich auch für Liebe und Haß und Eifersucht und widrige Winde auf hoher See die geeigneten Mittel unter den merkwürdigen, wild aussehenden Pflanzen in Mrs. Todds Garten finden ließen.

Der Doktor des Dörfchens und die weise Kräuterfrau standen auf bestem Fuß miteinander. Der gute Mann mag vielleicht mit der ungünstigen Wirkung gewisser Heiltränke gerechnet haben, denen entgegenzuarbeiten er bald Gelegenheit zu finden hoffte. Jedenfalls blieb er dann und wann am Gartenzaun stehen und wechselte mit Mrs. Todd freundliche Worte. Das Gespräch wurde nach der kürzesten Einleitung sofort beruflich, und meistens stand er da, zwirbelte einen süß duftenden Zweig in den Fingern und machte versteckte Späße, etwa über ihren Glauben an eine allzu beharrliche Anwendung des Beinheil-Elixiers, auf das meine Hauswirtin so große Stücke hielt, daß sie zuweilen Leben und Beweglichkeit ihrer trefflichen Nachbarn gefährdete.

Ende Juni in diesem stillsten aller Dörfchen am Meer einzutreffen, wenn die emsige Zeit des Kräutersammelns gerade erst begann, bedeutete aber auch, zum Beginn einer andern Beschäftigung Mrs. Todds einzutreffen: wenn sie nämlich ihr altmodisches Tannenbier braute. In der Herstellung dieses kühlen und erfrischenden Getränks hatte sie es nach einer langen Reihe von Versuchen zu einer wunderbaren Vollkommenheit gebracht, so daß es sich eines allgemeinen lokalen Ruhms erfreute. Deshalb gingen die nötigen Zutaten dauernd auf die Neige und mußten wieder ergänzt werden.

Aus den verschiedensten Gründen erwiesen sich daher Einsamkeit und ungestörte Tage, auf die man sich gefreut hatte, in diesem sonst so reizenden Erdenwinkel als äußerst selten. Meine Hauswirtin und ich trafen folgende schlau ausgetüftelte geschäftliche Vereinbarung: mittags gab es einfach etwas Kaltes, abends dagegen eine freigebige Versorgung mit einem warmen

Mahl. Doch um letzteres zu beschaffen, konnte man manchmal die Untermieterin sehen, wie sie zu später Stunde noch die Straße hinuntereilte, in der Hand die Angelrute. Bald zeigte es sich, daß Mrs. Todd dank dieser Vereinbarung reichlich Zeit hatte, auf langsamen Streifzügen durch Wälder und über Weideland ihre Kräuter einzuheimsen. Die Tannenbier-Kunden erschienen bei dem heißen Wetter ziemlich regelmäßig, und es herrschte große Nachfrage nach verschiedenen lindernden Sirupen und Elixieren, die ich infolge der unklugen Neugier während der ersten Tage meines Aufenthalts schon kennengelernt hatte. Da ich wußte, daß Mrs. Todd Witfrau war, die außer ihrem kärglichen Handel und dem geringen Verdienst an einer hungrigen Mieterin nur wenig besaß, was ihren Lebensunterhalt sicherte, waren meine Tatkraft und sogar mein Interesse schnell zu ihrer Verfügung, bis es zu einer Selbstverständlichkeit wurde, daß sie an jedem schönen Tag in ihr Naturreich hinausging und daß die Mieterin auf alles hartnäckige Klopfen an der Seitentür antwortete.

Weil ich gelegentlich in Mrs. Todds Gesellschaft lehrreiche Ausflüge unternahm und während ihrer häufigen Abwesenheit als ihr Geschäftsteilhaber tätig war, verflogen die Julitage wie der Wind, und erst als mir eines Abends auffiel, mit wieviel Stolz und Vergnügen ich ihr die zwei Dollars und siebenundzwanzig Cents vorlegte, die ich im Laufe des Tages eingenommen hatte, kam mir eine lange schriftliche Arbeit in den Sinn, die ich hätte erledigen sollen und mit der ich nun jämmerlich im Rückstand war. Freundlich auf die Schulter geklopft und ‹Herzchen› genannt zu werden, mit einem Gericht früher Pilze zum Abendbrot überrascht zu werden, den vollen Ruhm zu genießen, an einem einzigen Tag zwei Dollars und siebenundzwanzig Cents verdient zu haben – und dann all das aufzugeben und auf so schmeichelhafte Erfolge zu verzichten, erforderte große Willensstärke. Da schriftstellerische Arbeiten selbst im besten Falle mit ärgerlicher Ungewißheit verknüpft sind, mußte die Stimme des Gewissens mir erst lauter in den Ohren dröhnen, als das Meer auf dem nächsten Kieselstrand, ehe ich Mrs. Todd die harte Mitteilung machte, daß ich mich zurückziehen müsse.

Doch ihre Ausdrücke wurden freundlicher denn je, und sie blickte so bedauernd drein, wie ich's erwartet hatte, als ich ihr offen sagte, ich könne mir nicht länger die Freude gönnen, ‹Leutchen zu sehen›, wie wir es nannten. Ich fand, daß ich, indem ich ihr dermaßen die Freiheit beschnitt, auch zur ganzen Nachbarschaft grausam war, die ja darauf zählte, ihre winterlichen Gebresten mit den mancherlei wilden Kräutern zu heilen, die Mrs. Todd jetzt in der Hauptkräutersaison hätte einsammeln sollen.

«Ach, Liebste», sagte sie betrübt, «ich hab's zu sehr ausgenutzt, daß Sie hier waren! Seit Jahren sind die Kräuter nicht so üppig gediehen, und noch nie hab' ich jemand gehabt, dem ich so vertrauen konnte. Was Ihnen fehlt, sind bloß noch ein paar Kenntnisse, doch mit der Zeit würden Sie mehr Urteil und Erfahrung bekommen und sich im Geschäft sehr gut auskennen. Das sag ich jedem ins Gesicht, so wahr ich hier stehe!»

*

Durch unsre veränderte Beziehung trat keine Trennung oder Entfremdung ein: im Gegenteil, eine immer innigere Zuneigung schien sich zwischen Mrs. Todd und mir anzuspinnen. Ich weiß nicht, was für ein Nachtgewächs es war, das manchmal abends einen durchdringenden

Duft verströmte, nachdem der erste Tau gefallen war und der Mond hoch am Himmel stand und vom Meer ein kühles Lüftchen heraufwehte. Dann meinte Mrs. Todd, sie müsse mit jemand plaudern, und ich hörte ihr gar so gern zu. Beide verfielen wir dem Zauber der Stunde, und sie stand entweder draußen vor dem Fenster, oder sie machte sich in meinem Wohnzimmer etwas zu schaffen, und sie erzählte mir vielleicht nur von ganz gewöhnlichen Neuigkeiten, die sich im Laufe des Tages ereignet hatten, oder, wie es in einer verschleierten Sommernacht geschah, von dem, was ihr zutiefst im Herzen lag. Auf diese Art erfuhr ich auch, daß sie einen geliebt hatte, der weit über ihrem Stand gewesen war.

«Nein, Liebste», sagte sie, «der, von dem ich spreche, durfte nie seinen Sinn auf mich richten. Als wir jung waren, hat seine Mutter mit scheelen Augen auf unsern Bund geblickt und alles getan, was sie nur konnte, um uns auseinanderzubringen; und die Leute dachten nachher, wir hätten uns jeder gut verheiratet, aber 's war nicht das, was wir beide am liebsten gewollt hätten, und jetzt sind wir wieder jeder allein und hätten uns doch die ganze Zeit haben können. Er war vor allem ein Seefahrer, und dabei hat er mehr Glück gehabt als andre: er kam aus einer feinen Familie, und mein Los war einfach und nichts als schwere Arbeit. Ich habe ihn jetzt einige Jahre nicht gesehn und nehme an, daß er unsre Jugendgefühle vergessen hat; aber ein Frauenherz ist anders; solche Gefühle kommen wieder, auch wenn man denkt, daß man sie hinter sich hat – ja, so sicher, wie der Frühling in jedem Jahr wiederkommt. Und ich hab immer Gelegenheit gehabt, etwas über ihn zu hören.»

Sie stand im Mittelpunkt eines geflochtenen Teppichs, und im ungewissen Licht schienen die grauen und schwarzen Ringe um ihre Füße zu kreisen. Ihre hohe, kräftige Gestalt in dem niedrigen Zimmer verlieh ihr das Aussehen einer Sibylle. Der seltsame Duft des geheimnisvollen Krautes wehte vom Gärtchen herein.

In den folgenden Tagen war unterhalb meines Fensters ein ständiges Kommen und Gehen von Mrs. Todds Kunden, und weil die Heuernte fast beendet war, erschienen nun allmählich auch Fremde aus dem Hinterland, denn ihr Ruf war weit verbreitet. Manchmal sah ich – wie eine in den Hochsommer hinübergerettete weiße Anemone – ein bleiches junges Geschöpf, dessen Gesicht mit den glänzenden, sehnsüchtigen Augen bereits die Schwindsucht gezeichnet hatte; häufiger jedoch kamen ein paar stämmige, tüchtige Frauen gemeinsam von ihren Gehöften herein und beschrieben Mrs. Todd mit lauter und fröhlicher Stimme ihre Symptome, wobei sie einen Freundschaftschwatz höchst befriedigend mit der günstigen Gelegenheit einer ärztlichen Beratung verbinden konnten. Sie schienen mir auch sehr viel aus ihrem eigenen heilkundigen Erfahrungsschatz mitzuteilen. Ich begriff, in welcher Schule meine Hauswirtin ihre natürliche Gabe hatte erweitern und festigen können. Doch stets erwies sich ihr Befund als der überlegene, und der

endgültige Bescheid: «Nimm eine Handvoll Ysop...» (oder was für ein Kraut es nun gerade sein mochte), wurde mit respektvollem Schweigen aufgenommen. Eines Nachmittags, als ich wieder zugehört hatte – und es war unmöglich, nicht zuzuhören, falls man sich nicht Watte in die Ohren stopfte –, mußte ich laut lachen und weiter zuhören, immer die müßige Feder in der Hand, während draußen eine besonders lebhafte und vertraute Unterhaltung geführt wurde, so daß ich kurzerhand nach meinem Hut griff, Schreibblock samt allem übrigen unter den Arm klemmte und entschlossen die Flucht ergriff. Am duftenden grünen Gärtchen vorbei ging's die staubige Landstraße hinan, steil bergauf, und bald blieb ich stehen, wandte mich um und blickte zurück.

Es war gerade Flutzeit. Der weite Hafen wurde von dunklen Wäldern eingerahmt, und die kleinen Holzhäuser drängten sich so nah wie möglich um die Schiffslände. Mrs. Todds Haus war das letzte an der ins Hinterland führenden Straße. Die grauen Felsenbänder der Klippenufer waren an den meisten Stellen schön mit Rasensoden bedeckt, so daß wilde Rosen und Wachsmyrten dort üppig gediehen. Ich konnte das höher gelegene Hinterland mit seinen verstreuten Gehöften sehen.

Am Rande meines Hügels stand ein kleines windumtostes und vom Wetter mitgenommenes Schulhaus, das mit seinem weißen Anstrich für die Schiffe auf hoher See eine Landmarke war. Von seiner Tür hatte man den herrlichsten Blick über Meer und Strand. Wir standen jetzt im Zeichen der Sommerferien, und da ich die Tür unverschlossen fand und nachdem ich lange zu einem der seewärts blickenden Fenster hinausgeschaut und dann in einem schattigen Winkel zwischen Myrtengebüsch ein Weilchen nachgedacht hatte, kehrte ich ins

Dorf zurück, in den Mittelpunkt aller geschäftlichen Vereinbarungen, und mietete zur größten Belustigung der Dorfältesten, zweier Brüder, die über Dunnet Landing regierten, für den Rest der Ferien um fünfzig Cents wöchentlich das Schulhaus.

So selbstsüchtig ich erscheinen mag, bot mir das einsam gelegene Schulhaus doch große Vorteile, und ich verbrachte dort viele Tage völlig ungestört: nur der Seewind blies durch die schmalen, hohen Fenster und ließ die schweren Fensterläden knarrend hin und her fahren. Ich hängte meinen Hut und mein Frühstückskörbchen mit dem Mittagessen an einen Nagel im kleinen Vorraum wie ein Abc-Schütze, doch dann saß ich auf dem Katheder des Lehrers, ein Wesen mit aller Autorität, vor mir all die Reihen schüchterner leerer Bänke. Dann und wann kam ein träges Schaf daher, stand lange auf der Türschwelle und sah zu mir herein. Bei Sonnenuntergang kehrte ich, mich sehr tüchtig fühlend, wieder zum Dörfchen zurück, und meistens wehte mir schon halbwegs am Hügelhang ein Duft entgegen – nicht vom Kräutergarten, sondern von Mrs. Todds warmem Abendbrot. An manchen Abenden, an denen Zusammenkünfte oder öffentliche Veranstaltungen stattfanden, die ihre Anwesenheit erforderten, aßen wir sehr frühzeitig, und ein Willkommen wie nach einer langen Abwesenheit wartete meiner.

Ein- oder zweimal erfand ich vor mir selbst Ausreden, um zu Hause zu bleiben, während Mrs. Todd größere Exkursionen unternahm, von denen sie mit vollen Händen und einer schwerbeladenen Schürze heimkehrte. Das war zur Zeit der Poleiminze, auch als die seltene Lobelie zum Pflücken am günstigsten war und als der Brust-Alant zu sprießen begann. Eines Tages erschien sie sogar vor dem Schulhaus, aus vergnüglicher Neugier ob meines eisernen Fleißes; aber sie erklärte mir auch, daß es in der ganzen Umgegend kein so herbes Wurmkraut gäbe wie das in der Nähe des Schulhauses wachsende. Weil es während des Frühlings dauernd niedergetrampelt würde, könnte es sich um so kräftiger entwickeln, genau wie manche Menschen, die es in der Jugend schwer hatten und später das Beste aus ihrem Leben machen müßten.

AM SCHULHAUSFENSTER

Eines Tages kam ich erst sehr spät zu meinem Schulhaus hinauf, was mit der Beerdigung einer alten Bekannten und Nachbarin zusammenhing; ich hatte miterlebt, wie es mit ihrer Gesundheit betrüblich bergab gegangen war und wie sich sowohl der Doktor wie auch Mrs. Todd vergebens bemüht hatten, ihr die letzten Tage etwas leichter zu machen. Der Trauergottesdienst hatte um ein Uhr stattgefunden, und jetzt, um viertel nach zwei, stand ich am Schulhausfenster und schaute auf den Trauerzug hinab, der sich auf der unteren Straße nahe am Ufer weiterbewegte. Die Leidtragenden gingen zu

Fuß, und selbst auf diese Entfernung konnte ich sie fast alle erkennen, wie sie feierlichen Schrittes dem Leichenwagen folgten. Mrs. Begg hatte sich allgemeiner Hochachtung erfreut, und eine große Schar von Freunden gab ihr das Geleit zum Grab. Sie war auf einer der benachbarten Farmen aufgewachsen, und jedesmal, wenn ich sie gesehen hatte – so selten es auch war –, äußerte sie sich sehr absprechend über das Leben im Dorf. Für ihren Geschmack lebten die Leute in Dunnet Landing zu nahe beieinander, und an die nie verstummende Stimme des Meeres konnte sie sich nicht gewöhnen. Sie hatte drei Ehegatten überlebt, die alle zur See gefahren waren, und ihr Haus schmückten seltsame Dinge aus West-Indien, Riesenmuscheln und feine Korallenästchen, die sie von ihren Reisen mit den holzbeladenen Schiffen heimgebracht hatten. Mrs. Todd hatte mir die ganze Lebensgeschichte ihrer Nachbarin erzählt. Sie hatten sich schon als junge Mädchen gekannt und, um mit ihren Worten zu reden, hatten sie «beide mit einem Scheffel voll Kummer fertigwerden müssen». Ich konnte Mrs. Todds betrübte, mächtige Gestalt erkennen, wie ich oben an meinem Fenster stand. Sie ging so langsam, daß eine Lücke im Trauergeleit entstanden war und die Nachhut behindert wurde. Sie hielt sich ein Taschentuch vor die Augen, und ich fühlte mit ihr, denn ich wußte, daß ihr Schmerz nicht erheuchelt war.

Neben ihr erkannte ich nur mit großer Mühe den einzigen fremden und anscheinend nicht dazugehörigen Leidtragenden im Grabgeleite, einen alten Mann, der mir stets ein Rätsel geblieben war. Ich sah die schmächtige, gebückte Gestalt. Er trug einen engen Gehrock mit langen Schößen und ging am Stock, und er hatte die gleiche schiefe Haltung wie die vom Wind gekrümmten Bäume oben auf der Anhöhe.

Es war Kapitän Littlepage, den ich bisher erst ein- oder zweimal gesehen hatte, wie er blaß und alt hinter einem geschlossenen Fenster saß – doch noch nie im Freien. Mrs. Todd hatte immer ernst den Kopf geschüttelt, wenn ich sie nach ihm fragte, und nur gesagt, er sei nicht mehr der alte, der er einst gewesen: sie schien ihn in ihre übrigen Geheimnisse einzureihen. Er hätte zu einem Heilkraut gehören können, das in einer von Schnecken frequentierten Ecke des Gärtchens wuchs und dessen Anwendung sie mir um keinen Preis der Welt verraten hätte, obwohl ich einmal beobachtete, wie sie bei Mondschein Spitzen davon abschnitt, als ob sie das Kraut für einen Zauber und nicht für eine Medizin holte, wie etwa die großen verblassenden Blätter des kanadischen Blutkrautes.

Ich konnte bemerken, wie sie mit der leichteren Gangart des alten Kapitäns Schritt zu halten versuchte. Er glich einem hochbetagten Heupferdchen in einer seltenen menschlichen Variante. Hinter diesem Paar kam eine gedrungene, ungeduldige, kleine Person, die den Haushalt des Kapitäns versah und ihm, wie Mrs. Todd und andere Frauen glaubten, nicht recht Sorge trug. Sie wurde gewöhnlich «die Maria Harris» genannt, wenn sich Busenfreundinnen in gedämpftem Ton unterhielten, aber sie behandelten sie mit betonter Höflichkeit, wenn sie ihr von Angesicht zu Angesicht begegneten.

Die geschützt in der Bucht liegenden Inseln und das weite Meer dahinter erstreckten sich im Süden und Osten bis zum fernen Horizont; der kleine Trauerzug im Vordergrund am Rande der felsigen Küste wirkte nichtig und hilflos. Es war ein prächtiger Tag zu Anfang Juli mit einem klaren, hohen Himmel; nicht eine Wolke war zu sehen, und von der See kam kein Laut. Singspatzen sangen unermüdlich und wie in fröhlichem Wissen um die Unsterblichkeit oder voller Verachtung für die Schar, die sich so kleinlich um den Tod bekümmerte. Ich stand und schaute zu, bis der Leichenzug um den Vorsprung einer Bergflanke geglitten und aus der großzügigen Landschaft verschwunden war, als ob eine Höhle ihn verschluckt hätte.

Eine Stunde darauf war ich emsig an der Arbeit. Hin und wieder verirrte sich eine Biene zu mir und sah mich für einen Feind an; doch auf dem Katheder lag ein nützlicher Rohrstock, und als ob die Bienen unfolgsame Schüler wären, schlug ich damit aufs Pult und mahnte sie zur Ordnung, oder ich verscheuchte sie von ihren Freudentänzen um mein Tintenfaß, denn ich hatte die Tinte im Dorfladen unten erstanden und zu spät entdeckt, daß sie mit Zitronellaöl parfümiert war, vielleicht um die müden Geister sich abmühender Schreiberlinge zu erfrischen. Ein sich abmühender Schreiberling war jedenfalls an jenem Nachmittag sehr arbeitsunlustig: die Glocke eines Schäfchens klingelte draußen und nahm die schweifenden Gedanken mit sich fort. Meine Sätze vermochten die lieblichen Sommerkadenzen nicht festzuhalten.

Zum erstenmal begann ich mich nach einem Gefährten zu sehnen, und nach Nachrichten von der weiten Welt, die ich, halb unbewußt, völlig vergessen hatte.

Weil ich dem Trauerzug zugeschaut hatte, war mir irgendwie traurig zumute geworden. Ich begann mich zu fragen, ob ich mich den andern lieber hätte anschließen sollen, anstatt nach Beendigung des Trauergottesdienstes fortzuschlüpfen. Vielleicht war auch das Sonntagskleid, das ich für den besonderen Anlaß angezogen hatte, an dem seltsamen Stimmungswechsel schuld, und ich hatte nun mich und meine Freunde daran erinnert, daß ich nicht wahrhaft nach Dunnet Landing gehörte.

Ich seufzte und wandte mich wieder der erst halb beschriebenen Seite zu.

Eine lange Zeit war vergangen: in diesem Fischerdörfchen, in dem die kürzeste Minute durch nichts beschleunigt wurde, konnte eine Stunde unendlich lange währen. Ich hatte mich völlig in meine Arbeit verloren, als ich draußen Schritte hörte. Zwischen der oberen und der unteren Straße befand sich ein steiler Fußweg, den ich erklomm, um den Weg abzukürzen, und den mir die Kinder gezeigt hatten; aber ich glaubte, daß Mrs. Todd ihn unzugänglich finden oder ihn höchstens benutzen würde, falls sie mich in großer Eile aufsuchen müßte. Ich schrieb weiter und kam mir wie ein belagerter Zeitgeizhals vor, indes die Schritte näher kamen und das Schafglöckchen hastig davonbimmelte, als ob ein Stock das Tier verscheucht hätte.

Dann blickte ich auf und sah Kapitän Littlepage unter einem der Fenster vorübergehen; im nächsten Augenblick klopfte er höflich an die Tür.

«Bitte herein», sagte ich und erhob mich, um ihm entgegenzugehen, und er trat ein und verbeugte sich mit vollendeter Höflichkeit. Ich trat vom Podium herunter und bot ihm einen Stuhl am Fenster an, auf dem er sich sofort niederließ, da er vom Anstieg bedauerlich mitgenommen war. Ich kehrte zu meinem Platz hinter dem Katheder zurück, wodurch ihm der tiefergelegene Platz eines Schülers zugewiesen war.

«Sie sollten eigentlich den Ehrenplatz einnehmen, Herr Kapitän», sagte ich zu ihm.

«‹Ein ländlich schöner Ort mit manchem Ausblick!›» zitierte er, während er in den Sonnenschein hinausschaute und auf die lange bewaldete Küste blickte. Dann sah er zu mir auf und ringsumher – und war so glücklich wie ein Kind.

«Meine Worte stammen aus dem ‹Verlorenen Paradies›, dem schönsten aller Gedichte, wie Sie vielleicht wissen?», und ich nickte. «Meiner Ansicht nach gibt es nichts, das sich mit dem ‹Verlorenen Paradies› messen kann: es ist alles erhaben, alles erhaben», fuhr er fort. «Shakespeare war ein großer Dichter; er schilderte das Leben; aber bei ihm muß man sehr viel Alltägliches mit in Kauf nehmen.»

Ich erinnerte mich jetzt, daß Mrs. Todd mir eines Tages erzählt hatte, Kapitän Littlepage habe seinen Geist durch zuviel Lesen überan-

strengt; sie hatte auch eine dunkle Andeutung gemacht, er hätte ‹Zustände› unerklärlicher Natur. Unwillkürlich fragte ich mich, was ihn hergeführt haben mochte und warum er mich aufsuchte. Sein Äußeres war sehr anziehend: das Gesicht war schmal, zart und verfeinert, doch jetzt von rührenden Fältchen durchzogen, als hätte er unter Einsamkeit und Verständnislosigkeit zu leiden gehabt. In seiner sorgfältigen, gepflegten Kleidung sah er aus, als ob ältere, unverheiratete Schwestern ihn zum Gegenstand ihrer liebevollen Fürsorge gemacht hätten, doch ich wußte, daß Maria Harris eine sehr gewöhnliche, unfeine Person war, der solche Gedanken fremd waren. Offenbar war der Kapitän sein eigener achtsamer Kammerdiener. Er saß da und blickte mich erwartungsvoll an. Unwillkürlich kam mir der Gedanke, mit seinem seltsamen Kopf und seinem schmächtigen Wuchs sei er eigentlich eher dazu geschaffen, die Lebensstraße entlangzuhüpfen anstatt zu gehen. Der Kapitän aber war sehr ernst, und ich ermahnte mich innerlich, mich den Umständen gemäß zu verhalten.

«Die arme Mrs. Begg ist nicht mehr», sagte ich aufs Geratewohl. Aus Pietät trug ich immer noch mein Sonntagskleid.

«Sie ist von uns gegangen», sagte der Kapitän, «und zuletzt sehr friedlich, wie ich hörte; sie glitt hinüber, als sei sie froh über die günstige Gelegenheit.»

Ich sah erwartungsvoll in sein Gesicht.

«Sie gehörte noch zum guten alten Bestand», fuhr Kapitän Littlepage mit liebenswürdiger Offenheit fort. «In unserm kleinen Ort hielt man große Stücke auf sie, und sie wird uns fehlen.»

Während ich ihn ansah, fragte ich mich im stillen, ob er vielleicht aus einer Pfarrersfamilie stammte; er hatte die verfeinerte Miene und die beherrschte Haltung, die das Erbteil der alten Familien von Geistlichen in Neu-England sind. Doch andrerseits sagt Darwin in seiner Autobiographie: «Es gibt keinen solchen König wie einen Kapitän zur See; er ist sogar größer als ein König und als ein Schulmeister.»

Kapitän Littlepage rückte seinen Stuhl aus dem Kielwasser des Sonnenlichts und saß immer noch da und blickte mich an. Ich wurde allmählich immer wißbegieriger, zu erfahren, was ihn hergeführt haben mochte.

«Eines Tages wird es alles enthüllt werden», sagte er ernst. «Wir werden es alle erfahren, vielleicht schon beim nächsten Schritt – zum Beispiel, wo Mrs. Begg jetzt ist. Gewißheit und nicht Vermutungen, das ist's, was wir alle ersehnen.»

«Eines Tages werden wir es wohl alle wissen, glaube ich», erwiderte ich darauf.

«Wir werden es wissen, noch während wir hier unten sind», betonte der Kapitän, und Ungeduld rötete ihm die hageren Wangen. «Wir haben die Wahrheit nicht in der rechten Richtung gesucht. Ich weiß, was ich sage; und alle, die mich ausgelacht haben, ahnen nicht, wie begründet meine Ideen sind.» Er deutete mit einer

Geste auf das Dorf hinunter. «In der Handvoll Häuser dort bilden sie sich ein, sie verstünden das Weltall.»

Ich lächelte und wartete ab, damit er weitersprechen konnte.

«Ich bin ein alter Mann, wie Sie sehen», fuhr er fort, «und den größten Teil meines Lebens bin ich Schiffsherr gewesen, im ganzen dreiundvierzig Jahre lang. Sie glauben es vielleicht nicht, aber ich bin jetzt über achtzig Jahre alt.»

Er sah nicht so alt aus, und ich beeilte mich, es zu bestätigen.

«Dann müssen Sie die Seefahrt schon vor sehr vielen Jahren aufgegeben haben, Kapitän Littlepage?» fragte ich.

«Ich hätte noch mindestens fünf oder sechs Jahre länger Dienst machen können», erwiderte er. «Meine Kenntnisnahme einer gewissen – meine Erfahrungen anläßlich einer gewissen Gelegenheit, sollte ich wohl sagen, gaben Grund zu Vorurteilen. Ich kann Ihnen ruhig erklären, daß ich zufällig von einer der größten Entdeckungen erfuhr, die der Mensch je gemacht hat.»

Jetzt näherten wir uns gefährlichem Boden, doch ein jähes Verständnis für seine Leiden, wenn er sich Unwissenden ausgeliefert sah, gab mir Mut, und ich bat ihn in aller Ehrerbietung, die ich wirklich empfand, mehr darüber hören zu dürfen.

In diesem Augenblick flog eine Schwalbe durchs Schulhaus, als ob ein Vogelschnäpper hinter ihr her wäre, und sie schlug eine Minute lang gegen die Wände und entkam dann wieder ins Freie. Doch der Kapitän nahm keinerlei Notiz von der angstvollen Verwirrung.

«Ich hatte eine wertvolle Ladung gemischter Handelswaren von den Londoner Docks nach Fort Churchill, einem Posten der alten Handelsgesellschaft an der Hudson Bay, an Bord meines Schiffes. Beim Laden hatte es Verzögerungen gegeben, und während der ganzen Fahrt nordwärts und herüber hielten uns Gegenwinde und schwere Sturzseen auf. Dann ließ uns der Nebel nicht an die Küste, und als ich endlich den Hafen anlaufen konnte, war es bereits zu spät, um mit solch einem Schiff und solch einer Mannschaft, wie ich sie hatte, noch lange zu säumen. Sie scherten sich um nichts und trödelten so, daß ich ganz krank wurde; aber mein erster Maat war ein guter, ein ausgezeichneter Mann, und er hatte ebensowenig Lust wie ich, bis zum Frühling dort eingefroren festzusitzen, deshalb beeilten wir uns, so sehr wir konnten, um aus der Hudson Bay heraus und von der Küste fortzukommen. Mir gehörte ein Achtel Anteil am Schiff, und er besaß ein Sechzehntel. Sie war ein vollgetakeltes Schiff, die ‹Minerva›, aber sie wurde allmählich alt und leck. Ich hatte mir vorgenommen, daß es meine letzte Fahrt auf ihr sein sollte, und so kam's denn auch. In ihrer Jugend war sie ein tüchtiges Schiff gewesen. Von den Feiglingen an Bord kann ich nicht das gleiche behaupten.»

«Sie haben also Schiffbruch erlitten?» fragte ich, als er eine lange Pause machte.

«Es war nicht meine Schuld, daß es uns von achtern erwischte», bemerkte der Kapitän düster. «Wir verließen Fort Churchill und fuhren mit vollen Segeln in die Bucht hinaus. Ich aber hatte mich über die bürokratischen Narrenspossen im Kontor der Handelsgesellschaft halb krank geärgert und obendrein noch erkältet, weil ich ewig an Deck bleiben und versuchen mußte, das Laden zu beschleunigen, und als daher das Land außer Sicht war und wir auf die Hudson-Straße zuhielten, überfiel mich ein heftiges Fieber, und ich mußte unter Deck bleiben. Die Tage wurden kürzer, und wir machten gute Fahrt, denn außer mir waren alle an Bord gesund, und die Mannschaft verrichtete ihre Arbeit, solange sie ständig angetrieben wurde.»

Ich fand, daß die unerwartete Schilderung allmählich etwas langweilig wurde. Kapitän Littlepage erzählte mit einer langsamen Gründlichkeit, welcher die spannende Seemanns-Würze fehlte, an die ich gewöhnt war. Doch ich lauschte ihm respektvoll, als er mir ausführlich erklärte, daß Gegenwinde aufgekommen seien, und als er eigenartig trübselig über die Fahrt berichtete, über das schlechte Wetter und die Nachteile, die sich daraus ergaben, daß sein Schiff nicht stärker beladen war, denn es hüpfte wie eine Eierschale auf einem Eimer Wasser und gehorchte dem Steuer nicht mehr, und selbst auf sorgfältigstes Segelsetzen reagierte es nicht richtig.

«Also segelten wir schlecht und recht weiter», klagte er. Doch als er mich dabei anblickte und bemerkte, daß ich meine Gedanken unfreundlicherweise hatte abschweifen lassen, hörte er zu sprechen auf.

«Es muß damals ein hartes Leben gewesen sein, das Leben zur See», sagte ich und verdoppelte meine Aufmerksamkeit.

«Es war ein Hundeleben», bestätigte der arme alte Herr und war meiner nun wieder ganz sicher; «doch es machte Männer aus denen, die sich ihm ergeben hatten. Selbst hier in unserm Dörfchen beobachte ich, wie sich alles verschlimmert. So klein und armselig es ist, steckt es jetzt voller Faulpelze, die früher alle zur See gegangen wären, die Eckensteher! Keine andere Beschäftigung ist so geeignet für gerade jene Klasse von Menschen, die nie übers Vorderdeck hinaussehen. Ich finde überhaupt, daß eine Gemeinde verkümmert und furchtbar unwissend wird, wenn sie sich auf ihre eigenen Angelegenheiten beschränkt und von der Welt draußen nichts weiter erfährt als auf dem Wege über eine billige, charakterlose Zeitung. In den alten Tagen kannte ein gut Teil der besten Männer aus dem Dorf etwa hundert fremde Häfen und wußte etwas über die Lebensweise der Menschen dort. Sie erlebten die weite Welt, und ihre Frauen und Kinder erlebten sie wahrscheinlich mit ihnen. Sie haben vielleicht nicht sehr viel Wissen mit sich geführt, wenn sie auf Fahrt gingen, aber irgendwie waren sie doch mit fremden Ländern und deren Gesetzen bekannt und verstanden sich noch auf etwas mehr als nur auf den Kampf um den Dorfschreiberposten hier in Dunnet. Sie hatten noch Sinn für Größenverhältnisse. Ja, sie lebten würdiger, und ihr Haus war besser bestellt, innen und außen. Vom sozialen Standpunkt aus ist das Ende der Schiffahrt ein schrecklicher Verlust für diesen Teil Neu-Englands, Ma'am.»

«Das habe ich auch schon gedacht», entgegnete ich, und mein Interesse war nun hellwach. «Daß so vieles anders geworden ist, erklärt sich dadurch – durch das Verschwinden der alten Schiffskapitäne, nicht wahr?»

«Ein Schiffer gewöhnt sich ohne weiteres das Lesen an», sagte mein Besucher nun noch eifriger und zeigte eine rührend zutrauliche Miene. «Von einem Kapitän erwartet man, daß er Abstand zu seiner Mannschaft hält, und um etwas Unterhaltung zu haben, wendet er sich in langweiligen Tagen und Nächten seinen Büchern zu. Die meisten von uns alten Kapitänen waren auf irgendeinem Gebiet ganz gründlich beschlagen: mancher las nur über Landbestellung, und andere verstanden sich auf die Medizin – mochte Gott der armen Mannschaft beistehen! –, und einige waren ganz versessen auf Geschichte, und dann und wann traf man auch einen wie mich, der all seine Zeit den Dichtern gab. Ich war mit einem Kapitän gut bekannt, der ausschließlich für Bienen und Bienenzucht war, und wenn man ihn in einem Hafen traf und an Bord seines Schiffes ging, dann saß er da und sprach entsetzlich lange über Bienen und ihre Klugheit, und wieviel Geld man verdienen könne, wenn man sich welche hielte. Er war einer der tüchtigsten Kapitäne, die je die sieben Meere befahren haben, aber die andern nannten die ‹Newcastle›, – den großen Dreimaster, den er viele Jahre befehligte – bloß Tuttles Bienenhaus[1].

Und dann war da noch der alte Käptn Jameson. Der hatte es mit dem Tempel Salomons. Er baute ein sehr hübsches kleines Modell, genau nach den Maßen in der Bibel, so wie die Matrosen oft kleine Schiffe schnitzen oder neue Tricks für die Takelage erfinden. – Nein, in einem Ort wie unserm hier gibt es nichts, was die Schiffahrt ersetzen könnte. Die neumodischen Fahrräder sind mir ein Dorn im Auge, denn sie geben einem nicht die gleiche Gelegenheit, wirkliche Erfahrung zu sammeln, wie sie

1 Anspielung auf das Sprichwort «Bienen im Kopf haben», d. h. Schrullen.

einem Mann auf der Seereise geboten wurde. Nein: wenn die Leute früher von zu Hause fortgingen, dann hatten sie etwas im Sinn, und wenn sie schließlich nach Hause kamen, dann blieben sie und konnten stolz sein. Jetzt findet man keinen weiten Blick im Denken: die Schlechtesten müssen die Besten sein und alles anordnen. Es ist alles auf den Kopf gestellt worden, und von Jahr zu Jahr geht's weiter bergab.»

«Ach, nein, Kapitän Littlepage, das will ich doch nicht hoffen!» rief ich und versuchte, seine Gefühle zu besänftigen.

Im Schulhaus entstand eine Stille, und wir konnten das Geräusch des Meeres unten am Strand vernehmen. Es klang wie die merkwürdige, warnende Welle, die das Kommen der Flut ankündet. Ein verspätetes Goldkehlchen sang mit der fröhlichsten und eifrigsten Stimme ganz nahebei in einem Dickicht aus Heckenrosen.

«Wie haben Sie den Rest der schlimmen Reise auf der ‹Minerva› überstanden, Kapitän Littlepage?» fragte ich.

«Das will ich Ihnen gerne erzählen», sagte Kapitän Littlepage und vergaß zeitweilig seinen Kummer. «Wenn ich eine Landkarte hätte, könnte ich es Ihnen noch besser erklären. Wir wurden immer weiter hinaufgetrieben, in die Gegend, die wir ‹Parrys Entdeckungen› nannten, und bald konnten wir uns nicht mehr orientieren. Es war diesige Luft oder dichter Nebel, und schließlich verlor ich mein Schiff. Die ‹Minerva› fuhr auf einen Felsen auf, und uns gelang es, das Land zu erreichen, das ich für eine öde Insel hielt – uns wenigen, die wir noch am Leben waren. Als wir zuerst auffuhren, war die See etwas ruhiger geworden, und gegen meine Befehle bemannte der größte Teil der Mannschaft die Pinasse und ruderte eilends davon, und wir sahen und hörten nie wieder etwas von ihnen. Unser kleineres Boot kenterte, aber dem Zimmermann glückte es, sich und mich über Wasser zu halten, und wir trieben an Land. Nach meiner noch nicht überstandenen Krankheit hatte ich keine nennenswerten Kräfte mehr und legte mich hin, um zu sterben. Doch am folgenden Tag entdeckte der Zimmermann die Spuren eines Mannes und eines Hundes und kam längs der Küste zu einer von den abgelegenen Missionsstationen, die von den Herrnhuter Brüdern unterhalten werden. Sie waren dort selbst sehr arm und voller Sorgen; es war eine unnütze Station. In jener Gegend gab es nur noch sehr wenige Eskimos. Wir blieben einige Zeit dort, und ich hörte von seltsamen Vorgängen.»

Der Kapitän hob den Kopf und warf mir einen fragenden Blick zu. Es fiel mir auf, daß der matte Ausdruck aus seinen Augen verschwunden war, so daß sie dunkel und durchbohrend erschienen.

«Sie erwarteten ein Proviantschiff, und der Pastor, ein hervorragender Mann und Christ, beruhigte uns, daß wir damit zurückfahren könnten. Er hoffte, Anweisung zu erhalten, die Station aufzulösen; doch alles war ungewiß, und eine Weile vertrieben wir uns die Zeit, so gut wir eben konnten. Wir fischten und halfen den Leuten auch anderweitig, denn wie hätten wir ihnen sonst unsre Schuld vergelten sollen? Ich wurde im Haus des Pastors untergebracht, bis es mir besser ging; aber das Haus war überfüllt, und da ich fand, daß ich im Wege war, zog ich zu einem alten Seemann, einem Schotten, der sich eine warme Hütte gebaut und für einen Mitbewohner Platz hatte. Er war allgemein geachtet und hatte dem Pastor beigestanden, als er Schwierigkeiten mit den Leuten hatte. Er war Teilnehmer von einer der englischen Expeditionen gewesen, die ein Stückchen Wegs zum Nordpol fanden, und dann nicht weiter. Wir lebten wie Hunde in einer Hundehütte, hätte man meinen können, wenn man das Häuschen von außen sah; aber die Hauptsache war eben, sich warmzuhalten; Haufen von Vogelbälgen waren vorhanden, auf denen man liegen konnte, und er hatte sich eine gute Koje gebaut, und für mich war auch eine da. Es war furchtbar entmutigend, dort so lange zu warten; wir glaubten schon, der Proviantdampfer sei verlorengegangen, und mein armes Schiff brach auseinander, und die Trümmer lagen am Ufer zerstreut. Wir gewöhnten uns an, vom Vorgebirge Ausschau zu halten. Meine Leute und ich wußten, daß die Bewohner nicht mehr viel Vorräte hatten und sich Entbehrungen auferlegen mußten. Es müßte in der Bibel heißen: ‹Der Mensch lebt nicht von Fisch allein›, wenn man's wahrheitsgemäß ausdrücken wollte; nur von Brot zu leben, ist doch nicht das Schlimmste! In der ersten Zeit schien der alte Gaffett, der Mann, bei dem ich wohnte, nicht sprechen zu wollen, und ich wußte nicht, was ich mit ihm anfangen sollte, und er wohl auch nicht mit mir, glaube ich; doch als wir uns näher kennenlernten, merkte ich, daß er mehr Unheil erlebt hatte als ich, und daß er Beschwerden hatte, mit denen er nicht mehr lange würde leben können. Es wurde ihm leichter ums Herz, wenn er mit einem verständnisvollen Menschen davon sprechen konnte, daher pflegten wir beisammenzusitzen und den ganzen Tag miteinander zu plaudern, vor allem, wenn es regnete oder stürmte, so daß wir nicht ins Freie konnten. Als ich damals an Land gekommen war, hatte ich einen mächtigen Schlag gegen den Hinterkopf erhalten; ich hatte oft starke Schmerzen, und überhaupt war es mit meiner Kraft vorbei; ich habe mich seither nicht mehr erholen können.»

Kapitän Littlepage versank in Träumereien.

«Dann kam mir mein einstiges Lesen zugute», erklärte er plötzlich. «Ich hatte keine Bücher; der Pastor sprach nur wenig Englisch, und seine Bücher waren ausländisch. Aber ich sagte mir alles her, an das ich mich erinnern konnte. Die alten Dichter wußten schwerlich, wieviel Trost sie einem Mann geben können. Ich war mit Miltons Werk sehr gut vertraut; aber dort oben schien es mir, als trüge Shakespeare den Sieg davon. Seine Seeausdrücke sind immer sachlich einwandfrei, und manche schönen dichterischen Stellen sind beruhigend fürs Gemüt. Ich konnte sie mir so oft aufsagen, bis ich Tränen vergoß; denn an dem Ort gab es nichts Schönes für mich, nur die Sterne uns zu Häupten und die Stellen aus der Dichtung.

Gaffett war immer daran, zu sinnieren und zu sinnieren und Selbstgespräche zu halten. Er hatte Angst, er käme niemals fort, und das nagte an seiner Seele. Er meinte, wenn ich nach Hause käme, könnte ich die Gelehrten veranlassen, sich für seine Entdeckung zu interessieren. Sie erinnern sich wohl, daß der verkrüppelte Gaffett an einer Forschungsreise teilgenommen hatte? Doch bei der Rückkehr ging das Schiff unter, und nur Gaffett und zwei Offiziere konnten sich an die Küste von Grönland retten, und später erfuhr er, daß die beiden andern nie nach England zurückkehrten, denn die Brigg, auf der sie dann waren, ging eines Nachts unter. Außer ihm wußte also keine lebende Seele von den Ergebnissen der Expedition, und er hat sie mir mitgeteilt. Hoch oben im Norden jenseits vom Eis liegt ein seltsames Land, und seltsame Geschöpfe leben dort. Gaffett glaubte, es sei die jenseitige Welt.»

«Was wollen Sie damit sagen, Herr Kapitän?» rief ich. Der alte Mann beugte sich vor und flüsterte. Er blickte sich scheu um, ehe er den letzten Satz äußerte.

«Es war furchtbar, Gaffett davon sprechen zu hören», sagte er und fuhr, nachdem seine Aufregung verebbt war, ganz ruhig in seiner Erzählung fort. «Zuerst war es eine Geschichte von lauter Hunden und Schlitten und Kälte und Wind und Schnee. Dann entdeckten sie allmählich, daß das Eis brüchig geworden war; sie waren eingefroren gewesen und gerieten nun in eine nach Norden flutende Strömung, noch weit über den Fox Channel hinaus, und als ihr Schiff zermalmt wurde, stiegen sie in die Rettungsboote, und die warme Strömung trieb sie weiter, bis sie kein Eis mehr sahen, nur noch die hohe See, und immer noch ließen sie sich gen Norden tragen, genau, wie es in ihren Plänen gelegen hatte. Dann stießen sie auf eine Küste, die nicht in den Karten verzeichnet oder vermessen war, doch die Klippen waren so hoch, daß kein Boot landen konnte, bis sie eine Bucht fanden und auf die andere Seite hinübersegelten, wo der Strand niedriger schien; es fehlte ihnen an Vorräten und Wasser, doch nun erblickten sie etwas, das einer großen Stadt glich. ‹Um Gottes willen, Gaffett!› rief ich aus, als er es mir das erste Mal erzählte. ‹Sie meinen doch wohl nicht eine Stadt, die zwei Grad weiter nördlich liegt, als je ein Schiff gekommen ist?› Er hatte nämlich auf einer alten Karte, die er oben ergänzt hatte, den Kurs eingetragen. Doch er beharrte auf dem, was er gesagt hatte, und erzählte es mir wieder und immer wieder, bis er überzeugt war, daß ich es genau wußte und denen vortragen konnte, die sich dafür interessieren mochten. Es war weder Schnee noch Eis dort, sagte er, nachdem sie ein paar Tage mit der warmen Strömung gesegelt waren, die direkt unter dem Eis hervorzukommen schien, in dem sie festgekeilt gesessen und das sie wochenlang zu Fuß überquert hatten.»

«Aber was ist nun mit der Stadt?» fragte ich. «Sind sie bis zu der Stadt gekommen?»

«Ja», erwiderte der Kapitän, «und sie trafen auch Einwohner an. Es muß eine grauenhafte Situation gewesen sein. Soweit Gaffett sich darüber äußern konnte, schien es ein Ort zu sein, in dem es weder Lebende noch Tote gab. Als sie sich vom Meere her dem Ort näherten, kam er ihnen ungefähr wie jede andere Stadt vor, und mit einer dichten Einwohnerschar. Doch ganz plötzlich verloren sie alles gänzlich aus den Augen, und als sie sehr nahe an der Küste waren, konnten sie die Gestalten der Einwohner wohl sehen, aber sie konnten nie nahe genug herankommen: immer waren es verwehte graue Wesen, die allein vorüberstrichen, oder manchmal schlossen sie sich auch in Gruppen zusammen, wie um zu beobachten. Die Männer von der Expedition fürchteten sich zuerst, doch die Gestalten rückten ihnen nicht auf den Leib: es war eher, als ob sie zurückwehten. Endlich gingen sie alle unerschrocken an den Strand und fanden Vogeleier und Wildgeflügel, wie an jeder andern öden nördlichen Küste, wo die Tiere zahm waren, weil es dort nie Menschen gegeben hatte; und Süßwasser fanden sie auch. Gaffett sagte, er und ein anderer Mann wären ziemlich dicht an eins dieser Nebelwesen herangekommen; es sei langsam zwischen den Felsen gegangen, als schleppe es eine Last, und sie hätten es verfolgt. Doch weiß der Himmel, es entflatterte und verschwand wie ein Blatt, das der Wind entführt, oder wie ein Stück Spinneweb. Es hatte den Anschein, als ob sie sich miteinander unterhielten, aber es war kein Laut zu vernehmen, und ‹sie benahmen sich, als ob sie uns nicht kommen sähen, sondern nur auf sich zugehen fühlten›, sagte Gaffett eines Tages, als er versuchte, mir Einzelheiten zu geben. Sie konnten die Stadt nicht sehen, als sie am Strand unten waren. Eines Tages gingen der Kapitän und der Arzt nach oben, auf die Hochfläche, wo die Stadt zu sein schien, und sie kamen erst spät abends zurück, erschöpft und bleich, und schrieben den ganzen nächsten Tag ununterbrochen in ihre Merkbücher und tuschelten aufgeregt zusammen, und sie fuhren die übrigen unwirsch an, wenn sie versuchten, ihnen Fragen zu stellen.

Dann kam ein Tag», flüsterte Kapitän Littlepage erregt und beugte sich mit seltsamem Ausdruck in seinen Augen zu mir vor, «als die Männer alle schworen, sie würden nicht länger bleiben. Der Wachthabende gab früh am Morgen das Signal zum Aufbruch, und sie fuhren alle mit dem Boot von Land und ein Stückchen aufs Meer hinaus. Da umschwirrten sie die Nebelmenschen, oder was sie nun waren, wie die Fledermäuse; auf einmal waren ganze Heerscharen da, als wollten sie sie noch weiter fortscheuchen. Sie standen in dichten Reihen am Strand, wie in Schlachtreihen, und keiner dachte an Flucht oder Rückzug. Gaffett sagte, als sie das Boot aus der Gefahrenzone heraus hatten und zurückblickten, da war die Stadt wieder zu sehen und erhob sich genau so wie am ersten Tag, als sie landeten.

Einerlei, was Sie darüber denken, die Expedition glaubte, es sei eine Art Übergangsstation zwischen dieser Welt und dem Jenseits.»

Der Kapitän war in seiner Erregung aufgesprungen und gestikulierte wild mit den Händen, doch er flüsterte noch immer mit heiserer Stimme.

«Behalten Sie Platz, Sir», sagte ich so ruhig wie möglich, und er sank erschöpft auf seinen Stuhl.

«Gaffett glaubte, die Offiziere würden schleunigst nach Hause fahren, um eine neue Expedition auszurüsten, doch dann kamen alle um! Die Mannschaft hatte gleich zu Anfang Befehl bekommen, über das Gesehene nicht zu sprechen», erklärte der alte Herr jetzt mit etwas natürlicherem Tonfall.

«Aber sie waren ja damals dem Hungertode nahe, so daß es vielleicht eine Vision gewesen sein könnte», meinte ich. Doch er blickte mich ausdruckslos an.

«Gaffett konnte an nichts andres mehr denken», fuhr er fort. «Der Schiffsarzt hatte eines Tages zum Kapitän die Bemerkung gemacht, es könnte das Zusammenspiel vom Licht und von magnetischen Strömungen gewesen sein, das ihnen die Nebelwesen vorgespiegelt hatte. Jedenfalls war es kein geheurer Ort. Sie mußten sich mit dem Kompaß abmühen, damit er richtig anzeigte, und auch sonst ging alles verkehrt. Gaffett hatte es sich so zurechtgelegt, daß es lauter gewöhnliche Geister gewesen seien, und die Bedingungen, sie zu erblicken, wären außergewöhnlich günstig gewesen. Er redete immer von der Geographischen Gesellschaft, doch unternahm er nie die richtigen Schritte, wie mir jetzt scheint, sondern er blieb einfach in der Mission. Er war furchtbar verkrüppelt und hatte Angst, sie würden ihn in eine Art Hospital einsperren. Er sagte, er warte auf die Richtigen, um es denen zu erzählen – Männern, die gen Norden führen. Manchmal unterbrachen sie die Fahrt, um Post oder ähnliche Dinge abzuliefern. Aber er war starrköpfig in seinen Ideen und ließ zwei oder drei regelrechte Expeditionen vorbeiziehen, weil ihm ihr Aussehen nicht paßte. Doch als ich dann kam, war er unruhig geworden und fürchtete, er könnte darüber hinsterben. Er hatte seine Anweisungen ganz genau aufgeschrieben, um sie der rechten Expedition zu geben. Ich wollte, daß er sie mir anvertraute, damit ich etwas zum Vorzeigen hätte, aber er war dagegen. Wahrscheinlich ist er jetzt tot. Ich habe ihm geschrieben und alles getan, was ich konnte. Das wird eines Tages eine große Entdeckung sein!»

Ich gab ihm geistesabwesend recht, da ich mehr an seine eifrige, entschlossene Miene und an die seemännische Bereitschaft dachte, die aus seinem Gesicht sprach. Doch plötzlich veränderte sich alles, und der alte, rührende, gelehrtenhafte Ausdruck kehrte zurück. Hinter mir hing eine Landkarte von Nordamerika, und als ich mich ein wenig umdrehte, konnte ich erkennen, daß er seinen Blick auf die nördlichsten Gebiete geheftet hatte und betroffen ihre ausführlichen, neuesten Umrisse betrachtete.

DIE AUSSENINSEL

Gaffett mit seiner guten Koje und den Vogelbälgen, der Schiffbruch der ‹Minerva›, die menschenähnlichen Wesen aus Nebel und Spinneweb, die Worte, mit denen er ihren Überfall auf die Besatzung beschrieb, ja, die ganze eindringliche Erzählung hatte einen solchen Anstrich von Wahrheit, daß ich Kapitän Littlepage nicht widersprechen konnte. Der alte Herr wandte den Blick von der Landkarte ab, als ob sie ihn beunruhigt hätte, und sah mich flehend an.

«Wir sprachen gerade von…», und er brach ab. Ich merkte, daß ihm das ganze Thema auf einmal entfallen war.

«Es waren viele Leute bei der Beerdigung», sagte ich hastig.

«O ja», erwiderte der Kapitän befriedigt. «Jeder erwies ihr die letzte Ehre. Die traurigen Umstände waren mir einen Augenblick entfallen. Ja, Mrs. Begg wird uns allen sehr fehlen. Sie hat ihren Mann großartig vertreten, wenn er unterwegs war. O ja, daß wir die Schiffahrt nicht mehr haben, ist ein großer Verlust.» Und er seufzte tief. «Es gab kaum einen Mann von Rang und Stand, der sich nicht irgendwie für die Schiffahrt interessierte. Es verlieh unserm Ort ein Ansehen. In Dunnet haben wir jetzt Niederwassermarke, sage ich immer.»

Er erhob sich voller Würde, um Abschied zu nehmen, und bat mich, gelegentlich in seinem Haus vorzusprechen, da er mir ein paar ausländische Dinge zeigen wollte, die er von seinen Seereisen heimgebracht hatte. Ich war mit dem Thema über das sinkende Interesse an der Schifffahrt bereits vertraut, da ich ja schon seit einiger Zeit in Dunnet Landing war, daher war ich nun überzeugt, daß Kapitän Littlepages Gedanken in ein stilleres Fahrwasser zurückgekehrt waren.

Als wir unten am Fuße des Hügels angelangt waren und am Eingang des Dorfes standen und nachdem ich den alten Herrn zu einem glatten Stück Bürgersteig geführt hatte, der ihn bis vor seine Haustür brachte, trennten wir uns als gute Freunde. «Schauen Sie an einem Nachmittag bei uns herein», sagte er so freundlich, als ob ich ein Kollege von ihm wäre, der gleich ihm auf der Wetterseite hohen Alters Schiffbruch erlitten hat. Ich machte mich auf den Heimweg, und bald begegnete ich Mrs. Todd, die mir mit besorgter Miene entgegenkam.

«Ich hab' gesehn, wie Sie den alten Herrn bergab geführt haben», sagte sie vorsichtig.

«Ja, ich habe einen sehr interessanten Nachmittag mit ihm verbracht», erwiderte ich, und ihr Gesicht hellte sich auf.

«Oh, dann ist's recht. Ich hatte schon Angst, er könnte wieder einen Anfall von Kopflosigkeit gehabt haben, und da würde die Maria Harris nicht...»

«Ja», entgegnete ich lächelnd, «er hat mir zwar ein paar alte Geschichten erzählt, aber außerdem sprachen wir von Mrs. Begg und der

Beerdigung und über Miltons ‹Verlorenes Paradies›.»

«Er mußte Ihnen wohl ein paar von seinen großartigen Geschichten erzählen», sagte sie und blickte mich schlau an. «So eine Beerdigung bringt ihn jedesmal in Schwung. Ein paar von seinen Geschichten haben sogar einen Zusammenhang», fuhr sie fort und faßte mich noch schärfer als vorher ins Auge. «Und er war während all seiner Seemannszeit rein versessen aufs Lesen. Manche Leute meinen, er hätt's übertrieben und sein Kopf hätte Schaden genommen, aber für einen Mann in seinem Alter ist er noch wunderbar, wenn er so richtig in Schwung ist. Oh, er war ein sehr schöner Mann!»

*

Wir standen an einer Stelle, von der aus man einen herrlichen Blick auf den Hafen und seine langgestreckte Küstenlinie hatte, die ganz mit der großen Heerschar spitzer Tannen bedeckt war; in ihren dunklen Umhängen standen sie da, als warteten sie darauf, sich einzuschiffen. Als wir weiter seewärts zu den äußeren Inseln blickten, schienen die Bäume noch immer seewärts zu marschieren, mit gleichmäßigem

Schritt über die Höhen und bis hinunter zum Saum des Wassers.

Es war grau und wolkig geworden wie ein erster Herbstabend, und ein Schatten war auf den dunkler werdenden Strand gefallen. Plötzlich, noch während wir schauten, fiel eine Lanze goldenen Sonnenscheins auf die äußeren Inseln, und eine Außeninsel hob sich klar und hell ab und zog unsre Blicke auf sich. Mrs. Todd blickte quer über die Bucht, und ihr Gesicht war voller Zärtlichkeit und Interesse. Der jähe Lichtglanz der Sonne über jener alleräußersten Insel ließ sie wie eine unerwartete Offenbarung einer jenseitigen Welt erscheinen, die manche so nahe wähnen.

«Da draußen lebt Mutter», sagte Mrs. Todd. «Wie deutlich alles ist! Ich bin da draußen auf Green Island aufgewachsen. Jeden Felsen und jeden Busch da draußen kenne ich.»

«Ihre Mutter!» rief ich voll größter Anteilnahme.

«Ja, Liebste, tatsächlich: ich habe sie noch, so alt sie auch ist. Sie gehört zu den rüstigen, leichtfüßigen kleinen Frauen, ist's immer gewesen, und auch leichten Herzens», erwiderte Mrs. Todd voller Genugtuung. «Sie hat allen Kummer erlebt, den der Mensch nur haben kann, und doch hat sie immer für alle ein aufmunterndes Wort gehabt. Das Leben hat sie kein bißchen verhätschelt. Sie ist sechsundachtzig, und ich bin siebenundsechzig, und ich hab's selber erfahren, daß ich mir wahrhaftig als die ältere vorgekommen bin. ‹Barmherziger Gott!› hat sie 's letzte Mal, als ich sie draußen besucht hab, mir zugerufen. ‹Wie du torkelst, wenn du ins Boot steigen willst!› Da mußt ich so lachen, daß ich um ein Haar über Bord ins Wasser geplumpst wär', und wir stießen ab und ließen sie lachend am Ufer stehn.»

Indes wir noch schauten, war das Licht verblaßt. Mrs. Todd war auf einen grauen Felsblock gestiegen und stand dort groß und statuenhaft wie eine Karyatide. Dann stieg sie herunter, und wir setzten unsern Heimweg fort.

«Wir woll'n uns bald mal ein Boot mieten und Mutter besuchen gehn», versprach sie mir. «Es würde ihr solche Freude machen, und auf der Insel gibt's zwei, drei Kräuter, die wachsen nirgends so gut wie dort. Hier auf dem Festland hab' ich noch nie so schöne gefunden.»

Als wir ins Haus traten, erklärte sie: «Jetzt geh' ich nach unten und hol uns beiden ein Seidel von meinem Bier. Und ich glaub', ich tu' ein klein bißchen Kamille dran. Heut mit der Beerdigung und all dem, da ist mir grade so, als hätt' ich einen sehr anstrengenden Nachmittag hinter mir.»

Ich hörte, wie sie in den kühlen kleinen Keller hinunterging, und dann hörte ich lange Zeit gar nichts. Als sie wiederkam und die Krüge in der Hand hatte, fiel mir trotz meines Einspruchs der Kamillengeschmack auf, doch das Aroma wurde übertönt durch ein anderes Kraut, das ich nicht kannte. Sie blieb vor mir stehen, bis ich alles getrunken hatte und ihr bestätigte, daß es mir schmeckte.

«Das gebe ich längst nicht jedem», sagte sie freundlich, und einen Augenblick war mir zumute, als hätte ich an Zauberspruch und Beschwörung teilgenommen und als müßte meine Zauberin gleich anfangen, wie die Spinnwebgestalten der arktischen Stadt auszusehen. Doch ereignete sich nichts weiter als ein stiller Abend und ein köstliches Pläneschmieden für die Fahrt zum Green Island, und am andern Morgen waren der helle Sonnenschein und der blaue Himmel eines neuen Tages da.

GREEN ISLAND

Eines Morgens in aller Frühe hörte ich Mrs. Todd draußen im Garten vor meinem Fenster. An den ungewöhnlich lauten Bemerkungen, die sie zu einem Vorübergehenden machte, und an den Klängen eines bekannten Chorals, den sie sang, während sie zwischen den Kräutern arbeitete und sich wie absichtlich an die verschlafenen Ohren meines Bewußtseins wandte, merkte ich bald, daß sie sich wünschte, ich würde aufwachen und mit ihr sprechen.

Nach ein paar Minuten antwortete sie der Morgenstimme, die hinter den Läden gesprochen hatte. «Wahrscheinlich gehn Sie heut zu Ihrem Schulhaus 'rauf und verbringen den ganzen schönen Tag da oben? Ja, wahrscheinlich wollen Sie fürchterlich fleißig sein?» sagte sie halb verzweifelt.

«Vielleicht auch nicht», sagte ich. «Was möchten Sie denn heut unternehmen, Mrs. Todd?» Denn ich nahm an, das schöne Wetter verlocke sie zu einer ihrer Lieblingsexpeditionen über das Uferweideland, um Pflanzen und Heilkräuter zu sammeln, während ich das Haus hütete.

«Nein, zu Lande will ich gar nichts unternehmen», antwortete sie vergnügt. «Nein, nicht zu Lande! Aber ich frage mich grade, ob wir den ganzen Sommer über je wieder so einen schönen Tag haben, um nach Green Island zu fahren und Mutter zu besuchen. Ich bin früh aufgewacht und hab' gleich an sie gedacht. Der Wind ist ein schwacher Nordost – der bringt uns schnurstracks zu ihr hinaus. Und um diese Jahreszeit kann man sich drauf verlassen, daß er gegen Abend nach Südwesten umspringt und uns wieder hübsch nach Hause bringt. Ja, es wird ein feiner Tag!»

«Dann sagen Sie Kapitän Bowden und seinem Jungen Bescheid, falls gerade jemand vorbeigeht und zur Schiffslände will», rief ich ihr zu. «Wir nehmen das große Boot!»

«Ach, du lieber Gott! Nein, lassen Sie mich das lieber auf meine Art machen», sagte Mrs. Todd stolz. «Nein, Kind, das große Boot, das nehmen wir nicht. Ich nehm' mir einfach einen netten kleinen Kahn, und Johnny Bowden und ich, wir sind die ganze Mannschaft. Ein größeres Boot als einen kleinen Kahn will ich gar nicht, wo's doch so eine hübsche kleine Brise ist, die überhaupt keinen Seegang macht. Und Johnny ist der Junge von meinem Vetter – da freut sich Mutter, wenn er mitkommt. Und außerdem ist er doch bloß die ganze Zeit unten bei den Heringsreusen, solange wir auf der Insel sind. Wir wollen doch keine Mannsleute mitnehmen, auf die man ewig bloß Rücksicht nehmen muß und für die man immer Zeit haben muß. Nein, lassen Sie mich nur machen. Wir fahren einfach los und besuchen Mutter ganz für uns allein. Und ich glaub', das bißchen Frühstück, das Sie immer essen, das ist schon längst parat.»

Mrs. Todd war mir schon sehr vertraut als Zimmervermieterin und Kräutersammlerin und ländliche Philosophin; ein- oder zweimal waren wir auch höfliche Fahrgäste an Bord eines Schiffes gewesen, als ich zu einem größeren Ort fahren mußte, um Besorgungen zu erledigen;

doch als Matrosen sollte ich sie jetzt erst kennenlernen.

Eine Stunde später stießen wir in dem ersehnten Fischerkahn von Land. Die Flut hatte gerade den höchsten Stand erreicht und begann zu fallen; mehrere Freunde und Bekannte standen oben auf der morschen Schiffsländе und beglückten uns mit ihren Zurufen und ihrem offenkundigen Interesse. Johnny Bowden und ich ruderten beide hastig drauflos, um nach draußen zu kommen, wo wir die Brise abfangen und das kleine Segel aufstellen konnten, das jetzt plump zusammengerollt längs des Dollbords lag. Mrs. Todd saß achtern, ein gestrenger und unbeugsamer Gesetzgeber.

«Laßt ihn lieber treiben. Wir kommen beinahe ebenso schnell hin; die Flut zieht ihn hier von den alten Schuppen weg und nach draußen. Draußen ist genug Wind.»

«Ihr Boot ist falsch beladen, Mrs. Todd», rief eine Stimme vom Ufer. «Sie können's nicht vor den Wind bringen. Sie müssen mittschiffs sitzen, Mrs. Todd, und den Jungen müssen Sie steuern lassen. So kommen Sie nie nach Green Island 'raus! Er ist schlecht beladen, der Kahn, hinten ist er zu schwer.»

Mit einiger Mühe drehte Mrs. Todd sich um und faßte den besorgten Ratgeber ins Auge. Der rechte Riemen fuhr mir aus dem Wasser, und das Boot wäre beinahe gekentert. «Ach, Sie sind's, Asa? Guten Morgen», sagte sie höflich. «Ich hab' immer am liebsten achtern gesessen. Wann sind Sie eigentlich vom Hinterland gekommen?»

Die Anspielung auf Asas Herkunft entging der Zuschauerschar nicht. Wir waren schon ein Stückchen vom Ufer entfernt, aber wir hörten ein Gelächter losgackern und sahen Asa, einen Mann, der immer mit seiner Kritik und seinem Rat bei der Hand war, wie er sich umdrehte und entrüstet von dannen stelzte.

Als wir vor dem Wind lagen, hatten wir bald Kurs aufs Meer hinaus und hielten nur, um ein Netz zu untersuchen, nach dessen Korken Mrs. Todd sorgsam Ausschau gehalten hatte, denn sie erklärte uns, ihre Mutter sei vielleicht nicht auf drei Gäste zum Essen eingerichtet; es war ihres Bruders Netz, und sie wollte nur einmal nachsehen, ob die richtige Sorte Schellfisch drin war. Ich beugte mich aufgeregt und sehr interessiert über das Dollbord hinaus und beobachtete Mrs. Todd, die geschickt die lange Reihe der Haken durch die Hände laufen ließ und verächtliche Bemerkungen über unnütze, köderabfressende Meertiere einflocht, während sie sie untersuchte und an der Leine hängen ließ oder abschüttelte, daß sie ins Wasser fielen. Schließlich stießen wir auf einen Schellfisch, den sie als gerade richtig befand, und nachdem wir ihn an Bord geholt und seinem Leben energisch ein Ende bereitet hatten, segelten wir weiter.

Im Weiterfahren hörte ich mir einen immer reizvolleren Kommentar über die Inseln an, von denen die einen kahle Felsen waren oder im Höchstfalle im Frühsommer eine karge Weide für Schafe abgaben. Auf einer von ihnen kam eine eifrige kleine Herde bis ans Ufer gerannt und blökte uns so flehentlich an, daß ich gerne gehalten hätte, aber Mrs. Todd steuerte von den Felsen fort und schalt auf den geizigen Besitzer der Schafherde, einen ihr bekannten Mann, der den geduldigen Geschöpfen das bißchen Salz und die noch geringere Pflege mißgönnte, die sie hier brauchten. Die heisse Hochsommersonne verwandelt die kleinen Inseln, die anfangs Juni mit ihren kühlen Quellen und dem dichten kurzen Gras ein Paradies sind, zu wahren Gefängnissen. Auf einer größeren Insel, die schon weiter draußen im Meer lag, zeigte mir meine unterhaltsame Gefährtin voll innigen Behagens die kleinen Häuser von zwei Bauern, denen die Insel gemeinsam gehörte, und erzählte mir, daß die Eigentümer seit drei Generationen nicht miteinander gesprochen hätten, auch nicht bei Krankheit oder Tod oder Geburt. «Als die Nachricht kam, daß der Krieg vorbei war, hatte es der eine schon eine Woche lang gewusst, aber er war nicht auf die andere Seite seiner Mauer gegangen, um es seinem Nachbarn zu erzählen», sagte sie. «Aber sie genießen es. Sie brauchen etwas, das sie an so einem Ort genügend in Atem hält. Immer halten sie den Kampf im Gange. Ich muß sagen, ich bin auch für etwas Abwechslung zu haben. Manche Leute waschen montags und bügeln dienstags, jahraus, jahrein, selbst wenn draußen vor ihren Fenstern der Zirkus vorbeizieht!»

Schon lange, bevor wir auf Green Island landeten, konnten wir das kleine weiße Haus sehen, weil es wie ein Leuchtturm aufragte. Dort war Mrs. Todd geboren, und dort lebte ihre Mutter: ein Haus an einem grünen Abhang über dem Wasser, mit dunklen Tannenwäldern dahinter, die noch höher gelegen waren. Die Felder, die wir allmählich voneinander unterscheiden konnten, waren bestellt. Mrs. Todd prüfte sie bereits, als wir noch weit draußen auf See waren. «Mutters Spätkartoffeln stehen schlecht», sagte sie abschließend. «Sie haben einfach noch nicht genug Regen gehabt. Bruder William hat wahrscheinlich so viel mit seinen Heringsreusen zu tun und verkauft so viel Köder an die Schoner, daß er auch nicht einmal am Tage Zeit hat, an sein Land zu denken.»

«Wofür ist die Flagge gehißt, da oben in den Tannen hinter dem Haus?» fragte ich voller Eifer.

«Oh, das bedeutet Heringe!» erklärte sie mir freundlich, während Johnny Bowden mich mit verächtlicher Verwunderung betrachtete. «Wenn sie genug Heringe für die Schoner haben, ziehen sie die Fahne auf, und wenn's nur ein magerer Fang aus den Fischreusen ist, lassen sie nur ein kleines Fähnchen unten am Strand flattern, dann kommen die kleinen Boote und holen sich reichlich zum Beködern für ihre Netze. Da! Sehen Sie wohl? Da ist sie: Mutter sieht uns! Sie winkt uns mit etwas aus der Vordertür! Sicher ist sie genauso schnell wie wir am Bootssteg.»

Ich sah hin und konnte ein winziges Flattern in der Haustür erkennen, doch ein flinkeres Zeichen war schon von dem Herzen an Land zum Herzen auf dem Wasser geflogen.

«Woher sie wohl weiß, daß ich's bin?» sagte Mrs. Todd, und ein zärtliches Lächeln stand in ihrem breiten Gesicht. «Ja, ja, man hört nicht auf, ein Kind zu sein, solange man noch eine Mutter hat, zu der man gehen kann. Da, schau'n Sie nur auf den Schornstein! Bestimmt ist sie gleich ins Haus gegangen und hat 's Feuer geschürt! Ach, ich bin froh, daß es ihr gut geht! Sie werden Freude dran haben, Mutter kennenzulernen.»

Mrs. Todd lehnte sich in die richtige Stellung zurück, und das Boot trimmte sich wieder. Sie zog kräftiger an der Schot und warf einen ungeduldigen Blick auf das Gaffel-Segel und auf das Liek vom Kleinsegel und ruckte an der Schot, als wollte sie den Wind wie ein Pferd anspornen. Sofort kam ein frischer Windstoß, und wir schienen die Geschwindigkeit zu verdoppeln. Bald waren wir nahe genug, um zu sehen, wie ein kleines Persönchen mit einem Tuch um den Kopf den Hang herunterkam und, uns erwartend, in der kleinen Bucht mit dem Kiesstrand stehenblieb.

Dann schurrte der Kahn über die Kiesel, und Johnny Bowden, der während der Überfahrt zur Untätigkeit gezwungen war, sprang auf den Strand und strengte sich wie ein Mann an, um uns mit der nächsten Welle hinaufzuziehen, damit Mrs. Todd trocknen Fußes an Land konnte.

«Das hast du sehr gut gemacht», sagte sie, erhob sich und trat etwas steif, aber mit großer Würde auf den Strand, wobei sie unsre ausgestreckten Hände ausschlug; dann wandte sie sich um und nahm den Beutel an sich, der zu ihren Füßen gelegen hatte.

«Da bin ich, Mutter!» verkündete sie mit ausdrucksloser Stimme! Doch sie standen sich beide gegenüber und blickten sich strahlend an.

«Sie sieht noch ganz gut aus für 'ne alte Frau, nicht wahr?» rief Mrs. Todds Mutter, die sich von ihrer Tochter abwandte, um mit mir zu sprechen. Sie war selber ein köstliches kleines Figürchen mit blanken Augen und einer freundlich erwartungsvollen Miene, wie ein Kind an einem Festtag. Es war einem so, als sei Mrs. Blackett eine gute alte Freundin – noch ehe man auch nur ihre liebe Hand losließ. Wir gingen alle zusammen den Hügel hinauf.

«Jetzt spute dich doch nicht so, Mutter!» rief Mrs. Todd warnend. «'s ist ein gutes Stück immer bergan bis zur Vordertür, und wenn du erst mal da bist, setzt du dich ja doch nicht hin, um Atem zu schöpfen, sondern mußt gleich herumwuseln. Geh du mir kein bißchen schneller als wir hier mit dem Beutel und dem Korb! Johnny bringt da noch den Schellfisch. Ich hab' unterwegs einmal gehalten und Williams Netz untersucht, bis ich auf den richtigen Fisch gestoßen bin, von dem ich mir gedacht hab', den hättest du wohl gern, um dein gutes Chowder zu kochen. Ich hab' auch eine Zwiebel mitgebracht, die bei uns auf dem Fensterbrett herumlag.»

«Die hat mir gerade gefehlt», sagte Mrs. Blackett. «Mir wurde schon ganz bange, als du von Chowder anfingst, weil ich wußte, daß ich keine einzige Zwiebel mehr hab'. William hat vergessen, uns neuen Vorrat zu besorgen, als er letztes Mal in Dunnet war. – Spute dich nicht so, Almiry, wo's doch hier so ansteigt! Ich kann dich ja schnaufen hören!»

Die kleine Rache schien Mutter und Tochter höchlichst zu belustigen. Sie lachten und blickten sich zärtlich an, und dann sahen sie auf mich.

Mrs. Todd blieb rücksichtsvoll stehen und wandte sich um und ließ den Blick über das weite Meer schweifen. Ich war froh, daß wir still standen, denn ich war stärker außer Atem als meine beiden alten Freundinnen, und ich verlängerte den Halt, indem ich mich nach den Namen der Nachbarinseln erkundigte. Eine schöne Brise wehte, die wir hier oben am Hügelhang kräftiger spürten als unten auf dem Wasser, während wir vor ihr hergesegelt waren.

«Ach, das wird doch nicht das Kätzchen sein, das ich letztesmal gesehn hab', als ich hier war? Das kleine Ding, von dem ich gesagt hab', es säh' mir nicht tüchtig aus?» rief Mrs. Todd, als wir weitergingen.

«Doch, die ist das, Almiry», sagte die Mutter. «Mir hat sie immer wie 'ne Tüchtige ausgesehen, und sie versteht sich auch auf ihr Geschäft. Ich hab' noch nie eine so gute Mauserin gesehn, wenn man bedenkt, wie jung sie ist. Wenn's nicht wegen William gewesen wäre, hätt' ich das andre faule alte Ding nie so lange behalten; aber er hängt so an ihr, weil sie den Stummelschwanz hat. Ich halt's nicht für ratsam, Katzen bloß deshalb durchzufüttern, weil sie Stummelschwänze haben: es geht mit ihnen wie mit allen andern Kuriositäten, sie taugen bloß für den, der sie zweimal besieht. Das Kleine hier fängt Mäuse für zwei und hält mir das Haus so ordentlich wie schon seit einem Jahr nicht mehr. 's ist mir eine richtige gescheite Hilfe, das Kätzchen. Hab' sie mir von fünfen ausgesucht, die Miss Augusta Pennell drüben auf Burnt Island hatte», sagte die alte Frau und trippelte weiter, das Kätzchen immer dicht an ihrem Rocksaum. «Und Augusta, die sagte zu mir: ‹Aber Mrs. Blackett›, sagt sie, ‹da haben Sie ja die Häßlichste genommen?› und ich sag': ‹Ich hab' die Gescheiteste, besten Dank, ich bin zufrieden!›»

«Ich glaub', keiner kann so gut eine Katze aussuchen wie du, Mutter!» sagte die Tochter höflich und nett, und wir gingen friedfertig weiter.

Das Haus lag jetzt genau vor uns auf einer grünen Fläche, die so wirkte, als ob eine Riesenhand sie aus dem grünen Hang herausgehöhlt hätte, den wir eben hinaufgestiegen waren. Ein wenig weiter oberhalb begann der dunkle Tannenwald die Hügelkuppe zu erklimmen, um auf der andern Seite die aufs offene Meer hinausblickenden Hänge der Insel zu bedecken. Es war gerade Platz genug für das kleine Gehöft und den Wald. Wir sahen auf das Fischhaus und die rohgezimmerten Schuppen und unten auf die Fischreusen, die sich weit hinaus erstreckten. Als wir nach oben blickten, hoben sich die Tannenspitzen scharf von dem blauen Himmel ab. Rund um die Flanke der Insel, nach Osten zu, dehnte sich wildes Weideland, und auf ihm lagen die dicken grauen Felsblöcke, die ewig an Ort und Stelle blieben, und die grauen Rücken der vielen Schafe, die ewig umherwanderten und von dem feinen süßen Gras fraßen, das die Felsbänder besäumte und sanfte Mulden und Streifen grünen Rasens bildete, der wie wachsender Samt aussah. Hier und da, wo die Felsblöcke ihnen Platz ließen, sah ich das üppige Grün der Wachsmyrten. Die Luft war sehr würzig; unwillkürlich kam einen die Sehnsucht an, Mitbürger eines so vollständigen und winzigen Kontinents zu sein, der Heimat von Fischersleuten.

Das Haus war breit hingelagert und sauber, und das Dach schien schwer auf die niedrigen Mauern zu drücken. Es war eins von jenen Häusern, die mit dem Boden verwurzelt erscheinen, und als ob sie zu zwei Dritteln unter der Oberfläche steckten, wie Eisberge. Die Vordertür stand in Erwartung der Besucher gastfreundlich offen, und zu beiden Seiten wuchs ein schmukker Weinstock. Aber der Pfad führte weiter, zur Küchentür auf der andern Seite, und dort wuchs eine Unmenge fröhlicher Blumen und Kräuter, als ob ein fleißiger Gartenbesen sie samt und sonders auf einen Haufen zusammengefegt hätte. Portulak stand vor der untersten Stufe und verlor sich tief ins Gras hinein, und Malvenbüschel krochen so nahe heran, wie sie es nur wagten, als wären sie arme Verwandte. Ich sah die grellen Augen und hirnlosen Köpfchen von zwei jungen Hühnern, die sich zwischen den Malven kuschelten, als ob sie schon oft von der Schwelle fortgescheucht worden wären und erwarteten, daß es gleich wieder geschähe.

«Ich find's so steif, daß wir nicht durch die Küchentür gehn», sagte Mrs. Todd impulsiv, als wir zwischen den Blumen hindurchgingen und an die Vordertreppe kamen, doch wußte sie, was sich gehört, und führte uns in das beste Zimmer gleich linkerhand.

«Aber Mutter, du hast ja den Teppich gewendet!» rief sie mit einer Stimme, aus der Staunen und Bewunderung sprachen. «Wann hast du denn das gemacht? Hoffentlich ist Miss Addicks von White Island herübergekommen und hat dir geholfen?»

«Nein, das hat sie nicht», erwiderte die alte Frau, reckte sich stolz und sonnte sich in ihrem neuen Ruhm. «Ich hab's ganz allein gemacht, und William hat Hand angelegt. Er hatte einen freien Tag und hat mir geholfen, ihn nach draußen zu tragen. Und er ist tüchtig auf dem Rasen ausgeklopft und umgedreht worden und lag wieder im Zimmer, noch eh' wir zu Bett gegangen sind. Ich hab' zwei von den Längsstücken aufgetrennt und gekehrt und wieder zusammengenäht. So gut wie in *der* Nacht hab' ich schon seit zwei Jahren nicht geschlafen.»

«Was sagen Sie zu solcher Mutter, und dabei ist sie sechsundachtzig?» fragte Mrs. Todd und stand da wie eine Statue der Siegesgöttin.

Die Mutter aber sah plötzlich ganz jung aus; man hatte das Gefühl, als ob sie noch eine große Zukunft vor sich hätte und ihre Sommer voll fröhlicher Arbeit nicht etwa ende, sondern erst beginne.

«Je, je», rief Mrs. Todd verwundert. «Ich hätt's nicht schaffen können, das muß ich gerne zugeben.»

«Ich war froh, als ich's nicht mehr vor mir

hatte», sagte Mrs. Blackett bescheiden, «um so mehr, weil's mir Anfang der folgenden Woche nicht besonders gut ging. Daran war vielleicht der Wetterumschlag schuld, nehm' ich an.»

Mrs. Todd konnte es sich nicht versagen, mir einen bedeutungsvollen Blick zuzuwerfen, aber mit reizender Feinfühligkeit unterließ sie es, die Krankheit mit der ganz eindeutigen Ursache in Zusammenhang zu bringen und ihre Mutter auf die Lehre aufmerksam zu machen. Wuchtiger denn je stand sie in dem altmodischen «besten Zimmer» mit seinen paar guten Möbelstücken und historischen Bildern. Die grünen Gardinen zeigten ein konventionelles Muster fremder Gegenden: Burgen auf unerklimmbaren Felsen und liebliche Seen mit steilen, bewaldeten Ufern; der geschätzte Teppich zu Füßen war dicht mit hausgemachten Läufern belegt. Auf dem schmalen Kaminsims waren leere Lampen aus Glas und kristallisierte Glasbuketts und ein paar schöne Muscheln.

«In dem Zimmer hier bin ich getraut worden», sagte Mrs. Todd unversehens; und ich hörte, wie sie einen Seufzer ausstieß, nachdem sie gesprochen hatte, als ob sie das leise Bedauern nicht unterdrücken könnte, das stets bei jedem glücklichen Gedanken in ihr aufsteigen mußte.

«Wir standen genau dort zwischen den beiden Fenstern», fuhr sie fort, «und der Pfarrer stand hier. William wollte nicht dabei sein. Er war immer ein bißchen wunderlich, wenn er fremde Menschen sehen sollte, gerade wie heute auch noch. Ich bin den Leuten von klein auf entgegengelaufen, und William nahm die Beine in die Hand und riß aus.»

«Und ich hab' den Nutzen davon gehabt», sagte die alte Mutter fröhlich. «William ist für mich Sohn und Tochter gleichzeitig gewesen, seit du von der Insel fortgeheiratet hast. Eigentlich sollte er nicht gar so zufrieden sein, bei seiner alten Mutter zu Hause zu hocken, aber ich sag's ja immer, ich hab' den Nutzen davon.»

Wir steuerten alle der Küche zu, als triebe uns ein gemeinsamer Instinkt. Das beste Zimmer gemahnte zu sehr an feierliche Anlässe, und die Sonnenstoren waren alle heruntergelassen, um Sommerlicht und Luft auszusperren. Es war wirklich ein der Gesellschaft gezollter Tribut, wenn, nur um ihr Gebot zu befolgen, auf einem anscheinend nachbarlosen und einsamen Eiland ein besonderes Besuchszimmer vorhanden war.

Nachmittagsvisiten und abendliche Feste konnte es bei einer so weltabgeschiedenen Lage zu gewissen Jahreszeiten kaum geben. Doch Mrs. Blackett gehörte zu den Menschen, die nicht für sich leben, und sie hatte schon seit langem die Trennungslinie zwischen reiner Ichbezogenheit und einem wenn auch noch so kleinen Anteil an dem, was die Gesellschaft zu bieten vermag, überschritten. Sie hatte Nachbarinnen, die sich nie der Mühe unterzogen hatten, ein bestes Zimmer einzurichten, aber Mrs. Blackett verstand sich auf den Wert eines Salons und seine Benutzung.

«Ja, kommt nur gleich in die alte Küche, ich will euch nicht lange wie Fremde behandeln», lud sie uns herzlich ein, nachdem wir in dem für Formalitäten bestimmten Zimmer gebührend empfangen worden waren. «Almiry will sicher zu ihren Wiesenkräutern gehn, sobald sie nur eine gute Ausrede findet, aber jetzt ist's zu heiß. Ihr solltet lieber noch ein bißchen warten, bis ihr euch hübsch ausgeruht habt, und dann könnt ihr euren Spaziergang machen und von der obersten Klippe die schöne Aussicht betrachten. Almiry will sicher alles vorführen, was wir hier haben. Und dann mache ich euch eine schöne Tasse Tee, ehe ihr wieder nach Hause fahrt. Die Tage sind ja jetzt mächtig lang.»

Während wir uns noch im besten Zimmer unterhalten hatten, war der ausgewählte Fisch auf geheimnisvolle Art vom Strand nach oben gelangt und lag jetzt fertig vorbereitet und gesäubert in einer irdenen Schüssel auf dem Küchentisch.

«Ich finde, William hätte warten und ein Wort sagen können», schalt Mrs. Todd mit gekränkter Miene, als sie den Fisch sah. «Er ist ja ganz freundlich, wenn er aufs Festland kommt, und das letztemal war er für seine Verhältnisse sogar besonders zutraulich.»

«Es liegt ihm eben nicht, zu Damen zutraulich zu sein», erklärte Williams Mutter und warf mir einen reizenden Blick zu, als rechne sie mit meiner Freundschaft und Nachsicht. «Er ist sehr eigen, und heute steckt er den ganzen Tag in seinem alten Fischerzeug. Hinterher will er bestimmt alles wissen, was ihr gesagt und getan habt, aber erst, wenn ihr fort seid. William ist dir so gut: sicher will er dich gern sehen, Almiry. Ach, ich glaube, allmählich wird er schon noch auftauchen.»

«Und ich werd' ihn schon noch suchen, wenn er's nicht tut», erklärte Mrs. Todd mit einer Miene eiserner Entschlossenheit. «Ich kenne all' seine Verstecke längs unsrer Ufer. Den fang' ich mir mit der Hand, eh' er weiß, wie ihm geschieht. Ich hab' sowieso was Geschäftliches mit William abzumachen. Ich bin ihm noch zweiundvierzig Cents für die Hummer schuldig, die er mir letztesmal gebracht hat.»

«Die kannst du auch bei mir lassen», schlug die kleine alte Mutter vor, die schon zwischen Töpfen und Pfannen herumhantierte und alles vorbereitete, um ihr Chowder zu kochen.

Mich überfiel plötzlich wegen William eine unbekannte Neugierde, und ich meinte, unser Besuch wäre nur halb so nett, wenn ich nicht seine interessante Bekanntschaft machen könnte.

Mrs. Todd hatte die Zwiebel aus ihrem Korb geholt und auf den Küchentisch gelegt. «Du denkst doch dran, daß Johnny Bowden bei uns ist?» erinnerte sie ihre Mutter. «Er ißt so viel, wie er lang ist.»

«Ich hab' frische Pfannkuchen, Kindchen», sagte die kleine Alte. «Du wirst's nicht oft erleben, daß William und ich ganz ohne Vorräte sind. Du hättest einen etwas größeren Fisch aussuchen können, aber ich will sehen, daß wir genug haben. Ich brauche noch ein paar Kartoffeln mehr, und der Kartoffelacker ist gleich da drüben, und die Hacke lehnt am Brunnenhaus, zwischen den Kletterbohnen.» Sie lächelte und nickte ihrer Tochter gebieterisch zu.

«Lieber Gott, nein! Woll'n lieber für William das Horn blasen!» beharrte Mrs. Todd ziemlich aufgeregt. «Er braucht sich nicht so einschüchtern lassen, daß er gar nicht ins Haus kommt. Wenn er es hört, weiß er, daß du ihn für etwas Dringendes nötig hast, und kommt den Fußweg herauf, und wir können ihm zurufen. Ich will ihm ja nichts zuleide tun.»

Mrs. Blacketts altes Gesicht nahm zum erstenmal einen bekümmerten Ausdruck an. Ich hielt es für richtig, Almiras Spöttelei etwas entgegenzuarbeiten. Es war überhaupt viel zu schön draußen, um im Haus zu bleiben, selbst in so angenehmer Gesellschaft; außerdem könnte ich vielleicht William begegnen. Daher schlenderte ich nach draußen, fand die Hacke am Brunnenhaus und einen alten Spankorb vor der Tür zum Holzschuppen und auch meinen Weg zum Acker, wo ich in einer Ecke ein großes viereckiges Stück Land voll zerzauster Kartoffelstauden und Unkraut und hohen Kreuzkrautes sah. Die eine Ecke war schon aufgehackt, und ich wählte mir eine Furche, wo die Stauden gehörig welk waren. Wenn sich angesichts der Schätze in einer guten Kartoffelfurche alle Hoffnungen erfüllen, empfindet man die gleiche Genugtuung wie bei der Goldgräberei. Ich hätte gern ewig so weitergemacht, doch es schien nicht sehr haushälterisch, noch weiterzugraben, nachdem mein Korb voll war, und schließlich faßte ich den Stiel meiner Hacke bei der Mitte und hob den Korb auf, um wieder den Abhang hinanzusteigen. Ich wußte, daß Mrs. Blackett mich ungeduldig erwartete, um die Kartoffeln in Scheiben zu schneiden und abwechselnd mit dem Fisch Schicht um Schicht in den Chowder zu legen.

«Lassen Sie mich den Korb tragen, Ma'am», sagte eine angenehme, schüchterne Stimme hinter mir.

Ich erschrak in der Stille des weiten Ackerlandes, fuhr herum und sah einen ältlichen Mann, dessen Schultern gekrümmt waren, wie man es bei Fischern häufig findet, mit scheuem Ausdruck, grauhaarig und glattrasiert. Es war William. Er sah genau wie seine Mutter aus, und dabei hatte ich mir vorgestellt, er müsse groß und stämmig wie seine Schwester Almira Todd sein. Seltsamerweise hatte mir meine Phantasie sogar vorgegaukelt, er sei gegen

Dreißig und etwas tölpelhaft. Statt dessen war es notwendig, William den seinem Alter gebührenden Respekt zu erweisen.

Ich paßte mich augenblicklich den Tatsachen an, und wir wünschten uns wie alte Freunde guten Morgen. Der Korb war wirklich schwer, und ich steckte den Hackenstiel durch den Henkel und bot ihm das eine Ende; dann gingen wir mühelos auf das Haus zu und sprachen über das schöne Wetter und über die Makrelen, von denen berichtet worden war, daß sie überall in der Bucht auftauchen würden. William war seit drei Uhr draußen gewesen, und er hatte besonders viel mitgebracht. Ich konnte es spüren, daß Mrs. Todds Augen auf uns ruhten, als wir uns dem Haus näherten, und obwohl ich auf dem schmalen Pfad zurückblieb und William den Korb allein trug und für den Rest des Weges ziemlich weit vorausging, konnte ich deutlich hören, wie sie ihn begrüßte.

«Hast's geschafft und bist auch schon da, was?» fragte sie belustigt. «So, so, das ist gescheit von dir. Hab' nicht gedacht, daß ich dich heute noch zu sehen bekäme, William, und dabei will ich doch mit dir abrechnen.»

Mir war etwas unruhig und schuldbewußt zumute, doch als ich dann zu ihnen trat, war alles in schönster Harmonie. Wie mir schien, war es nur der erste Schritt, der William so sauer ankam. Hatte er sich jedoch einmal für die Geselligkeit entschlossen, dann konnte er auch mit mehr oder weniger Vergnügen daran teilnehmen. Er war etwa sechzig und sah für seine Jahre nicht mehr jung aus, doch der Geist der Jugend ist unüberwindlich, und Schüchternheit zeugt für so viel Kraft, daß ich die ganze Zeit dachte, ich müßte versuchen, es jemandem zu erleichtern, der in allen Fragen gesellschaftlichen Verkehrs jung und unbewandert war.

Er fragte mich höflich, ob ich vielleicht gern zur großen Klippe hinaufsteigen wollte, während das Mittagessen zubereitet würde; also brachen wir beide auf, William und ich, begleitet von einem überraschten und begeisterten Blick der zwei Frauen, wir selber nicht ohne ein Gefühl inniger Vorfreude und wie wenn wir viel jünger wären, als wir aussahen. Es war ein Augenblick so voller Unschuld und Einfalt, daß ich, als ich Mrs. Todd in der Küche hinter uns drein lachen hörte, auch lachen mußte, aber William wurde nicht einmal rot. Ich glaube, er war ein wenig taub, und er schritt äußerst tüchtig und ganz erfüllt von seinem Vorhaben vor mir her.

Vom oberen Rand der Weidefläche über dem Haus gingen wir auf einem glatten, braunen Pfad in die dunkeln Tannen hinein. Die heiße Sonne holte den Duft der harzigen Borke heraus, und der Schatten war wohltuend, als wir hügelan stiegen. William blieb ein- oder zweimal stehen, um mir ein großes Wespennest nahebei oder ein paar Fischadlernester unter uns in einem Stückchen Sumpfland zu zeigen. Als wir auf der obersten Kuppe der Insel auf eine kleine Lichtung hinaustraten, pflückte er ein paar Stiele des spät blühenden Moosglöckchens und gab sie mir dann, ohne ein Wort zu sagen, doch er wußte so gut wie ich, daß man nicht in Worte fassen konnte, was er mir zusammen mit den Moosglöckchen wünschte. Über die kleine Bergwiese lief ein dickes Felsenband wie das ungeheure Rückgrat eines riesigen Tieres. Dicht am Waldrand kletterten wir hinauf und gingen oben darauf entlang bis zur höchsten Stelle. Von dort aus konnten wir hoch über dem Ring spitzer Tannen die ganze Insel überblicken und sahen tief unten den Ozean, der unsre und hundert andere Inselchen bespülte, und den Strand auf dem Festland und all die fernen Horizonte. Es gab einem das überwältigende Gefühl großer Weite, denn nichts hinderte den Blick, nichts hemmte ein – ein Gefühl von Freiheit in Raum und Zeit, wie es ein großartiger Ausblick stets verleiht.

«Solchen Blick gibt's wohl in der ganzen Welt nicht, meine ich», sagte William stolz, und ich beeilte mich, ein ehrlich empfundenes Lob auszusprechen: es war unmöglich, sich nicht zu sagen, daß hier ein ungereister Mann sprach, und doch freute man sich darüber, wie er seine heimatliche Erde bewunderte.

WO DIE POLEIMINZE WÄCHST

Wir kamen etwas zu spät zum Mittagessen, doch Mrs. Blackett und Mrs. Todd waren nachsichtig, und wir nahmen jeder unsern Platz ein, nachdem William sich vorher noch wie ein frommer Brahmane am Brunnen die Hände gewaschen und eine saubere blaue Jacke angezogen hatte, die hinter der Küchentür an einem Pflock hing. Dann sprach er kurzentschlossen ein Tischgebet, dessen Worte ich nicht verstehen konnte, und wir aßen das Chowder und waren dankbar. Das Kätzchen machte immer wieder die Runde um den Tisch und hielt, aufrecht stehend und sich nur mit den scharfen jungen Krallen anklammernd, an jedermanns Ellbogen, wo es kläglich miaute, oder es schoß zur offenen Tür hin, wenn ein junger Sperling sich vergessen hatte und zu nahe im Gras gelandet war.

William sagte nicht viel, aber seine Schwester Todd nahm die Gelegenheit wahr und berichtete alle Neuigkeiten, die es von Dunnet Landing und der Küste zu erzählen gab, während die alte Mutter begeistert zuhörte. Ihre Gastfreundschaft war reizender Art: sie hatte jene Gabe, die so vielen Frauen fehlt, sich selber und ihr Haus gänzlich der Freude ihres Gastes zur Verfügung zu stellen, so daß sie zu einem Teil unsres eigenen Lebens werden, den man nie mehr vergessen kann. Takt ist schließlich weiter nichts als eine Art Gedankenlesen, und unsere Gastgeberin besaß das Talent wie keine zweite. Sympathie stammt ebenso aus dem Gemüt wie aus dem Herzen, und Mrs. Blacketts Welt und die meine waren eins – vom Augenblick an, da wir uns begegneten. Überdies besaß sie noch die allerhöchste Gabe, dies wahre Himmelsgeschenk, sich selber völlig vergessen zu können. Hin und wieder, wenn ich ihr eifriges, liebes altes Gesicht betrachtete, mußte ich mich fragen, warum sie hierher verpflanzt worden war, um auf dieser einsamen Insel der nördlichen Küste so zu leuchten. Vielleicht war es um des Gleichgewichts willen und um all ihre zerstreuten und auf sie bauenden Nachbarn schadlos zu halten für etwas, das ihnen vielleicht abging.

Als wir die altertümlichen blauen Teller abgewaschen hatten und das Kätzchen sich seines Anteils am frischen Fisch bemächtigt hatte und nachdem wir die Küchenstühle an ihren Platz gerückt hatten, rief Mrs. Todd munter, daß sie nun zu den Wiesen hinauf müßte, um die ersehnten Kräuter zu sammeln.

«Sie können hierbleiben und sich ausruhen, oder Sie können mich begleiten», erklärte sie. «Mutter sollte jetzt ihr Nickerchen machen, und wenn wir zurückkommen, wollen sie und William Ihnen etwas vorsingen. Sie liebt die Musik», schloß sie, zu ihrer Mutter gewandt.

Aber Mrs. Blackett versuchte ihr klarzumachen, daß sie nicht mehr so wie früher singen könne, und William wäre es vielleicht überhaupt nicht nach Singen zumute. Sie sah müde aus, die gute alte Seele, sonst hätte ich gern in dem friedlichen kleinen Haus gesessen, während sie schlief; denn ich hatte schon viele angenehme Wiesenerlebnisse in Begleitung ihrer Tochter gehabt. Aber es schien das beste, aus dem Haus zu gehen, und daher brach ich mit Mrs. Todd auf.

Mrs. Todd trug den Ginganbeutel, den sie von drüben mitgebracht hatte, und ein schweres kleines Gewicht ließ ihn straff und schlank von ihrem Handgelenk niederhängen. Der Weg war steil, und sie geriet bald außer Atem, so daß wir uns ausruhen und uns ein Weilchen auf einen passenden großen Felsblock zwischen Wachsmyrten setzen mußten.

«Hier», sagte Mrs. Todd, «ich wollte, daß Sie es sehen – es ist ein Bild von Mutter; es wurde aufgenommen, als sie mal in Portland war, bald nachdem sie geheiratet hatte. Und das bin ich», fuhr sie fort und öffnete ein anderes abgewetztes Etui, aus dem mir das volle Gesicht des fröhlichen Kindes entgegensah, dem sie jetzt noch glich, obwohl sie über sechzig war. «Und hier sind William und Vater zusammen. Ich schlage meinem Vater nach, so groß und schwer bin ich, und William ist wie unsre Mutter und ihre Leute, kurz und dünn. Er hätte was aus sich machen können, da er ein Mann ist und Mutter so gleicht. Aber wenn er auch sehr fleißig arbeitet und das Gehöft und Land in Ordnung hält und nebenbei auch noch die Fischerei besorgt, so hat er doch nie Mutters Schneid und Kraft gehabt, die Dinge so zu nehmen, wie sie sind. Er ist auch sehr verständig...», sann sie weiter, aber sie konnte zu keiner befriedigenden Entscheidung kommen, worin eigentlich – wie sie es offenbar glaubte – William im Leben versagt hatte. «Ich finde, es ist schön, jeden so glücklich zu sehen, wie er nur sein kann, und zu wissen, daß er das Beste aus dem Leben macht, in das er hineingestellt worden ist», sagte sie und begann die Daguerreotypen wieder einzupacken; aber ich streckte meine Hand aus, um mir das Bild ihrer Mutter noch einmal anzuschauen, das sehr blumenhafte Gesicht einer lieblichen jungen Frau in einem eigenartigen Kleid. In den Augen lag ein Ausdruck von Erwartung und Freude, ein weitschweifender Blick, der den Horizont absucht; man findet ihn oft bei Seefahrerfamilien, wo ihn Knaben und Mädchen gleichermaßen von den Männern erben, die ihr Leben auf See verbringen und immer nach fernen Segeln Ausschau halten oder nach dem ersten Streifen

Land. Auf See ist in nächster Nähe nichts zu sehen, und das spiegelt sich im Charakter des Seemanns wider, in den großen und tapferen und geduldigen Wesenszügen, die sich bei ihm einstellen, und in der hoffnungsvollen Freude, die man an einem Seemann so liebt.

Als die Familienbilder wieder in ein großes Taschentuch eingewickelt worden waren, schlugen wir einen engen Fußpfad ein und gelangten zu einer einsamen Stelle, die gen Norden sah und wo es mehr Weideland und weniger Büsche gab; wir stiegen hinab bis zum Rande des kurzen Rasens über den Felsenklippen, wo tief unten das Meer brandete und dröhnte, obwohl sich der Wind gelegt hatte und das Wasser ein Stück von der Küste entfernt stille aussah. Zwischen dem Gras wuchs solche Poleiminze, wie sie der übrige Teil des Weltalls nicht hervorzubringen vermochte. Ein feiner Duft hing in der Luft, als wir sie Zweiglein um Zweiglein einsammelten und behutsam weiterschritten, während Mrs. Todd ihr würziges Bukett in Händen hielt und mir immer wieder zu riechen gab.

«Nirgends gibt's so etwas», sagte sie. «Nein, nein, nirgends im ganzen Staat Maine gibt es solchen Polei! Das hier ist das richtige Grundmuster für die Pflanze, und alles übrige ist bloß Nachahmung. Tut's Ihnen nicht gut?» Und ich bejahte es begeistert.

«Außer Mutter hab' ich nämlich keinem Menschen die Stelle hier gezeigt, Liebste. Sie ist mir fast heilig. Nathan – mein Mann – und ich, wir haben die Stelle so gern gehabt, damals, als er um mich gefreit hat, und...», sie stockte, und dann sprach sie sanft weiter, «... als er unterging, war's genau hier vor der Küste, als er versuchte, durch den kurzen Kanal drüben zwischen den Squaw-Inseln hereinzukommen, grade im Angesicht von dem Vorgebirge hier, wo wir den ganzen Sommer gesessen und Pläne geschmiedet hatten.»

Ich hatte sie noch nie von ihrem Mann sprechen hören, aber ich spürte nun, daß wir Freunde waren, da sie mich zu der Stelle hier mitgenommen hatte.

«Mit uns war's nur wie ein Traum gewesen», sagte Mrs. Todd. «Ich wußte es, als er fortgegangen war. Ich wußte es» – und sie flüsterte wie im Beichtstuhl –, «ich wußte es, noch ehe er anfing, zur See zu gehen. Ich hatte schon keine Macht mehr über mein Herz, noch eh' ich Nathan zu sehen bekam; aber er liebte mich, und er machte mich wirklich glücklich, und er ist gestorben, bevor er erfahren hat, was er eines Tages hätte wissen müssen, wenn wir lange zusammengelebt hätten. 's ist sehr seltsam mit der Liebe. Nein, Nathan hat es nie gemerkt, aber mein Herz war betrübt, als ich ihn kennen lernte. Es gibt mehr Frauen, die sich gern lieben lassen, und nicht so viele, die lieben. Ich habe hier ein paar sehr glückliche Stunden verlebt. Ich habe Nathan immer gern gehabt, und er hat's nie erfahren. Aber der Polei erinnert mich dran, wenn ich hier sitze oder das Kraut pflücke und ihn sprechen höre – immer hat's mich dran erinnert – an den andern.»

Sie blickte von mir fort, und dann erhob sie sich und ging allein weiter. Es war etwas Einsames und Verlassenes um ihre große, entschlossene Gestalt. Sie hätte Antigone sein können, Antigone allein auf der Ebene von Theben. Es wird einem nicht oft gegeben in dieser lärmenden Welt, zu den Orten großen Grams und Schweigens zu kommen. Ein absoluter, ein archaischer Gram hielt diese ländliche Frau in Bann; sie schien mit ihrem Leid und der Weltferne ihres Alltags voll geschäftiger ländlicher einfacher Dinge und der Düfte urzeitlicher

Kräuter wie die Wiedergeburt einer historischen Menschenseele.

*

Ich war im Kräutersammeln nicht ungewandt, und nach einer Weile, als ich lange genug stillgesessen und mich zu neuen Gedanken ermuntert und eine Seite Erinnerungen mit neuem Vergnügen gelesen hatte, pflückte auch ich ein paar Sträußchen, wie es von mir erwartet wurde, und zu guter Letzt trafen wir uns etwas weiter oben in der schlichten Alltagswelt, die wir hinter uns gelassen hatten, als wir zu der Stelle mit der Poleiminze hinabstiegen. Während wir beide am oberen Rande des Weidelands entlang gingen, sahen wir an die hundert Segel in der Bucht und weiter draußen; es war mitten am Nachmittag oder noch später, und der Tag neigte sich seinem Ende zu.

«Ja, sie halten alle aufs Ufer zu – die kleinen Boote und die Hummerfischer und alle», sagte meine Begleiterin. «Wir müssen jetzt noch ein bißchen bei Mutter bleiben, nur, um unsern Tee zu trinken, und dann geht's nach Hause.»

«Es schadet nichts, wenn sich bei Sonnenuntergang der Wind legen sollte», sagte ich, «Johnny und ich können das letzte Stück rudern.» Mrs.

Todd nickte beruhigend und hielt sich an ihre gleichmäßige Gangart, legte auch keinen Schritt zu, als sie William um die Hausecke kommen sah, wie wenn er nach uns Ausschau hielte, und als er mit der Hand winkte und verschwand.

«Oh, William ist noch ‹an Deck›. Ich hätt' nicht gedacht, daß wir ihn nochmal zu sehen bekommen», rief Mrs. Todd. «Jetzt setzt Mutter bestimmt den Kessel auf; sie hat ein tüchtiges Feuer im Herd!» Auch ich sah, wie der blaue Rauch dichter wirbelte, und dann schritten wir beide ein wenig schneller aus, während Mrs. Todd schon in ihrem vollen Kräuterbeutel nach den Daguerreotypen tastete und bereit war, sie wieder an ihren alten Platz zu stellen.

William saß auf der Seitentreppe, und die alte Mutter war eifrig dabei, den Tee zu machen. Sie drückte mir eine alte Teedose aus geblümtem Glas in die Hand.

«Als William den Tisch deckte, meinte er, Sie würden sich die Dose wohl gerne ansehen. Mein Vater hat sie meiner Mutter von der Insel Tabago in den Kleinen Antillen mitgebracht; und hier hab' ich ein Paar schöne Becher, die auch von dort stammen.» Sie öffnete die Glastür eines kleinen Schränkchens neben dem Kamin. «Das sind so meine schönsten Sachen, Kindchen», sagte sie. «Sie würden wohl lachen, wenn Sie sehen könnten, wie wir uns Sonntag abends im Winter dran freuen: wir haben dann eine richtige Teegesellschaft, wir beide, anstatt einfach so weiterzumachen, und ich backe irgendwas extra Gutes als Überraschung und tische was von meinen Konserven auf, und dann fangen wir an, uns was zu erzählen, und unterhalten uns ganz herrlich.»

Mrs. Todd lachte nachsichtig und beobachtete mich, um zu sehen, was ich von solch kindischem Getue hielte.

«Ich wünschte, ich könnte an einem Sonntagabend dabei sein», sagte ich.

«William und ich wollen auch von Ihnen sprechen und an den schönen Tag denken», sagte Mrs. Blackett zärtlich und schaute ihren William an, und er blickte auf und nickte tapfer. Ich entdeckte allmählich, daß er und seine Schwester über ihre tieferen Gefühle nicht voreinander sprechen konnten.

«Jetzt möcht' ich, daß Mutter und du singen», sagte Mrs. Todd unvermittelt und ziemlich befehlerisch, und der arme William hatte in seiner offensichtlichen Bedrängnis mein volles Mitgefühl.

«Wenn ich meinen Tee getrunken habe, Kind», erwiderte die alte Frau fröhlich, und daher setzten wir uns hin und tranken unsern Tee, solange wir ihn noch hatten. Es war unmöglich, sich nicht zu wünschen, daß man ewig auf Green Island bliebe, und ich mußte es laut aussprechen.

«Ich bin sehr glücklich hier», sagte die alte Mrs. Blackett, «im Winter und im Sommer. William und ich wünschen uns nie ein andres Zuhause, nicht wahr, William? Ich bin froh, daß es Ihnen gefällt; ich wünschte, Sie kämen herüber und blieben bei uns, meine Liebe, sooft Ihnen danach zumute ist. Aber da ist auch Almiry; ich denke immer, die Vorsehung war sehr gütig, weil sie's so eingerichtet hat, daß ihr Mann ihr ein schönes Haus hinterlassen hat, wo sie richtig hingehört. Almiry wäre ganz unruhig geworden, wenn sie hier auf Green Island hätt' bleiben müssen. Du wolltest dich umdreh'n können, nicht wahr, Almiry, und wolltest in einem größeren Ort leben, wo noch mehr Dinge wachsen als hier. Manchmal wundern sich die Leute, daß wir nicht zusammenwohnen; vielleicht kommt's eines Tages dahin», und ein Anflug von Traurigkeit und Furcht huschte über ihr Gesicht. «Die Zeit, wo der Mensch krank und schwach wird, kommt für alle. Aber Almiry hat ein Kraut, das für alles gut ist.» Sie lächelte, während sie das sagte, und sah nun wieder heiter aus.

«Es gibt ein Kraut, das ist gut für jeden, ausgenommen für die Leute, die glauben, sie wären krank, wenn sie's gar nicht sind», erklärte Mrs. Todd mit der wahrhaft überlegenen Miene der Sachverständigen. «Komm, William, sing uns jetzt ‹Heimat, süße Heimat› vor, und dann muß Mutter uns ‹Cupido und die Biene› vorsingen!»

Nun folgte eine ganz reizende Überraschung. William besiegte seine Schüchternheit und begann zu singen. Seine Stimme war ein bißchen dünn und zerbrechlich, ähnlich den Familien-Daguerreotypen, aber es war eine Tenorstimme, und er sang tadellos rein und schön. Nie habe ich ‹Heimat, süße Heimat› so rührend und ernst singen hören, wie er es sang; er schien es ganz neu zu machen; und als er am Ende der ersten Reihe einen Augenblick innehielt und dann die zweite begann, gesellte sich die alte Mutter hinzu, und sie sangen zusammen; nur die höchsten Noten schaffte sie nicht, und da schien er ihr vorübergehend seine Stimme zu leihen und ihre Note und Melodie weiterzutragen. Es war das echte und einzige Ausdrucksmittel des stillen Mannes, und man hätte ewig zuhören und um immer noch mehr alte Lieder schottischer und englischer Herkunft bitten können, und um das Beste, was aus der Balladenmusik unsrer Kriege noch vorhanden war. Mrs. Todd gab sichtbar und manchmal auch hörbar mit ihrem kräftigen Fuß den Takt an. Hin und wieder sah ich Tränen in ihren Augen, wenn ich durch den Tränenschleier in den meinen hindurchblicken konnte. Doch schließlich endete der Gesang, und die Zeit zum Abschiednehmen war gekommen; es war der Abschluß eines großen Vergnügens.

Mrs. Blackett, die liebe alte Dame, öffnete die Tür ihres Schlafzimmers, während Mrs. Todd ihren Kräuterbeutel verschnürte und William nach unten ging, um das Boot bereitzumachen und mit dem Horn Johnny Bowden heranzublasen, der sich einer hummerfangenden Rudergesellschaft angeschlossen hatte.

Ich trat an die Tür des Schlafzimmers und dachte, wie freundlich es aussähe mit der rosa und weißen Steppdecke und der braunen, ungestrichenen Täfelung der Holzwände.

«Treten Sie nur richtig ein, Liebste», sagte sie. «Ich möchte gern, daß Sie sich auf meinen alten gepolsterten Schaukelstuhl am Fenster setzen; dann werden Sie wohl sagen, es sei der schönste Blick im ganzen Haus. Ich sitze sehr oft dort, wenn ich mich ausruhen will oder wenn ich lesen möchte.»

Auf dem Lichtständer lag eine zerlesene rote Bibel, daneben Mrs. Blacketts schwere, silbergefaßte Brille; ihr Fingerhut stand auf dem Fensterbrett, und auf dem Tisch lag, sorgsam zusammengefaltet, ein dickes, gestreiftes Baumwollhemd, das sie für ihren Sohn nähte. Die lieben alten Finger und ihre liebevollen Stiche! Herz, das für alles, was Liebe brauchte, sein Bestes hergegeben hatte! Hier war das wahre Heim, das Herz des alten Hauses auf Green Island. Ich setzte mich in den Schaukelstuhl und spürte, was für ein friedvoller Platz es war, das kleine braune Schlafzimmer mit dem stillen Ausblick auf Weideland und See und Himmel.

Ich blickte auf, und wir verstanden uns ohne Worte. «Daß Sie hier gesessen haben, daran werd' ich noch oft denken», sagte Mrs. Blackett. «Ich wünschte, Sie kämen wieder! Es war so schön für William!»

*

Der Wind half uns während der ganzen Rückfahrt und ließ nicht nach, so daß unser Segel nicht schlaff wurde, bis wir dicht vor dem Ufer waren. Wir hatten eine großzügige Spende an Hummern im Boot, und auch neue Kartoffeln hatte William an Bord geschafft, sowie ein ganzes Fäßchen erstklassiger prima Makrelen in Salz, wie Mrs. Todd sich stolz ausdrückte; und als wir landeten, mußten wir uns zuerst in geschäftliche Verhandlungen einlassen, damit alles in einer Schubkarre zu ihrem Haus hinaufgeschafft wurde.

Den Tag auf Green Island werde ich nie vergessen. Dunnet Landing kam mir groß und laut und bedrückend vor, als wir an Land gingen. Das ist die Einwirkung der Gegensätze; denn das Dörfchen war ja so still, und ich konnte die scheuen Nachtschwalben singen hören, als ich am gleichen Abend unten in meinem Bett wachlag, während der Duft von Mrs. Todds Kräutergarten unterhalb meines Fensters wieder und immer wieder von jedem sanften Anschwellen der Seebrise hereingetragen wurde.

Abgesehen von ein paar vereinzelten Gästen – von Inselbewohnern oder von Leuten aus dem Hinterland, denen Mrs. Todd gastfreundlich ein Mahl anbot, waren wir den lieben Sommer lang ganz für uns allein; und als sich gegen Ende Juli Zeichen einer Invasion einstellten und eine gewisse Mrs. Fosdick wie ein fremdes Segel am Horizont drohte, erduldete ich im voraus Qualen. Ich hatte in dem komischen kleinen Haus mit so viel Behagen und Selbstverständlichkeit gelebt, als ob es ein größerer Leib oder ein Muschelgehäuse wäre, in dessen einfachen Windungen Mrs. Todd und ich uns verborgen hatten – bis so ein herumwandernder Einsiedlerkrebs von Besucher das kleine Gastzimmer als ihr eigenes auserkor. Vielleicht fürchtet selbst ein Gestrandeter auf einer einsamen, öden Insel dann und wann den Gedanken, gerettet zu werden. Als ich das erste Mal von Mrs. Fosdick hörte, überkam mich ein Gefühl selbstsüchtiger Aufsässigkeit; doch schließlich war ich auch noch Ferienmieterin des Schulhauses, in dem ich stets allein sein konnte, und es war unmöglich, sich nicht mit Mrs. Todd zu freuen, die trotz einigen anfänglichen Murrens ehrlich begeistert über die Aussicht war, eine alte Freundin zu beherbergen.

Beinahe einen Monat lang erhielten wir gelegentlich immer wieder Nachrichten über Mrs. Fosdick, die nach der Art der Großen Elisabeth echt königlich im Hinterland von Haus zu Haus vorzurücken schien. Ein Sonntag nach dem andern kam und ging und enttäuschte Mrs. Todd in ihrer Hoffnung, ihren zukünftigen Gast in der Kirche zu sehen und den Zeitpunkt für die große Visite festzusetzen; aber Mrs. Fosdick war noch nicht so weit, daß sie sich auf ein festes Datum hätte einlassen können. Eine Zusicherung von «irgendwann in der nächsten Woche» war nicht eindeutig genug für den Geschmack einer freizügigen Hausfrau wie Mrs. Todd, und sie stellte alle Kräutersammelpläne zurück und erlitt die verschiedenen Abstufungen von Erwartung, Kränkung und Verzweiflung. Endlich hatte sie sich zu der Ansicht durchgerungen, Mrs. Fosdick müsse ihr Versprechen wohl vergessen haben und in ihr Haus zurückgekehrt sein, das irgendwo hinter Thomaston liegen sollte. Doch eines Tages, als der Abendbrottisch gerade abgeräumt und alles «saubergemacht» war und Mrs. Todd sich ihre große Schürze umgebunden hatte und zu einem Abendbummel in den Garten getreten war, geschah das Unerwartete. Sie hörte Räderrollen und rief mir, die ich am Fenster saß, aufgeregt zu, daß Mrs. Fosdick schon die Straße heraufkäme.

«Rücksichtsvoll ist sie vielleicht nicht, aber sie ist furchtbar nett im Umgang», sagte Mrs. Todd hastig und kam die paar Schritte von der Gartenpforte zurück. «Nein, sie ist kein bißchen rücksichtsvoll, aber da ist doch noch ein kleiner Hummer von Ihrem Abendessen übriggeblie-

ben? Ja, es ist der reinste Segen, daß der Hummer noch da ist. Susan Fosdick hätte ebensogut höflich sein und eine Stunde eher kommen können.»

«Vielleicht hat sie schon Abendbrot gegessen», deutete ich vorsichtig an, da ich ihre Hausfrauensorgen begriff und mich reumütig an meinen rücksichtslosen Appetit beim Abendbrot erinnerte, die Folge eines langen Ausflugs die Bucht hinauf. Es gab in Dunnet Landing so selten dringliche Fälle irgendwelcher Art, daß dieser hier überwältigende Ausmaße annahm.

«Nein, sie kommt jetzt von Nahum Braytons Farm her. Wahrscheinlich hatten sie auf dem Feld zuviel zu tun und konnten ihr das Pferd nicht rechtzeitig geben. Schleichen Sie sich einfach rasch in die Küche, Liebste, und setzen Sie den Teekessel nochmal auf; werfen Sie ein paar Händevoll Späne auf, 's ist noch reichlich Glut da! Ich nehm' sie gleich mit nach oben, damit sie ablegen kann, und sie hat bestimmt viel zu tun mit Erklärungen und Haube-Absetzen, da haben Sie also genug Zeit. Sie ist so eine, von der man sich nicht gern unvorbereitet erwischen läßt.»

Mrs. Fosdick stand schon an der Pforte, und Mrs. Todd drehte sich jetzt mit allen Anzeichen äußerster Überraschung und Begeisterung um und begrüßte sie.

«Nein, Susan Fosdick!» hörte ich sie mit einer so kräftigen und unbehinderten Stimme loslegen, als ob sie einen Acker weit rufen müßte, «dich hätt' ich beinah aufgegeben! Ich hatte wahrhaftig Angst, du wärst statt zu mir zu jemand anders auf Besuch gegangen. Abendbrot hast du wohl schon gehabt?»

«Ich hab's weiß Gott noch nicht gehabt, Almiry Todd!» sagte Mrs. Fosdick vergnügt und wandte sich, mit Beuteln und Bündeln beladen, von dem Kutscherjungen ab, dem sie Lebwohl gesagt hatte. «Ich hab' kein Krümchen Abendbrot gehabt, meine Liebe. Den ganzen Weg über hab' ich mich schon auf eine Tasse von deinem besten Tee gefreut, auf den Oolong, den du in dem kleinen Kistchen aufbewahrst! Von deinen nützlichen Kräutern will ich keinen Tee!»

«Den Oolong, den setz' ich bloß Pfarrersleuten vor», erwiderte Mrs. Todd fröhlich. «Komm nur gleich ins Haus, Susan Fosdick. Nein doch, du bist mir immer noch die gleiche Nummer!»

Während sie, lachend wie junge Mädchen, den Gartenpfad heraufkamen, floh ich pflichterfüllt in die Küche, um das Feuer anzufachen und dafür zu sorgen, daß der Hummer, einziges Bestandstück eines verspäteten Abendbrots, gut außer Reichweite der Katze war. Es zeigte sich, daß schöne Vorräte an Waldhimbeeren, Brot und Butter vorhanden waren, so daß ich die Fassung zurückgewann und ungeduldig darauf wartete, bis auch ich an diesem erlauchten Besuch teilhaben durfte. Vom gleichen Augenblick an, da unser Gast so freimütig um Oolong-Tee gebeten hatte, lag sofort etwas wie Feststimmung in der Luft.

Der große Moment kam. Ich wurde sehr formell am Fuß der Treppe vorgestellt, und dann gingen die beiden Freundinnen in die Küche, von wo ich bald ein gastliches Klappern von Geschirr und das muntere Umrühren in einer Teetasse hörte. Ich saß im Vorderzimmer in meinem hochlehnigen Schaukelstuhl am Fenster und hatte ein unvernünftiges Gefühl, ausgeschlossen zu sein, wie das Kind, das in Hans Andersens Märchen am Tor draußen steht. Mrs. Fosdick sah auf den ersten Blick nicht wie eine Dame mit großer Begabung zur Geselligkeit aus. Sie war ein ernsthaft dreinblickendes altes Frauchen und nickte wie ein Vogel mit dem Kopf. Mir war oft erzählt worden, daß sie ‹der köstlichste Hausbesuch von der Welt› sei – als ob es der vornehmste aller Berufe sei, Besuche zu machen. Und jeder wünsche sie gern bei sich zu haben, doch nur wenige könnten ihrer habhaft werden. Ich sah auch, daß Mrs. Todd sehr befriedigt über die Auszeichnung war, mit dem Besuch einer so hervorragenden Person, die ‹sich drauf verstand›, beehrt zu werden.

Die beiden Freundinnen erschienen mindestens eine Stunde lang nicht wieder auf der Bildfläche. Ich konnte ihre eifrigen Stimmen hören, die abwechselnd laut oder leise klangen, je nachdem, wie sie von öffentlichen zu vertraulichen Themen übergingen. Endlich war Mrs. Todd so freundlich, sich meiner zu erinnern, und kam wieder und klopfte umständlich an meine Tür, ehe sie eintrat, hinter sich den kleinen Gast. Sie ergriff Mrs. Fosdicks Hand, als ob sie jung und verschämt sei, und zog sie sanft nach vorn.

«Ich weiß ja nicht, wie ihr euch miteinander vertragen werdet», sagte unsre freundliche Hauswirtin. «Keiner kann wissen, ob ihr zusammenpaßt, aber da ihr beide in der Welt herumgekommen seid, wird's schon irgendwie gehen. Sie könnten Mrs. Fosdick erzählen, wie es neulich bei meinen Leutchen auf Green Island war. Sie kennt meine Mutter schon sehr lange. Wenn ihr mich entschuldigen wollt, husche ich jetzt flink in die Küche und räume die Abendbrotsachen fort und setze den Sauerteig fürs Brot an. Wenn ihr so weit seid, könnt ihr zu mir in die Küche kommen und mir Gesellschaft leisten, beide oder eine von euch.» Und damit verschwand sie, groß und liebenswürdig, und ließ uns allein.

Da uns also nicht nur ein guter Unterhaltungsstoff, sondern im Falle eines Versagens auch ein sicherer Zufluchtshafen geboten worden war, nahmen Mrs. Fosdick und ich Platz und schickten uns an, gut miteinander fertigzuwerden. Ich entdeckte bald, daß sie, wie viele von den älteren Frauen an der Küste, einen Teil ihres Lebens auf See zugebracht hatte und sowohl Wißbegierde wie Belehrung einer Weitgereisten aufwies. Als wir es schließlich an der Zeit fanden, zu unsrer Gastgeberin zu gehen, waren wir bereits gute Freunde.

Es war, wie Mrs. Todd mir zutuschelte, ganz unmöglich, sich nicht über die Art zu freuen, wie unser Besuch sich einlebte. Ein neuer Antrieb und ein Wiederaufleben geselliger Beziehungen und selten besuchter Buchten unsrer Erinnerung schienen eingesetzt zu haben. Mrs. Fosdick war die Mutter einer großen Familie von Söhnen und Töchtern gewesen, von Seeleuten und deren Frauen, und die meisten waren vor ihr gestorben. Bald war ich mehr oder weniger bekannt mit all ihrem Glück oder Mißgeschick, und Themen vertrauterer Natur wurden meinen Ohren so wenig vorenthalten, als wenn ich eine Muschel auf dem Kaminsims gewesen wäre. Mrs. Fosdick ermangelte nicht eines gewissen Anhauchs von Eleganz und Würde; sie war gut angezogen, wenn es auch eine merkwürdig wohlkonservierte, um einige Jahre zurückliegende Provinzmode war. In einem weiteren Sinne hätte man sie eine Frau von Welt nennen können, so unerwartet tauchte bei ihr immer wieder eine neuzeitliche Beschlagenheit auf, doch Mrs. Todds Weisheit war wie eine Enthüllung der Wahrheit selbst. Wie ein Idyll Theokrits konnte sie jedem Alter angehören, und während sie Mrs. Fosdick stets verstand, konnte die unterhaltsame Pilgerin doch nicht immer Mrs. Todd verstehen.

*

Gleich am ersten Abend stürzten sich meine Freunde in ein uferloses Meer von Erinnerungen und persönlichen Neuigkeiten. Mrs. Fosdick hatte sich bei einer Familie aufgehalten, der die Farm gehörte, auf der sie zur Welt gekommen war, und daher hatte sie jeden sonnenbeschienenen Hügel und jeden schattigen Wiesenwinkel aufgesucht, doch als sie sagte, es könnte vielleicht zum letztenmal gewesen sein, hörte ich aus ihrem Ton heraus, daß sie Widerspruch erwartete, den Mrs. Todd denn auch prompt lieferte.

«Almiry», sagte Mrs. Fosdick bekümmert, «du kannst mir beteuern, was du willst, aber ich bin eine von neun Schwestern und Brüdern, die alle auf dem alten Gehöft aufwuchsen, und ich bin die einzige, die noch am Leben ist.»

«Aber deine Schwester Dailey wird doch nicht verstorben sein? Aber nein, Louisa kann doch nicht tot sein!» rief Mrs. Todd erstaunt aus. «Davon habe ich ja nie gehört?»

«Doch, letzten Oktober ist sie in Lynn gestorben. Sie hatte ja so weit weg, in Vermont, ein Heim, weil sie ihre jüngste Tochter besuchte. Louisa war die einzige aus meiner Familie, bei deren Beerdigung ich nicht anwesend sein konnte, doch das war der reinste Zufall. Wir andern hatten uns alle in der Heimat niedergelassen. Ich fand es sehr nachlässig von den Verwandten in Lynn, sie nicht heimzuschicken, aber dann erfuhr ich, daß sie ihr kürzlich ein sehr vornehmes Grabmal errichtet haben, und meine Schwester Dailey war immer sehr fürs Staatmachen. In der Woche, ehe sie sich legen mußte, hatte sie das Grabmal gesehen und es so bewundert, daß sie über ihre Wünsche genau Bescheid wußten.»

«Sie ist also wirklich verschieden, und die Beerdigung war in Lynn!» wiederholte Mrs. Todd, als müsse sie sich die traurigen Tatsachen gründlich einprägen. «Sie war ein paar Jahre jünger als wir. Ich erinnere mich noch an ihren ersten Schultag. Es war gerade das erste Jahr, in dem meine Mutter mich aufs Festland geschickt hatte, damit ich bei meiner Tante Topham wohnen und in die Schule gehen sollte. Eines Montagmorgens hast du die kleine Louisa in einem rosa Kleid und mit ihren langen Locken in die Schule gebracht, und sie saß zwischen dir und mir, und nach einer Weile fing sie an zu weinen, darum hat uns die Lehrerin in der Pause mit ihr nach Haus geschickt.»

«Sie hatte eben Angst, weil so viele Kinder um sie herum waren. Zu Hause lebten damals bloß sie und ich und Bruder John; die älteren Brüder waren mit Vater zur See gegangen, und die andern waren noch nicht geboren», erklärte Mrs. Fosdick. «Im Herbst drauf sind wir alle zusammen zur See gegangen. Mutter war sozusagen bis zur letzten Minute unentschlossen. Das Schiff wartete auf Order zur Abfahrt, aber das Baby, das damals ankommen sollte, wurde gerade noch rechtzeitig geboren, und dann hatten wir lange Zeit besonders schlechtes Wetter; Mutter war also wieder auf den Beinen, ehe das Schiff die Segel setzen mußte, und dann fuhren wir allesamt mit. Ich erinnere mich noch, daß meine Kleider alle in einem Korb in der Ostkammer an Land blieben, wo Mutter sie aus meiner Kommode geholt und bereitgestellt hatte, um sie mit an Bord zu nehmen. Von ihren eigenen Kleidern hatte sie nichts da, was sie für mich zerschneiden wollte, und als ich daher mein Kleid vertragen hatte, steckte sie mich einfach in einen von Johns Anzügen, Jacke und Hose. Ich war erst acht Jahre alt, und er war über sieben und groß für sein Alter. Sowie wir einen Hafen anliefen, ging sie gleich an Land und kaufte mir etwas Hübsches, aber das Schiff fuhr nach Ostindien, und daher dauerte es lange, bis wir zu einem Hafen kamen. Ich hatte also ein schönes Stück Freiheit. Mein neues Kleid machte Mutter sehr lang, weil ich im Wachsen war, und von da an tappte ich auf dem Deck herum und spürte immer den Rocksaum an meinen Hacken und war ganz niedergeschlagen, als ob's mit meiner Jugend aus und vorbei sei. Hosen trug ich am liebsten: damit kletterte ich immer in die Takelage 'rauf und machte Mutter bange, bis sie mir drohte, sie würde mich nie wieder auf eine Seereise mitnehmen.»

Aus dem höflich geistesabwesenden Lächeln in Mrs. Todds Gesicht schloß ich, daß es keine neue Geschichte war.

«Die kleine Louisa war ein schönes Kind», sagte Mrs. Todd. «Doch, ich hab' immer gefunden, daß Louisa sehr hübsch war. Damals war sie ein liebes kleines Mädchen. Sie schlug deiner Mutter nach; ihr andern alle wart mehr eurem Vater ähnlich.»

«Ja, das stimmt», bestätigte Mrs. Fosdick und wiegte sich gleichmäßig im Schaukelstuhl hin und her. «Ach, es ist so schön, mit einer alten Bekannten zu schwatzen, die alles kennt, was man selber kennt. Heutzutage begegnet man so vielen Menschen, die anscheinend weder Vergangenheit noch Zukunft haben. Die Unterhaltung muß Wurzeln in der Vergangenheit haben, sonst muß man jede Bemerkung umständlich erklären, und das macht einen ganz kaputt.»

Mrs. Todd stieß ein komisches kleines Lachen aus. «Ja, alte Freunde sind immer am besten, falls man nicht auf einen neuen stößt, der dafür geeignet ist, daß man einen alten aus ihm macht!» sagte sie. Wir warfen uns einen liebevollen Blick zu, den Mrs. Fosdick nicht hätte verstehen können, da sie der neueste Ankömmling im Hause war.

DIE ARME JOANNA

Eines Tages fingen meine Ohren eine rätselhafte Anspielung auf, die Mrs. Todd über eine Insel namens Shell-heap Island machte. Es war ein kühler Abend mit kalten Regenschauern aus Nordosten, und zum erstenmal machte ich in dem Franklin-Ofen in meinem Zimmer ein Feuer an und bat meine beiden Hausgenossinnen, zu mir zu kommen und mir Gesellschaft zu leisten. Das Wetter hatte Mrs. Todd daran erinnert, daß es Zeit war, einen Vorrat an Hustensaft anzulegen. Sie hatte Kräuter aus allerlei dunklen und trockenen Verstecken hervorgeholt, bis ihr herber Duft und Staub mit dem alles überdeckenden Geruch der grünen Minze verschmolz, der aus dem simmernden Sirupkessel in der Küche aufstieg. Sie bezeichnete ihn als fertig und gut geraten und ließ ihn schließlich zum Abkühlen stehen, um ihr Strickzeug hervorzuholen, weil Mrs. Fosdick auch schon hinter dem ihren saß. Sie hatten in den zwei Schaukelstühlen Platz genommen, die kleine Frau und die große, doch dann und wann konnte ich sehen, daß Mrs. Todds Gedanken noch bei ihrem Hustensaft waren. Die Zeit zum Kräutersammeln war fast vorbei, aber die Zeit für Sirup und Magenbitter hatte begonnen.

Die Hitze vom offenen Feuer machte uns ein wenig schläfrig, doch in Mrs. Todds Tonfall, als sie vom Shell-heap Island sprach, lag etwas, das mein Interesse weckte. Ich wartete ab, um zu sehen, ob sie noch mehr sagen würde, und dann näherte ich mich dem Thema auf einem kleinen Umweg, indem ich das aussprach, was ich davor gedacht hatte: daß ich wünschte, die Green-Island-Familie wäre da, um den Abend mit uns zu verbringen, nämlich Mrs. Todds Mutter und ihr Bruder William.

Mrs. Todd lächelte und trommelte auf die Armlehne ihres Schaukelstuhls. «Da würde sich William zu Tode fürchten», warnte sie mich; und Mrs. Fosdick äußerte ihre Absicht, zum Green Island hinauszufahren und zwei oder drei Tage zu bleiben, falls der Wind, den wir jetzt hatten, keine allzu stürmische See machte.

«Wo liegt Shell-heap Island?» wagte ich nun zu fragen.

«'s liegt irgendwo nordöstlich etwa drei Meilen von Green Island; direkt vom Festland möcht' ich's auf acht Meilen seewärts schätzen», sagte Mrs. Todd. «Sie sind nie in der Nähe gewesen, meine Liebe; es liegt abseits von den Meerengen, und selbst bei gutem Wetter ist's sehr schlecht zum Landen.»

«Das wollt' ich meinen», nickte Mrs. Fosdick und strich sich ihre schwarzseidene Schürze glatt. «Aber wenn man mal gelandet ist, lohnt es sich schon, die Insel anzuschauen. Manche von den alten Leuten fürchten sich ein bißchen davor. In den alten Indianerzeiten galt es als ein sehr berühmter Ort; man kann noch viele von ihren Steinwerkzeugen dort finden, wenn man herumstöbert. Es ist auch eine herrliche Quelle da. Ja, ich erinnere mich noch, wie die Leute früher gruselige Geschichten vom Shell-heap Island erzählten. Manche sagten, für die Indianer sei es ein großer Versammlungsplatz gewesen, und einst hätte dort ein alter Häuptling geherrscht, der den vier Winden befehlen konnte, und andre erzählten, die Indianer wären mal von Norden her gekommen und hätten einen Gefangenen dort gelassen, ohne Boot, und es war zu weit, um zum Black Island rüberzuschwimmen, und da lebte er dann, bis er umgekommen ist.»

«Ich hab' erzählen gehört, daß er seitdem auf der Insel umgeht, und scharfsichtige Leute können ihn sehen und verlieren ihn dann wieder aus den Augen, genau wie einen von den Leuten, mit denen Kapitän Littlepage da oben dicht am Nordpol bekannt war», berichtete Mrs. Todd grimmig. «Jedenfalls waren Indianer da, man kann ja noch heutigentags ihren Muschelhaufen sehen, nach dem die Insel ihren Namen hat[1]. Und ich hab's selber gehört, es wäre einer von ihren Kannibalenplätzen gewesen, aber das

[1] Shell-heap: Hügel aus Küchenabfällen, meistens Muscheln, der vorgeschichtlichen Küstenbewohner.

konnte ich gar nie glauben. An der Küste von Maine hat's niemals Kannibalen gegeben. Alle Indianer in unsrer Gegend hier sind zahme Wilde.»

«Lieber Gott, ja!» rief Mrs. Fosdick aus. «Da sollte sich mal einer die bemalten Wilden ansehen, die ich auf den Südseeinseln gesehn hab', als ich noch jung war. Das war die richtige Reisezeit, damals mit den Walfischbooten!»

«Der Walfischfang muß aber langweilig für eine Dame gewesen sein, weil sie nie in einem netten Hafen an Land gingen und nie gemischte Fracht an Bord nahmen», sagte Mrs. Todd. «Ich hab' nie auf die Walfischfahrt gehen wollen.»

«Das stimmt, ich kam mir auch immer ganz abgestanden vor, und wie von hinter dem Mond!» bestätigte Mrs. Fosdick. «Aber es war aufregend, und wir haben immer so gute Fänge gemacht und fühlten uns reich, wenn wir an Land kamen. Für mich war's Abwechslung. Aber wie sich die Zeiten geändert haben! Wie wenig Familien sind noch übrig, die zur See gehen! Was für eine Menge komische Leute es doch hier gegeben hat, Almiry, als wir jung waren. Jetzt sind sie einer wie der andre, keiner, über den man lacht, und keiner, über den man weint.»

Mir schien, daß es noch immer sehr eigentümliche Charaktere in Dunnet Landing gab, aber ich wollte nicht gern unterbrechen.

«Ja», sagte Mrs. Todd nach einer nachdenklichen Pause, «vor vielen Jahren gab's bestimmt noch eine Unmenge wunderliche Menschengeschöpfe in unsrer Gegend. Es war einfach mehr Lebenslust da, und bei manchen nahm die Lebenslust eine seltsame Wendung. Heutzutage sind die Leute bloß alle Nachäffer und haben eine Todesangst, anders als alle zu sein; was aber die alten Leute von damals sind, die beteten noch drum, daß sie nur ja nicht alle gleich waren.»

«Von einem Nachäffer hab' ich wer weiß wieviel Jahre nicht mehr gehört», sagte Mrs. Fosdick und lachte; «'s war ein Lieblingsausdruck von meiner Großmutter. Nein, so was hab' ich nicht gemeint, sondern die seltsamen unruhigen Geschöpfe, die immer im Land herumwandern mußten. Heut gibt's die gar nicht mehr. Oder die andern, die sich in ihren eigenen Häusern versteckten und eigentümliche Ideen hatten.»

Ich dachte an Kapitän Littlepage, aber meinen Freundinnen kam sein Name nicht in den Sinn; und da war ja auch noch Bruder William auf Green Island, den wir alle drei kannten.

«Ich hab' neulich von der armen Joanna gesprochen. Ich hatte schon sehr lange nicht mehr an sie gedacht», sagte Mrs. Fosdick unvermittelt. «Mrs. Brayton und ich erinnerten uns neulich an sie, als wir zusammensaßen und nähten. Die war eins von den wunderlichen Menschengeschöpfen, die du im Sinn hattest, nicht wahr?» Sie wandte sich an mich: «Wir sprachen von solchen Leuten, und da hat es nun so eine Art Nonne oder Einsiedlerin gegeben, die lebte jahrelang ganz allein draußen auf Shell-heap Island. Miss Joanna Todd hieß sie und war eine Kusine von Almirys verstorbenem Mann.»

Ich drückte mein Interesse aus, aber als ich Mrs. Todd anblickte, sah ich, daß plötzlich ein starkes Gefühl sie bedrängte und daß sie offensichtlich schweigen wollte.

«Ich will's nicht, daß über Joanna gelacht wird», sagte sie besorgt.

«Ich auch nicht», antwortete Mrs. Fosdick beruhigend. «Sie hat Unglück in der Liebe gehabt, weiter war's im Anfang nichts. Doch wenn ich mich so zurückerinnere, dann seh' ich ganz deutlich, daß Joanna eine war, der es von Anfang an bestimmt war, in Schwermut zu verfallen. Sie zog sich ein für allemal von der Welt zurück, obwohl sie eine vermögliche Frau war. Sie wollte weiter nichts als fort von den Menschen; sie glaubte, sie passe nicht dazu, mit irgend jemand zu leben, und wollte frei sein. Shell-heap Island hatte sie von ihrem Vater geerbt, und das erste, was die Leute hörten, das war, daß sie sich aufgemacht hatte, um da draußen zu leben, und daß sie einen Brief hinterlassen hatte, sie wolle niemand sehen. Dort hinzufahren war schwierig, wenn der Wind und die Flut nicht ganz günstig waren, und es war eine schwere Arbeit, auf der Insel zu landen.»

«In welcher Jahreszeit war es denn?» fragte ich.

«Sehr spät gegen Ende Sommer», erwiderte Mrs. Fosdick. «Nein, ich hab' niemals über Joanna lachen können, wie's manche getan haben. Sie hing mit ihrem ganzen Herzen an dem jungen Mann, und in ungefähr einem Monat hatten sie heiraten wollen, als er von einem Mädchen weiter oben in der Bucht behext wurde und sie heiratete und mit ihr nach Massachusetts zog. Die Leute hielten nicht viel von ihm, und manche sagten, er sei hinter Joannas Geld her, und weiter nichts. Aber sie hatte ihm ihr ganzes Herz geschenkt, und sie war nicht mehr die jüngste. Alle ihre Hoffnungen hatte sie aufs Heiraten gesetzt, daß sie ein richtiges Heim haben könnte und jemand, für den sie sorgte. Nachher hat sie sich genauso benommen wie ein Vogel, wenn ihm sein Nest zerstört wird. Am Tag, nachdem sie die Neuigkeit gehört hatte, war sie furchtbar unglücklich, aber am folgenden Tag hatte sie sich schon gefaßt und war sehr ruhig und nahm Pferd und Wagen und ist die vierzehn Meilen zum Anwalt gefahren und hat ein Papier unterzeichnet, womit sie ihren halben Anteil an der Farm ihrem Bruder geschenkt hat. Sie sind nie sehr gut zusammen ausgekommen, aber er wollte nicht gegenzeichnen, bis sie sich so trostlos zeigte, daß er nachgab. Edward Todds Frau war eine gute Seele, die sehr traurig über alles war und Joanna zu überreden versuchte. Doch Joanna nahm ein schlechtes altes Boot, das ihrem Vater gehört hatte, und belud es mit ein paar Sachen, und dann fuhr sie los, ganz allein und bei gutem Landwind, aufs Meer hinaus. Edward Todd rannte an den Strand hinunter und stand da und weinte wie ein kleiner Junge, als er sie scheiden sah, aber sie war schon außer Rufweite. Sie setzte nie wieder einen Fuß aufs Festland, nicht solange sie lebte.»

«Wie groß ist die Insel? Und wie hat sie's im Winter aushalten können?» fragte ich.

«Vielleicht dreißig Acker, Felsen und alles mitgerechnet», antwortete Mrs. Todd und nahm mit ernstem Gesicht den Faden der Erzählung auf. «Es kann nicht viele Stellen geben, auf die nicht an Sturmtagen der salzige Gischt fliegt. Ach, 's ist ein furchtbar kleines Fleckchen, um sich eine Welt daraus zu machen. Shell-heap Island sieht ganz anders aus als alle übrigen Inseln, aber an der Südseite ist eine geschützte kleine Bucht, und davor liegen bei Ebbe Schlammbänke mit ausgezeichneten Zangenmuscheln, und der große Muschelhügel hält den Wind etwas von dem Häuschen ab, das ihr Vater sich mal gebaut hat, als er ein junger Mann war. Und davor, hieß es immer, hätte dort ein altes Blockhaus gestanden, und drunter eine Art natürlicher Felsenkeller. Er blieb manchmal tagelang draußen; eine kleine Schaluppe, die ihm gehörte, lag in der Bucht vor Anker, damit er sie voll Muscheln füllen konnte, mit denen er nach Portland 'rauffuhr. Die Händler sollen ihm immer einen Extrapreis gezahlt haben, so bekannt waren seine Muscheln. Joanna fuhr oft mit ihm hinaus und blieb bei ihm. Sie waren immer gute Kameraden, und so wußte sie auch, wie's da draußen aussah. Es waren ein paar Schafe auf der Insel, die ihrem Bruder und ihr gemeinsam gehörten, und sie bat ihn, sie zu holen, als das kalte Wetter einsetzte. Ja, sie wollte gern, er sollte wegen der Schafe kommen; und seine Frau dachte, vielleicht wolle auch Joanna zurückkehren, aber er sagte, nein, das wolle sie nicht, und belud das Boot mit warmen Kleidern und allerlei Sachen, von denen er meinte, sie könne sie vielleicht während des Winters brauchen. Er kam mit den Schafen heim und ließ die Sachen für Joanna auf der Insel, sie aber schaute nicht mal aus dem Fenster. Sie hat es sich als Buße auferlegt. Mittlerweile muß sie doch Sehnsucht gehabt haben, Edward zu sehen.»

Mrs. Fosdick konnte kaum noch stille sitzen, so gern wollte sie weitererzählen.

«Manche dachten, der erste kalte Frost würde sie aufs Festland zurückbringen, aber sie blieb immerfort auf der Insel», schloß Mrs. Todd ernst.

«Und nun erzähl mir jemand, die Männer wären nicht neugierig!» rief Mrs. Fosdick verächtlich. «In jenem Herbst war die See rund um

Shell-heap Island weiß vor lauter Segeln. Vorher hatte es nie als besonders guter Fischgrund gegolten. Manche fanden auch einen Vorwand, um an Land zu gehen, und sagten, sie wollten sich Wasser aus der Quelle holen. Doch schließlich sprach sie mit einer Bootsladung voller Fischer und sagte sehr würdevoll und ruhig, es würde ihr besser passen, wenn sie sich angewöhnen könnten, frisches Wasser vom Black Island oder anderswoher zu holen und sie in Frieden zu lassen, ausgenommen im Falle eines Unglücks oder andrer Not.

Doch ein Mann war da, der hatte schon von klein auf sehr viel für sie übrig gehabt. Er hätte sie geheiratet, wenn der andre Mann nicht gekommen wäre und ihm alles verdorben hätte, und er steuerte vor Tagesanbruch nahe an die Insel heran, ehe er zum Fischen weiter hinausfuhr, und warf ein kleines Bündel auf den grünen Abhang vor dem Haus. Seine Schwester erzählte mir, sie hätte zufällig beim erstenmal sehen können, was für eine hübsche Auswahl von nützlichen Sachen er zusammengestellt hatte, die eine Frau nur schwer entbehren kann. Er war weiter draußen beim Fischen und konnte das Bündel den ganzen Tag im Gras liegen sehen, obwohl sie manchmal nach draußen kam und dicht daran vorbeiging. Es waren andere Boote in der Nähe, die auf Makrelen warteten. Und früh am nächsten Morgen war sein Paket nicht mehr da. Er getraute sich's nicht zu oft, aber einmal nahm er ihr ein nettes Fäßchen voll Ware mit, die er in Portland bekommen hatte, und als der Frühling kam, brachte er ihr eine Henne und Hühnchen und einen hübschen kleinen Kükenverschlag. Es waren eben sehr viele alte Freunde da, die Joanna noch im Sinn hatten.»

«Ja», sagte Mrs. Todd, die allmählich ihre traurige Zurückhaltung verlor, je mehr sie sich in die Erinnerungen versenkte. «Wie es doch alle gleich merkten, wenn Rauch aus dem Schornstein aufstieg! Die Bewohner vom Black Island konnten sie mit ihrem Fernrohr erkennen, und wenn sie längere Zeit kein Lebenszeichen bemerkt hätten, würden sie ihren Verwandten Nachricht geschickt haben. Aber nach den ersten ein oder zwei Jahren geriet Joanna als tägliche Verantwortung mehr und mehr in Vergessenheit. Die Leute lebten ja damals noch sehr einfach», fuhr sie fort, weil Mrs. Fosdicks Gedanken gerade sehr durch ihre Strickarbeit in Anspruch genommen waren. «Sicher wurde immer sehr viel Treibholz an den Strand gespült, und die ganze Nordseite der Insel bedeckte ein Streifen armseliger Tannen, daher hatte sie genug Brennholz. Zu Hause hatte sie immer sehr gerne im Garten gearbeitet, und im ersten Sommer draußen auf der Insel begann sie das kleine Stück Land umzugraben und zog sich Kartoffeln. Natürlich konnte sie Fische fangen, und immer waren Hummer und Muscheln da. Man kann stets gut in einer Einöde am Meer leben, während man auf dem Land schon längst verhungert wäre – ausgenommen in der Beerenzeit. Joanna hatte auch Beeren auf der Insel, wenigstens Heidelbeeren, und ein paar Kräuter wuchsen dort, falls sie welche brauchte. Königskerzen in großer Zahl und auch Wermut erinnere ich mich mal gesehen zu haben, als ich auf der Insel war, jedoch lange vor ihrer Zeit. Ja, an den Wermut erinnere ich mich, und der ist eigentlich eine Gartenpflanze, also müssen schon Menschen dort gewohnt haben, ehe die Insel den Todds gehörte. Ein üppiger Busch ist ein schönes Grabmal: wahrscheinlich hat also jener Busch für jemand als ein ernstes Grabmal gedient. Katzenkraut ist in alten Ansiedlungen auch ein sehr ausdauerndes Gewächs.»

«Ich möchte aber gern wissen, wie sie mit andern Sachen fertig wurde!» unterbrach Mrs. Fosdick. «Almiry, was machte sie denn mit ihren Kleidern, wenn sie etwas ersetzen mußte? Oder womit hat sie ihr Brot zum Aufgehen gebracht? Und wie stand's mit ihrem Nähbeutel, ohne den keine Frau leben kann?»

«Auch ohne Umgang kann sie nicht leben», meinte Mrs. Todd. «Joanna hing an ihren Freunden. Die Abende im ersten Winter müssen ihr entsetzlich lang geworden sein.»

«Sie hatte die Hühner», sagte Mrs. Fosdick, nachdem sie über den traurigen Zustand nachgedacht hatte. «Die Schafe wollte sie nach dem ersten Sommer nicht wiederhaben. Als das Junigras abgeweidet war, ließ sich kein gutes Weideland mehr finden, und sie wollte nicht, daß sie leiden mußten; aber die Hühner gediehen ihr gut. Ich erinnere mich noch, daß ich eines Nachmittags im Frühling dort vorbeigesegelt bin und die Hühnerverschläge vor dem Haus in der Sonne gesehen habe. Wie lange hat es gedauert, ehe du mit dem Pfarrer hinausgefahren bist? Ihr wart die ersten, die wirklich richtig auf der Insel landeten, um die arme Joanna zu besuchen.»

Ich hatte über jene Form der menschlichen

Gesellschaft nachgedacht, die soviel persönliche Freiheit und eine freiwillige Einsiedelei zuließ. Es lag etwas Mittelalterliches im Verhalten der armen Joanna Todd nach ihrer Liebesenttäuschung. Die beiden Frauen waren näher zusammengerückt und sprachen weiter, ohne sich der Anwesenheit eines Dritten, einer Zuhörerin, bewußt zu sein.

«Die arme Joanna!» sagte Mrs. Todd wieder und schüttelte traurig den Kopf, als gäbe es noch Dinge, über die man nicht sprechen könne.

«Ich hab' sie immer sehr dumm gescholten», erklärte Mrs. Fosdick voller Temperament, «aber ich hatte Mitleid mit ihr, und heute habe ich noch viel mehr Mitleid mit ihr. Ein anderer Pfarrer hätte ihr eine große Hilfe sein können, nämlich einer, der ihr gepredigt hätte, daß man sein Ich vergessen und für andre da sein muß, wenn man seine eigenen Schmerzen heilen will. Aber Pfarrer Dimmick war so unsicher: er meinte es ja sehr gut, aber feinfühlig war er nicht. Ich glaube nicht, daß Joanna in der schlimmen Zeit an etwas andres hätte denken können, um ihren Kummer loszuwerden, ausgenommen, daß sie fortlief und sich versteckte.»

«Mutter sagte immer, sie könnte sich nicht vorstellen, wie Joanna lebte, ohne für jemand zu sorgen, sondern bloß für sich allein die Mahlzeiten zu kochen und tagaus, tagein nur ihr eigenes armes Ich zu pflegen», klagte Mrs. Todd.

«Sie hatte ja die Hühner», erinnerte Mrs. Fosdick freundlich. «Wahrscheinlich kam sie bald dahin, sie als richtige Leute anzusehen. Nein, ich habe die arme Joanna nie getadelt, wie's manche Leute getan haben. Sie hatte solch tiefes Gefühl, und ihr Kummer schmerzte sie mehr, als sie es ertragen konnte. Ich seh's jetzt alles anders an, und nicht mehr so wie damals, als ich noch jung war.»

«Ich glaube, in alten Zeiten gab es für solche Menschen wie Joanna eben die geschlossenen Klöster», sagte Mrs. Todd, als ob sie und ihre Freundin früher einmal verschiedener Meinung über Joanna gewesen wären, jetzt jedoch wohltuend übereinstimmten. «Oh, ich freute mich sehr, als Pfarrer Dimmick mich aufforderte, mit ihm hinauszufahren. Er war noch nicht lange unser Ortspfarrer gewesen, als Joanna ihr Heim und ihre Freunde verließ. Es war eines Tages in dem Jahr, nach dem sie fortgegangen war. Ich hatte im Vorfrühling geheiratet. Er fand, er sollte nach draußen fahren und sie besuchen. Sie gehörte zu seiner Kirchgemeinde und hätte ja den Wunsch haben können, daß er sich um ihren Seelenfrieden kümmerte. Davon war ich nicht so ganz überzeugt, aber ich konnte Joanna schon immer sehr gut leiden, und durch meine Heirat war ich ihre Kusine geworden. Nathan und ich hatten darüber gesprochen, hinauszufahren und ihr einen Besuch zu machen, aber dann konnte er seine Reise plötzlich eher antreten, als er gedacht hatte. Er hatte immer sehr viel von ihr gehalten, und als er das vorige Mal von der Fahrt zurückkam und noch nichts von der großen Veränderung wußte, hatte er ihr eine schöne Korallennadel aus einem Hafen im Mittelmeer mitgebracht, den sie angelaufen hatten. Ich hab' also die kleine Schachtel in ein Stück hübsches Papier eingewickelt und in meine Tasche gesteckt und einen frischen Strauß Zitronenmelisse für sie gepflückt, und dann sind wir losgefahren.»

Mrs. Fosdick lachte. «Ich kann mich noch gut erinnern, was über eure Anfechtungen bei der Überfahrt erzählt wurde.»

«O ja», fuhr Mrs. Todd in ihrer Besuchsstimme fort. «O ja, Susan, der Pfarrer hätt' mich fast mein Leben gekostet! Er wollte durchaus die Schot anholen, obwohl ich dagegen war. Er sagte, das Tau wäre zu derb und zerschnitte ihm die Hand. Es war eine ziemlich steife Brise, und er sprach immer ein bißchen aufgeblasen weiter, und ich hörte ihm ganz gern zu. Plötzlich kam eine heftige Bö, und er kreischt los und springt auf und ruft um Hilfe – dabei waren wir weit draußen auf See. Ich sprang an ihm vorbei und stieß ihn auf den Bootsboden, um die Schot zu erwischen und loszumachen. Er war bloß ein kleines Männchen; ich half ihm gleich wieder hoch, sowie die Bö abflaute, und entschuldigte mich sehr bei ihm, aber er tat irgendwie gekränkt.»

«Ich finde wirklich, solche Landratten gehören nicht in Pfarrgemeinden, wo sie auch aufs Wasser müssen», sagte Mrs. Fosdick sehr energisch. «Denk doch mal an die Familien in unsrer Gemeinde, die über die ganze Bucht zerstreut sind, und was für eine Unmenge Segelboote wir zu Mr. Dimmicks Zeiten immer sehen konnten, die an einem schönen Sonntagmorgen aufs Festland zuhielten und die alle mit Kirchgängern gefüllt waren, von denen ihn schließlich jeder irgendwann mal nötig hatte! So was kam bei unserm Doktor nicht vor, daß er plötzlich im

Boot hochsprang und loskreischte, bloß weil eine Bö das Segel trifft.»

«Der alte Doktor Bennet hatte ein feines Segelboot, was?» entgegnete Mrs. Todd. «Und wie der dem Wetter standhalten konnte! Mutter sagte immer, wenn man in Sorge war, dann sah sein hohes weißes Segel wie ein Engelsflügel aus, der übers Meer zu allen kam, die Schmerzen hatten. Aber die Gaben sind verschieden verteilt. Mr. Dimmick war dafür in andern Fragen ein Licht.»

«Dann hat er's jedenfalls unter den Scheffel gestellt», entfuhr es Mrs. Fosdick. «Was er sagte, klang bestimmt großartig, doch hinterher konnt' ich mich an kein einziges von seinen Worten erinnern. Aber erzähl weiter, Almiry! Ich kann mich gar nicht mehr an alles erinnern, was an dem Tag passiert ist, als ihr nach drüben fuhrt, um die arme Joanna zu besuchen.»

«Ich spürte es, daß sie uns kommen sah und uns schon aus großer Entfernung erkannte, ja, in mir drin hab' ich's gespürt», sagte unsre Freundin und legte ihr Strickzeug hin. «Ich blieb aber auf meiner Bank sitzen und brachte das Boot an Land, ohne weiter darüber zu reden; denn davor war eine kleine Fahrtrinne, die Mr. Dimmick bestimmt nicht gekannt hat, und die Ebbe stand sehr niedrig. Joanna kam nicht nach draußen, um uns fortzuscheuchen, und als ich das Boot auf einer Welle an Land brachte und den Pfarrer aussteigen ließ, dachte ich, es sei auch was wert, daß wir sicher am Ufer waren. Aus dem Schornstein auf Joannas Haus stieg ein bißchen Rauch auf, und es sah fast gemütlich und hübsch aus mit den blauen Winden, die sich hochrankten; und unter dem Fenster war ein Blumenbeet mit Portulak und andern Pflanzen. Ich glaube, als sie früher mal mit ihrem Vater draußen gewesen war, hatte sie sich ein Gärtchen ausgesamt. Es schien mir, als wäre sie auf die andre Seite der Insel geflohen. Um das Haus herum war alles ordentlich und schmuck, und es war ein herrlicher Julitag. Wir gingen vom Ufer ganz ruhig nach oben, und ich fühlte nach der kleinen Nadel von meinem armen Nathan, ob sie auch sicher in meiner Kleidertasche steckte. Und auf einmal trat Joanna in die Vordertür und stand dort auf der Schwelle, ohne ein Wort zu sagen.»

DIE EINSIEDELEI

Der Gegenstand unsrer Unterhaltung hielt uns so sehr in Bann, daß meine Freundinnen und ich gar nicht gehört hatten, wie jemand die Gartenpforte öffnete, doch nun vernahmen wir trotz des Lärms, den der Regen machte, ein lautes Klopfen. Wir saßen ums Feuer, fuhren aber alle in die Höhe, und Mrs. Todd ging so hastig nach draußen, um aufzumachen, daß ihr Schaukelstuhl wild hin und her wippte. Mrs. Fosdick und ich hörten eine ängstliche Stimme an der Tür, die von einem kranken Kind sprach, und dann Mrs. Todds gütige, mütterliche Stimme, die den Boten aufforderte, ins Haus zu treten. Wir warteten stumm. Schwer schlug der Regen von den Dachrinnen nieder, und in der Ferne brüllte und grollte das Meer die Begleitung dazu. Meine Gedanken flogen zu der einsamen Frau auf ihrer Insel draußen im Meer. Wie muß sie die Trennung von der Menschheit empfunden haben, mit wieviel Traurigkeit und Entsetzen, selbst bei einem Sommersturm, wie wir ihn jetzt hatten!

«Wenn's ihr in einer halben Stunde nicht besser geht, holt ihr sofort den Doktor!» sagte Mrs. Todd zu ihrem besorgten Kunden, als er sich verabschiedete. Es tat mir bis ins Herz wohl, welche Hilfsbereitschaft selbst in einem Ort mit so wenig Nachbarn zu finden war; doch für die arme Einsiedlerin Joanna fand sich kein Nachbar in Winternächten.

*

«Wie hat sie ausgesehn?» fragte Mrs. Fosdick ohne weitere Einleitung, als unsere hochgewachsene Freundin ins kleine Zimmer zurückkehrte und in ihren Kleidern Regenluft mitbrachte, weil sie so lange in der nassen Haustür gestanden hatte. Als sie eintrat, trieb der jähe Luftzug Rauch und Flammen aus dem Franklinofen. «Wie hat die arme Joanna ausgesehen?»

«Sie sah noch genau wie früher aus, nur kam sie mir kleiner vor», erwiderte Mrs. Todd nach kurzem Nachdenken – vielleicht auch nur, weil sie noch einmal rasch an ihre Patientin dachte. «Ja, sie war noch die gleiche und sah sehr hübsch aus, unsre Joanna. Ich hatte geheiratet, nachdem sie ihr Elternhaus verlassen hatte, und nun behandelte sie mich wie eine Verwandte. Ich hatte erwartet, daß sie seltsam aussehen würde – vielleicht mit über Nacht grau gewordenen Haaren oder dergleichen. Doch sie trug ein hübsches Kattunkleid, das ich schon an ihr gesehen hatte, ehe sie fortging; sie muß es geschont haben, damit sie es als gutes Kleid für nachmittags behielt. Sie hatte immer sehr feine und stille Manieren. Ich erinnere mich, daß sie ruhig stehenblieb, bis wir bei ihr waren, und dann küßte sie mich wirklich von Herzen und erkundigte sich nach Nathan, ehe sie dem Pfarrer die Hand reichte, und dann forderte sie uns beide zum Eintreten auf.

Es war das gleiche kleine Haus, das ihr Vater sich gebaut hatte, mit einem Wohnraum, und davon abgetrennt eine kleine Schlafkammer, in der sie schlief, und alles so ordentlich wie in einer Schiffskabine. Ein paar alte Stühle waren da, und eine Sitzbank, die sie aus einer langen Kiste gemacht hatte, in der ihr Vater vielleicht Takelwerk und andere Sachen verschlossen hatte, als er noch zum Fischen herkam; und der Herd war so gut, daß jeder drauf kochen und sich bei schlechtem Wetter warm einheizen konnte. Einmal, als wir noch Mädchen waren, bin ich mal 'rübergefahren und eine Woche lang bei Joanna geblieben, und die glücklichen Tage stiegen nun wieder vor mir auf. Ihr Vater hatte den ganzen Tag mit Fischen und Muschelsammeln zu tun. Er war der netteste Mann von der Welt, nur ihre Mutter hatte einen finsteren Zug und wußte nicht, was es heißt, glücklich zu sein. Und im gleichen Moment, als mein Blick auf Joannas Gesicht fiel, da sah ich auch schon, daß sie ganz und gar Mrs. Todd geworden war. Sie war ihrer Mutter wie aus den Augen geschnitten.»

«O jemine», sagte Mrs. Fosdick.

«Joanna hatte etwas sehr Hübsches zustande gebracht. Auf der Insel war auch ein kleiner Sumpf, an dem sehr viel gute Binsen wuchsen, und sie hatte sie gesammelt und wunderschöne Matten für den Fußboden und ein dickes Kissen für die lange Kiste geflochten. Auch sonst hatte sie allerhand Erfindungsgabe gezeigt; sie hatte nämlich immer gute Gelegenheit, Treibholz und Bretter am Strand aufzulesen, und was sie fand, hatte sie praktisch verwertet. Eine Uhr hatte sie nicht, aber ein Regal mit etwas Geschirr, und Blumen in Muscheln, die sie an den Wänden befestigt hatte, so daß es heimelig aussah, wenn auch armselig und leer. Ich konnt's nicht hindern, daß mir die Tränen kamen, so traurig war mir zumute. Im stillen sagte ich mir, ich muß Mutter bitten, daß sie Joanna besucht; die Liebe in Mutters Herzen würde sie wärmen, und sie könnte Joanna auch einen Rat geben.»

«O nein», sagte Mrs. Fosdick, «dafür war Joanna viel zu starr.»

«Wir setzten uns alle sehr geziemend hin, doch Joanna blickte mich immer wieder verstohlen an, als ob sie froh wäre, mich zu sehen. Sie hatte nicht viel zu sagen: sie war wirklich höflich und fein, und doch unnahbar. Der Pfarrer fand es schwierig», gab Mrs. Todd zu; «er wurde verlegen, und als er seine Amtsmiene aufsetzte und sie fragte, ob sie in ihrer jetzigen Lage die Segnungen der Religion hätte, und als sie erwiderte, er sollte ihr die Antwort erlassen, da hätt' ich losplatzen können. Sie hätte es ihm erleichtern können: schließlich war er der Pfarrer und hatte sich die Mühe gemacht, zu ihr hinauszufahren, wenn es auch reichlich kalt und verständnislos war, wie er fragte. Ich dachte, er hätt' ja auch die kleine alte Bibel bemerken können, die neben ihm auf dem Regal lag, und ich wünschte, er wäre so klug gewesen, einfach seine Hand darauf zu legen und etwas Gütiges und Väterliches draus vorzulesen, anstatt sie anzuklagen, und dann der armen Joanna seinen Segen zu geben, in der Hoffnung, daß sie auf den richtigen Weg geführt würde. Er erbot sich auch zu beten, aber es war alles bloß über die Stimme Gottes im Sturmwind; und während er so weitermachte, mußte ich denken, daß jeder, der den langen kalten Winter ganz allein auf Shell-heap Island verbracht hatte, bestimmt mehr über solche Dinge wußte als er. Ich ärgerte mich so, daß ich meine Augen aufriß und ihn anstarrte.

Sie beachtete es nicht, sondern war die ganze Zeit sehr fein und respektvoll, und als er eine Pause machte, fragte sie ihn, ob er sich für die alten Indianerfunde interessiere, und holte ein paar merkwürdige Steinmeißel und -hämmer von einem Wandbrett herunter und zeigte sie ihm, als ob er ein kleiner Junge wäre. Darauf sagte er, daß er sich gern den Hügel mit den Überresten ansehen würde; sie trat daher in die Haustür und zeigte ihm den Weg. Da sah ich, daß sie sich eine Art Sandalen aus den feinen Binsen gemacht hatte und sie an den Füßen trug und so leicht und schmuck wie in richtigen Schuhen darin umherging.»

Mrs. Fosdick lehnte sich im Schaukelstuhl zurück und stieß einen tiefen Seufzer aus.

«Zuerst rührte ich mich nicht, aber ich hielt mich nur so lange zurück, wie ich konnte», sagte Mrs. Todd, und ihre Stimme zitterte ein bißchen. «Als Joanna von der Türschwelle zurückkam und ich sah, wie der Rücken des dummen Mannes zwischen den Heckenrosenbüschen verschwand, lief ich rasch auf sie zu und nahm sie in die Arme. Ich war nicht so breit, wie ich jetzt bin, und sie war älter als ich, aber ich hab' sie tüchtig an mich gedrückt, als ob sie ein Kind wäre. ‹Ach, liebste Joanna›, hab' ich gesagt, ‹möchtest du nicht wieder an Land kommen und bei mir in Dunnet Landing wohnen oder nach Green Island zu Mutter gehen, wenn der Winter wieder da ist? Keiner tut dir was zuleide, und für Mutter ist es so schwer, allein zu sein. Ich kann's nicht aushalten, dich so hierzulassen...›, und ich fing an zu weinen. Ich hatte schon selber viel Kummer, so jung ich war, und das wußte sie. Oh, ich hab' sie angefleht; ja, ich hab' Joanna angefleht.»

«Und was hat sie dazu gesagt?» fragte Mrs. Fosdick und war sehr gerührt.

«Sie sah die ganze Zeit über so wie immer aus: traurig und fremd», sagte Mrs. Todd betrübt. «Sie nahm mich bei der Hand, und wir setzten uns dicht nebeneinander; es war, als hätte sie den Spieß umgedreht und mich zum Kind gemacht. ‹Ich habe kein Recht mehr, unter Menschen zu leben›, sagte sie. ‹Du mußt mich nie wieder bitten, Almiry: ich habe das einzige getan, was ich tun konnte, und ich habe gewählt. Deine Freundlichkeit tut mir sehr wohl, aber ich verdiene sie nicht. Ich habe die unverzeihliche Sünde begangen; du verstehst es nicht›, sagte sie demütig. ‹Ich war in so großem Zorn und Kummer, und mit meinen Gedanken habe ich mich so an Gott versündigt, daß ich nicht erwarten kann, mir würde je verziehen. Ich habe allmählich gelernt, was es heißt, Geduld zu haben, aber die Hoffnung habe ich verlernt. Du mußt es allen sagen, die nach mir fragen›, sagte sie, ‹und mußt ihnen erzählen, daß ich allein sein möchte.› Ich konnte nicht sprechen; nein, es kam mir gar nichts in den Sinn, was ich hätte sagen können, so sehr schien sie über allem Gewöhnlichen zu stehen. Ich war damals ein gut Teil jünger als heute, und ich holte Nathans kleine Korallennadel aus der Tasche und drückte sie ihr in die Hand; und als sie sie sah und ich ihr erzählte, wo sie herstammte, da leuchtete ihr Gesicht wirklich eine Minute lang auf und war hell und freundlich. ‹Nathan und ich waren immer gute Freunde; ich bin froh, daß er nichts Schlimmes von mir denkt›, sagte sie. ‹Ich möchte, daß du sie nimmst, Almiry, und sie aus Liebe zu mir und Nathan trägst!› und damit gab sie sie mir wieder. ‹Du mußt Nathan von mir grüßen – er ist ein guter, lieber Mensch›, sagte sie; ‹und sag deiner Mutter, wenn ich krank werde, dann soll sie nicht wünschen, daß ich wieder gesund werde, aber ich möchte gern, daß sie dann zu mir kommt.› Damit schien sie alles gesagt zu haben, was sie hatte sagen wollen, als ob sie mit der Welt abgeschlossen hätte, und wir saßen noch ein paar Minuten länger zusammen. Es war so sehr schön und still, bis auf viele, viele Vögel und die See, die dauernd auf den Strand schlug. Und schließlich stand sie auf, und ich ebenfalls, und sie küßte mich und hielt meine Hand in ihrer, als wollte sie Lebwohl sagen; dann drehte sie sich um und ging rasch aus der Türe und war verschwunden.

Der Pfarrer kam ziemlich bald zurück, und ich sagte ihm, daß ich fertig sei, und wir gingen zum Boot hinunter. Er hatte ein paar runde Steine und andere Sachen aufgelesen und trug sie in seinem Taschentuch; und er setzte sich mittschiffs und ließ mich das Heckruder nehmen und das Boot aus der Bucht rudern, und eine Zeitlang machte er keine Bemerkung, bis wir schließlich drüber wegkamen, indem wir vom Wetter zu sprechen anfingen, und auch über Fragen, die sich einstellten, als wir um Black Island herumfuhren, wo zwei oder drei Familien lebten, die zu seiner Gemeinde gehörten. Am nächsten Sonntag sprach er wie immer irgend etwas Hochtrabendes über die Schöpfung, und unwillkürlich mußte ich denken, daß er nie weiterkommen würde: er schien keine Heilmittel zu kennen, aber mit den Wörtern konnte er großartig umgehen.»

Mrs. Fosdick seufzte wieder. «Wenn man dich so über Joanna sprechen hört, steht einem die Zeit wieder vor Augen, als ob's gestern gewesen wäre», sagte sie. «Ja, sie war eins von den armen Würmchen, die immer von der großen Sünde reden. Heutzutage hört man nichts mehr von der unverzeihlichen Sünde, aber damals war es nichts Ungewöhnliches, kann man wohl sagen.»

«Ich glaube, wenn's heutigentags passiert wäre, dann würde so ein Mensch wohl von Müßiggängern überlaufen werden», fuhr Mrs. Todd nach einer langen Pause fort. «Doch damals hat keiner sie belästigt; alle Leute an der Bucht respektierten sie und ihre Gefühle. Aber als immer mehr Zeit verging, getraute sich's jeder, der dort vorbeifuhr, die Gelegenheit zu benutzen und etwas für sie am Ufer niederzulegen. Ich weiß, daß auch Mutter manchmal hinfuhr und sie besuchte, und dann und wann schickte sie William mit ein paar frischen, netten Sachen vom Gehöft hin. Auf der geschützten Seite ihrer Insel ist eine Stelle, wo man mit dem Boot nahe ans Ufer herankommt und irgend etwas sicher und außer Reichweite vom Wasser auf den Rasen legen kann. Auch ein oder zwei andere alte Leute besuchten sie wohl, und sie sprach mit ihnen; und von Zeit zu Zeit winkte sie einem vorüberfahrenden Boot zu und bat um etwas. Sie mußte Mutter versprechen, daß sie den Black-Island-Leuten ein Zeichen geben würde, falls sie Hilfe brauchte. Ich selbst habe sie seit jenem Tag nie wieder gesprochen.»

«Ich glaube, wenn heutigentags so was passierte, dann würde sie zu ihres Onkels Verwandten an die Westküste oder nach Massachusetts reisen und hätte eine Abwechslung und käme wie neugeboren wieder nach Haus. Die Welt ist größer und freier geworden, als sie früher war», meinte Mrs. Fosdick beharrlich.

«Nein», sagte ihre Freundin. «Mit dem Gemüt von so einem Menschen ist es so ähnlich wie mit schwachen Augen: nur daß es ein Mittel gibt, wenn die Augen nicht mehr recht wollen, aber fürs Gemüt, da gibt's keine Brillengläser. Nein, Joanna war und blieb Joanna, und da liegt sie nun auf ihrer Insel, wo sie lebte und ihre klägliche Schuld abbüßte. An ihrem Sterbetag hat sie Mutter erzählt, sie hätte sich immer gewünscht, an Land geholt zu werden, wenn es zum Sterben komme mit ihr; doch nun habe sie's recht überlegt und wünschte, auf der Insel begraben zu werden, falls das möglich wäre. Das Begräbnis fand also draußen auf der Insel statt, eines Samstagnachmittags im September.

Es war schönes Wetter, und die Küste zwanzig Meilen auf und ab gab's kaum ein Boot, das nicht randvoll mit Leuten auf Shell-heap Island zuhielt, und alle voller Respekt, als ob sie immer an Land geblieben wäre und ihre Freunde behalten hätte. Einige gingen wohl bloß aus Neugierde hin, das bezweifle ich nicht – solche gibt's immer bei einer Beerdigung; doch die meisten kamen mit echter Anteilnahme und gingen absichtlich deshalb hin, um es zu beweisen. Sie hatte die wilden Singsperlinge ganz zahm gemacht, weil sie ja so lange unter ihnen gelebt hatte, und einer flog ins Haus und setzte sich auf den Sarg und begann zu singen, während Mr. Dimmick sprach. Er wurde ganz verwirrt und wußte nicht, ob er weiterreden sollte. Ich hatte vielleicht ein Vorurteil gegen ihn, aber ich war bestimmt nicht die einzige, die fand, von den beiden hätt's der arme kleine Vogel besser gemacht.»

«Was ist aus dem Mann geworden, der so an ihr gehandelt hat? Hast du jemals was darüber gehört?» fragte Mrs. Fosdick. «Ich weiß nur, daß er ein Weilchen in Massachusetts lebte. Jemand, der mal von dorther kam, hat mir erzählt, er betriebe einen Handel und es ginge ihm sehr gut, aber das ist schon viele Jahre her.»

«Mehr habe ich auch nicht erfahren; er ist mit einem von den ersten Regimentern in den Krieg gezogen. Nein, ich hab' nie wieder von ihm gehört», antwortete Mrs. Todd. «Joanna war eine ganz andere Natur, und vielleicht zeigte er gute Menschenkenntnis, als er jemand anders heiratete, wenn er sich nur aufrichtig und männlich dabei verhalten hätte. Er war ein abgefeimter Schmeichler, der von den Leuten alles bekam, was er haben wollte, und er gab nur, wenn er was erreichen wollte, und eroberte sich mühelos Freunde und verlor sie wieder, ohne sich was draus zu machen. Sie hätte ein schönes Stück Arbeit gehabt, wenn sie ihn nach ihren eigenen aufrechten Ideen hätte umkrempeln wollen, doch hätte sie dabei so viel Abwechslung erlebt, daß sie nicht in Schwermut gefallen wäre. Manche sind dazu bestimmt, in dieser Welt die Joannas zu sein, und das war eben ihr trauriges Los.»

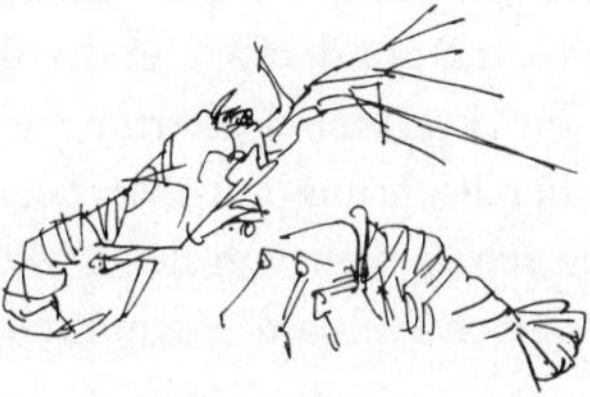

AUF SHELL-HEAP ISLAND

Einige Zeit, nachdem Mrs. Fosdick ihren Besuch bei uns beendet hatte und wir zu unserm früheren, geruhsamen Leben zurückgekehrt waren, segelte ich allein mit Kapitän Bowden in seinem großen Boot draußen in der Bucht. Wir schlugen die krumme Fahrtrinne ein, die in nordöstlicher Richtung aufs Meer hinausführt, und waren schon weit von der Küste entfernt, obwohl es noch früh am Nachmittag war. Ich sah mich bald zwischen lauter unbekannten Inseln, und plötzlich kam mir die Geschichte von der armen Joanna in den Sinn. Wenn es um ein Einsiedlerdasein geht, so rührt das stets an unsere Phantasie; die Klausner sind bedauernswerte, aber nie gewöhnliche Menschen. Mrs. Todd hatte sehr treffend gesagt, Joanna sei wie einer von den Wüstenheiligen gewesen. Das Alleinsein im Kummer wird ewig für eine trübselige Nachkommenschaft sorgen.

«Wo liegt Shell-heap Island?» fragte ich eifrig.

«Shell-heap können Sie jetzt sehen – 's liegt weiter draußen, hinter Black Island drüben!» antwortete der Kapitän und deutete mit ausgestrecktem Arm dorthin, während er stand und mit dem Knie das Heckruder hielt.

«Ich würde furchtbar gerne hinfahren», sagte ich, und der Kapitän wechselte ohne weitere Worte den Kurs ein wenig mehr nach Osten und ließ das Reff aus seinem Hauptsegel.

«Weiß nicht, ob wir's schaffen, so daß Sie leicht an Land können», sagte er zweifelnd. «Sie holen sich wahrscheinlich nasse Füße. Schlechter Landeplatz dort! Hätt' ein Beiboot mitbringen sollen, 's ist dumm; aber die kleben so am Wasser, und ich segle lieber frei. Das große Boot hier wird mir leicht bockig, wenn was hinterdrein schwänzelt. An den Klippen vor der Kirche ist die Brandung aber mäßig, vielleicht können wir's doch auf Shell-heap schaffen.»

«Wie lange ist es her, seit Miss Joanna Todd starb?» fragte ich, wie um eine Erklärung meiner Bitte zu geben.

«Diesen September sind's zweiundzwanzig Jahr», antwortete der Kapitän nach einigem Nachdenken. «Sie ist im gleichen Jahr gestorben, in dem mein ältester Junge geboren wurde, und als das Gemeindehaus 'runterbrannte. Ich hab' gedacht, Sie wollten bloß ein paar von den Indianersachen aufstöbern. Wenn Sie aber sehn wollen, wo Joanna gelebt hat – nein, auf den Klippen sind keine Brecher. Dann bringen wir's schon irgendwie fertig, über die Untiefe zu kommen. Außenherum zu fahren, wär' ein weites Stück, und die Flut ist auch schon am Steigen!» schloß er hoffnungsvoll, und wir segelten gleichmäßig weiter – der Kapitän war verstummt, so aufmerksam mußte er den schwierigen Kurs beobachten –, bis die kleine Insel mit ihrem weißlichen Vorgebirge bei strahlender Nachmittagssonne in voller Sicht vor uns lag.

Es war im Monat August, und ich hatte es

mit angesehen, wie die Farbe der Inseln vom frischen Junigrün zu sonnverbranntem Braun überwechselte, so daß sie Felsen glichen, ausgenommen dort, wo das dunkle Grün der Rottannen und Balsamtannen ein Grün beibehielt, das in den Winterstürmen zwar dunkler werden, aber nicht verblassen konnte.

Die paar windschiefen Bäume auf Shell-heap Island waren meistens abgestorben und grau verwittert, doch standen niedrige Büsche da, und längs des Ufersaums zog sich ein hellgrüner Streifen hin, von dem ich wußte, daß es wilde Winden waren. Als wir näher kamen, konnte ich die hohen Steinmauern eines kleinen viereckigen Ackers erkennen, wenn auch keine Schafe mehr vorhanden waren, die ihn hätten belagern können, und darunter befand sich eine kleine hafenartige Bucht, auf die Kapitän Bowden unerschrocken zuhielt, um eine Landestelle zu suchen. Eine krumme Fahrtrinne mit tieferem Wasser führte bis nahe an den Strand.

«So! Halten Sie sich vorn fest und warten Sie, bis wir mit einer Welle hochgehn. Sie können gut an Land, wenn Sie's geschickt anstellen; einfach backbords an Land springen!» rief der Kapitän aufgeregt. Ich stand also ehrgeizig in Bereitschaft und erspähte die Gelegenheit und war mit einem Satz auf dem grünen Rasenufer.

«Ich laß mich hängen, wenn ich nicht doch noch festsitze!» brummte der Kapitän niedergeschlagen.

Doch ich konnte das Bugspriet erwischen, und er stieß mit dem Bootshaken, während der Wind wie absichtlich ein wenig herumsprang und uns ins Segel fuhr. Daher war das Boot bald wieder frei und begann vom Ufer wegzutreiben.

«Früher hieß die Stelle hier Joannas Privatdock, aber seit ihrer Zeit hat das Wetter manches zerstört. Hab' gedacht, ein oder zwei Stöße können uns nichts schaden, die Farbe muß sowieso erneuert werden, aber daß es mir festsitzen würde, hätt' ich nicht gedacht. Hab' nur so vorbeigleiten wollen», entschuldigte sich der Kapitän. «'s ist ein zu großes Boot, als daß ich hier drin gut manövrieren könnte, aber zu Joannas Zeiten bin ich oft vorbeigeglitten und hab' irgend was an Land geworfen, ein paar Äpfel oder Birnen oder was ich so bei mir hatte, drüben aufs Gras, wo ich sicher sein konnte, daß sie's sehen würde.»

Ich stand da und sah zu, wie Kapitän Bowden

sich geschickt in tieferes Wasser zurückmanövrierte. «Sie brauchen sich nicht zu beeilen», rief er mir zu. «Ich bleib' in Rufweite. Joanna liegt dort hinten am andern Rande vom Feld. Früher ging ein Fußpfad bis zu der Stelle. Hab' sie gut gekannt. War auch zur Beerdigung hier draußen.»

Ich fand den Fußpfad; es rührte mich, zu entdecken, daß der einsame Ort nicht ohne seine Pilger war. Spätere Generationen werden immer weniger von Joanna wissen, doch in der ganzen Welt gibt es Pfade, die zu den Altären der Einsamkeit führen: die Welt kann sie nicht vergessen, wenn sie's auch wollte; die Füße der Jugend finden sie aus Neugier oder aus einer dunklen Vorahnung heraus, während die Alten ein erinnerungsschweres Herz bringen. Diese schlichte Anachoretin gehörte auch zu jenen, die durch ihren Kummer zu einsam geworden waren, um dem Anblick von Menschen standzuhalten, zu schüchtern, um der einfachen Welt, die sie kannte, gegenüberzutreten, und doch tapfer genug, um allein zu leben, allein mit ihrer armen, hartnäckigen Menschennatur und der Windstille oder Wut der See und des Himmels.

Die Vögel flogen rings über das Feld; sie flatterten mir vor den Füßen aus dem Gras auf, als ich weiterwanderte, und waren so zahm, daß ich gern glauben wollte, sie hielten von Sommer zu Sommer an einer glücklichen Tradition fest, wie sicher es sei, hier zu nisten, und wie gut die Kameradschaft mit Menschen. Das Haus der armen Joanna war verschwunden, ausgenommen ein paar Steine von den Grundmauern, und von ihrem Blumengärtchen war kaum noch eine Spur vorhanden, bis auf einen verblaßten Schopf wetterharter Grasnelken, denen eine große Biene und ein gelber Schmetterling gemeinsam huldigten. Ich trank von der Quelle und dachte, daß es mir dann und wann wohl jemand gleichtun würde, jemand von der geschäftigen, arbeitsamen und schlichten Landbevölkerung auf dem Festland drüben, das im Augustlicht matt und traumhaft verschleiert dalag, wie es Joanna viele, viele Tage gesehen haben mag. Dort drüben war die Welt, und hier war sie, schon auf bestem Wege zur Ewigkeit. Im Leben eines jeden von uns, so sagte ich mir, gibt es so ein abgelegenes Inselplätzchen, vorbehalten für immerwährende Trauer oder heimliches Glück. Einer wie der andre sind wir freundlose Einsiedler und Klausner einer Stunde oder eines Tages; wir verstehen unsre Mitbrüder von der Zelle, einerlei, welchem Zeitalter der Geschichte sie angehören mögen.

Doch als ich so allein in der Seebrise auf der Insel stand, kam plötzlich das Geräusch von fernen Stimmen; heitere Stimmen und Gelächter von einem Boot voller Burschen und Mädchen, das zu einer Lustfahrt in See stach. Ich wußte, als ob sie es mir erzählt hätte, daß die arme Joanna Ähnliches an vielen, vielen Sommernachmittagen gehört haben muß und daß sie den Frohsinn gutgeheißen haben muß – trotz Hoffnungslosigkeit und Winterwetter und aller Trauer und Enttäuschung in dieser Welt.

Mrs. Todd wäre es nicht im Traume eingefallen, von ihren großen Plänen und Abenteuern zu See oder Land schon am Tage vorher zu sprechen. Zuerst mußte sie sich mit den Grundkräften der Natur verabreden, und nie traute sie einer Schönwettervoraussage, sondern sie prüfte den Tag selber, wenn er noch in den Kinderschuhen steckte. Wenn dann die Sterne günstig standen und der Wind aus einem traditionsmäßig guten Winkel blies, aus dem keine Überraschungen durch wetterwendische See oder südwestliche Schwüle zu befürchten waren, dann hörte ich, lange bevor ich richtig erwachte, ein Rascheln und Klopfen wie von einer großen Maus in den Wänden, und auf der steilen Speichertreppe, die zu Mrs. Todds Hauptvorratslager führte, klang's wie ein ungeduldiger Schritt. Sie kam und ging in größter Eile, als ob sie die Expedition schon begonnen hätte und dauernd zurückkehrte, um etwas Vergessenes zu holen. Wenn ich dann erschien, um mein Frühstück einzunehmen, war sie geistesabwesend und wortkarg, als hätte ich ihr Mißfallen erregt

und als müsse sie sich jetzt vor allem vor Zwist und Wortwechsel hüten.

Im Laufe der Zeit wurden mir diese Anzeichen einer bevorstehenden Veränderung ganz vertraut, und Mrs. Todd fielen die eindeutigen Beweise meines Ahnungsvermögens kaum auf, als ich an einem Augustmorgen ohne weitere Einleitung sagte, daß ich gerade Beggs gute Kalesche hätte vorbeifahren sehen und daß wir uns nun wohl mit dem Marktwagen begnügen müßten. Mrs. Todd war im Nu springlebendig. «Da haben wir's!» rief sie aus. «'s ist der fünfzehnte August; da geht er immer und holt sein Geld. Er hat von einem Onkel mütterlicherseits eine Leibrente geerbt. Wie ich hörte, hat der Onkel gesagt, von Sam Beggs Weibervolk soll keine die Hand drauflegen können; wenn also Sam mal tot ist, dann ist es alles verbraucht und vorbei, wie der letzte Sommer. Und das ist also die Grundlage seines Wohlergehens, falls man's Wohlergehen nennen will. Ja, ich hätt's wissen sollen. 's ist der fünfzehnte August, und auf dem Rückweg bleibt er meistens bei einer verwitweten Kusine zum Mittagessen. Februar und August sind seine Termine. Er braucht ungefähr einen ganzen Tag für die Hin- und Rückfahrt.»

Ich hörte mir die Erklärung mit Interesse an. Mrs. Todds Stimme war gegen den Schluß hin ganz klagend geworden.

«Mir gefällt der Marktwagen genausogut wie die Kalesche», beeilte ich mich zu sagen und dachte dabei an den langen Wagen mit dem hohen Kutschkasten und dem Zeltdach darüber, der einem abgemagerten Himmelbett auf Rädern glich und mit dem wir schon öfters gefahren waren. «Hinten drin können wir Sachen verstauen, Wurzeln und Blumen und Himbeeren und alles, was Sie sonst noch sammeln, und zwar viel besser als in der Kalesche.»

Mrs. Todd sah versteinert und ärgerlich aus. «Ich habe so mit der Kalesche gerechnet», sagte sie, wandte mir den Rücken zu und schob schroff all die friedfertigen Becher auf dem Küchenspind zurück, als ob sie dreist gewesen wären. «Ja, diesmal hätte ich die Kalesche wirklich nötig gehabt. Ich geh' nicht mehr in die Beeren, und ich will dies Jahr keine welken Kräuter mehr heimschleppen. Die gute Zeit ist fast vorbei, bis auf ein paar armselige verspätete Dinger!» fügte sie schon etwas milder hinzu. «Ich will ins Hinterland. Nein, in die Beeren will ich nicht. Seit vierzehn Tagen hab' ich's mir schon ausgedacht und immer auf schönes Wetter gehofft!»

«Möchten Sie, daß ich auch mitkomme?» fragte ich ganz offen, doch nicht ohne eine bescheidene Besorgnis, ich könnte den Zweck dieses neuesten Plans falsch gedeutet haben.

«Aber natürlich, meine Beste!» erwiderte meine Freundin herzlich. «Woher denn, ich hätte doch nie an jemand anders gedacht, den ich mitnehmen könnte, wenn schon das arme Mütterchen nicht mitkommen kann. Mit einem Fuhrwerk bin ich längst nicht so geschickt wie mit einem guten Boot. Daran ist meine Herkunft schuld. Dann müssen wir uns wohl mit dem großen hohen Ding begnügen. Die Reifen müßten angezogen werden, und überhaupt ist alles so wackelig, daß ich's schon von hinterm Hügel her scheppern höre. Wir wollen den Korb vorne hinstellen. Ich will nicht, daß er den ganzen Weg herumspringt und kreiselt. Ich hab' nämlich ein paar schöne Herzen und Kringel zum Mitnehmen gebakken.»

Das waren Anzeichen hoher Festlichkeit, und mein Interesse wuchs von Minute zu Minute.

«Ich kann zu den Beggs gehn und das Pferd holen, sowie ich fertig gefrühstückt habe», sagte ich. «Dann können wir aufbrechen, sobald Sie bereit sind.»

Mrs. Todds Gesicht verdüsterte sich wieder. «Eigentlich sehn Sie ja hübsch genug aus und könnten so bleiben, wie Sie sind», meinte sie zweiflerisch. «Und das hübsche Blaue, das wolln Sie natürlich nicht für eine Fahrt ins Hinterland anziehen, nein. Allerdings ist es jetzt nicht staubig, aber auf dem Rückweg könnt's stauben. Nein, das werden Sie wohl nicht anziehn wollen, und auch nicht den andern Hut aufsetzen.»

«O doch. Die Sachen hier würde ich bestimmt nicht anbehalten», sagte ich, weil es mir plötzlich dämmerte. «Wenn wir ins Hinterland fahren und vielleicht sogar ein paar von Ihren alten Freundinnen besuchen, dann ziehe ich mein blaues Kleid an, und Sie müssen Ihre Kapuze tragen; wenn Sie Ihren großen Hut aufsetzen wollen, komm' ich einfach nicht mit.»

«Jetzt gefallen Sie mir besser», erwiderte Mrs. Todd, warf den Kopf auf und lächelte fröhlich, während sie mit einem Teller Waldhimbeeren ankam, die vom Abendbrot übrig geblieben waren. «Ich war niedergeschlagen, als ich Sie so zum Frühstück kommen sah. Ich meinte, es war nicht ganz das, was man sich für ein Treffen anzieht, wo man so viele Menschen sieht.»

«Von welchem Treffen sprechen Sie denn?» fragte ich nicht ohne Bestürzung. «Meinen Sie das Familientreffen der Bowdens? Ich hatte gedacht, das sollte im September stattfinden?»

«Heute ist der große Tag. Mitte der Woche haben sie Bescheid geschickt. Ich dachte, Sie hätten's vielleicht gehört. Ja, sie haben den Tag umgelegt. Ich hab' dran gedacht, ob wir's besprechen wollen, aber man weiß ja nie im voraus, was für Wetter sein wird, und es lohnt sich nicht, einen Tag schon zu zerreden, ehe er da ist.» Mrs. Todd wollte also von Vorfreude nichts wissen, sondern sprach wie das Orakel, das sie auch war. «Ich wünschte, Mutter wäre hier und käme mit!» seufzte sie traurig. «Gestern abend hab' ich nach ihr Ausschau gehalten, und ich konnte die Tränen nicht zurückhalten, als es richtig dunkel wurde und sie nicht kam. Sie kann ein großes Fest so sehr genießen. Wenn William ein klein bißchen Schwung und Schneid hätte, dann würde er in solchen Fällen die Sache in die Hand nehmen. Mutter hat so gern Abwechslung, und was richtig Nettes kommt nicht oft vor, und auch darauf muß sie verzichten, wenn sie's nicht so einrichtet, daß sie zu mir an Land kommt. Es ist mir wirklich schrecklich, ohne Mutter zu dem Treffen zu gehn, und dabei ist's solch schöner Tag! Jeder wird mich fragen, wo sie ist. Früher wär sie auf jeden Fall gekommen. Die Arme, allmählich spürt sie auch schon ihr Alter.»

«Aber da ist Ihre Mutter ja!» rief ich voller Freude aus, weil ich so froh war, die liebe alte Seele wiederzusehen. «Ich höre ihre Stimme am

Gartentor!» Doch Mrs. Todd war schon vor mir aus dem Haus gelaufen.

Und tatsächlich, dort stand Mrs. Blackett! Sie mußte Green Island noch vor Tagesgrauen verlassen haben. Sie war die steile Straße vom Ufer so rasch heraufgestiegen, daß sie ganz außer Atem war und am Gartenzaun stand, um Luft zu schöpfen. In der Hand hielt sie einen altmodischen, geflochtenen kleinen Reisekorb, als ob sie alle Tage Besuche machte, und sie blickte so fröhlich und triumphierend wie ein Kind zu uns auf.

«Oh, was für ein armseliger, langweiliger Garten! Fast keine Blume drin, bloß deine Kräuterbüsche!» sagte sie. «Aber du hältst deinen Garten sauber, mein Kind! Geht's euch beiden gut, und kommt ihr mit mir aufs Land?» Sie trat ein oder zwei Schritte näher, um uns zu begrüßen, und war dabei so drollig höflich und genauso reizend, als ob sie bei sich zu Hause gewesen wäre. Sie vollführte einen lustigen kleinen Knicks vor Mrs. Todd.

«Nein, Mutter, du bist das reinste junge Mädchen! Wie ich mich freue! Ich hab' deinetwegen schon so gejammert!» sagte die Tochter mit ungewöhnlich starkem Gefühl. «Ich hab' so gejammert und war so enttäuscht, und ein gut Teil von der Nacht hab' ich wachgelegen und auf den armen William gescholten. Gestern hab' ich so lange nach dem Boot Ausschau gehalten, bis ich am liebsten geweint hätte, und als es dunkel wurde, bin ich immer wieder ans Tor gelaufen und hab' die Straße entlang gespäht, ob du auch nicht irgendwo in der Bucht in einer Flaute steckst.»

«Es war Gegenwind, wie du ja weißt», sagte Mrs. Blackett, gab mir den Reisekorb und hielt mich freundlich bei der Hand, während wir den sauber gefegten Gartenweg bis zur Haustür gingen. «Ich war schon drauf und dran, zu fahren, aber William sagte, ich würde mich zu sehr ermüden und könnte mich auch erkälten, wenn ich die ganze Strecke lavieren müßte. Wir gaben's also auf und setzten uns hin und verbrachten den Abend zusammen. Es war draußen ein bißchen rauh und stürmisch, und ich glaube schon, daß es vernünftiger war. Wir gingen sehr früh schlafen und fuhren gleich bei Tagesanbruch ab. Es war ein schöner Morgen auf dem Wasser. William fand, er sollte lieber bis hinter die Vogelfelsen fahren, wenn er auch den größten Teil der Strecke rudern mußte; von dort sind wir direkt bis hierher gesegelt, bloß mit einem Gang. William holt mich morgen wieder ab, also kann ich hierher zurück und mich über Nacht ausruhen und morgen noch in die Kirche gehn und eine richtige, schöne Visite machen.»

«Sie war gerade beim Frühstück», sagte Mrs. Todd, die sich die lange Erklärung aufmerksam und ohne ein Wort des Tadels angehört hatte, im Gegenteil, ihr Gesicht strahlte immer mehr. «Setz dich nur auch gleich hin und trink eine Tasse Tee und ruh dich aus, während wir uns fertigmachen. Oh, ich bin so zufrieden, daß du gekommen bist! Ja, sie war gerade beim Frühstück, und wir haben von dir gesprochen. Wo ist William?»

«Er ist gleich wieder umgekehrt. Er hat gesagt, gegen Mittag erwartet er ein paar Schoner, die Köder wollen, aber morgen kommt er und will mit uns mittagessen, wenn es nicht regnet; sonst eben übermorgen. Ich hab' seine guten Sachen alle schon zurechtgelegt», erklärte Mrs. Blackett ein wenig besorgt. «Der Wind bringt ihn rasch wieder nach Hause. Ja, ich nehme gern eine Tasse Tee, Almiry – eine Tasse Tee tut immer gut; und dann ruhe ich mich ein bißchen aus, und wir können aufbrechen.»

«Mir ist ganz elend, weil ich so böse von William gedacht habe», bekannte Mrs. Todd. Sie stand so ernst und gewaltig vor uns, daß wir beide lachen mußten und einen so reuigen Sünder nicht verdammen konnten. «Er soll morgen ein gutes Mittagessen bekommen, wenn ich's auftreiben kann, und ich freue mich sehr auf William», beendete sie ihre Beichte sehr nett, und Mrs. Blackett lächelte wohlgefällig und beeilte sich, den Tee zu rühmen. Dann eilte ich fort, um uns den Marktwagen zu sichern. Einerlei, was bei dem Familientreffen herauskommen mochte, ich hatte die Freude und das Vergnügen, einen ganzen Tag in Mrs. Blacketts Gesellschaft zu verbringen, nicht zu reden von Mrs. Todd.

Die frühe Morgenbrise wehte noch, und die warme, sonnendurchtränkte Luft war eigenartig leicht und nördlich, voll kühler Frische, als käme sie über Neuschnee hergeweht. Die Welt war erfüllt vom Duft der Balsamtannen und von einem ganz leisen Geruch nach Seegras, wenn es bei Ebbe die kahlen braunen Klippen in dem kleinen Hafen überzieht. Es war so still und noch so früh, daß das Dörfchen erst halb aufgewacht war. Ich konnte keine Stimmen hören, nur die Vögel groß und klein, das ständige Lied der Singsperlinge, das Klinkern einer Goldammer drüben im Wald, und in der Ferne die Unterhaltung von ein paar bedächtigen Krähen. Ich sah William Blacketts fliehendes Segel schon weitab vom Land, und Kapitän Littlepage saß hinter seinem geschlossenen Fenster, als ich vorbeiging, und hielt nach jemand Ausschau, der niemals kam. Ich versuchte mit ihm zu sprechen, aber er sah mich nicht. Es lag ein geduldiger Ausdruck im Gesicht des alten Mannes, als ob die Welt ein großer Irrtum sei und er niemanden hätte, mit dem er in seiner Sprache sprechen oder den er als Gefährten finden könnte.

AUF DER LANDSTRASSE

Was für Zweifel und Ängste ich auch wegen des hohen Marktwagens ausgestanden haben mag, weil er für eine Frau von Mrs. Blacketts Alter und kleiner Gestalt ganz ungeeignet war, so ließen sie sich doch mit Hilfe eines Stuhls und ihres tapferen Gemüts glücklich beseitigen. Mrs. Todd verwandte große Sorgfalt darauf, uns so gut unterzubringen, als ob wir in einem Boot Platz nehmen müßten, und schließlich erklärte sie, uns «gut verstaut» zu haben. Als wir erst ein kleines Stückchen bergauf gefahren waren, fiel ihr ein, daß die Haustüre noch sperrangelweit offen stand, obzwar sie den großen Schlüssel sicher in der Tasche hatte. Ich erbot mich, zurückzulaufen, doch mein Angebot stieß nur auf überlegene Verachtung, und wir entschlugen uns leichten Herzens der ganzen Sache, bis wir nach weiteren zwei oder drei Meilen dem Doktor begegneten und Mrs. Todd ihn bat, bei ihrer nächsten Nachbarin anzuhalten und sie zu bitten, hinüberzugehen und die Haustür zu schließen, falls am Nachmittag etwa Staub hineinwehte.

«Sie sitzt in ihrer Küche. Sie hört Sie in der gleichen Minute, in der Sie nach ihr rufen, so daß Sie sich gar nicht versäumen», sagte Mrs. Todd zum Doktor. «Mrs. Dennett ist immer da, und alle Fenster stehen weit offen. Und überhaupt geht meine Haustür ja gar nicht direkt auf die Landstraße.» Wegen eines solchen Beweises von Seelenruhe lächelte mir Mrs. Blakkett verständnisinnig zu.

Der Doktor schien entzückt, unsern Gast zu sehen. Offenbar waren sie die herzlichsten

Freunde, und ich las in ihren Augen einen Ausdruck warmen Vertrauens. Der gute Mann stieg vom Wagen, um mit uns zu sprechen, doch als er Mrs. Blacketts Hand drückte, hielt er sie noch einen Augenblick fest und fühlte ihr, während sie sich unterhielten, wie aus reiner Gewohnheit den Puls. Dann sah ich zu meiner Freude, wie er die feste alte Hand lobend tätschelte.

«Sie halten sich wacker: wenn Sie so weitermachen, geht's noch zehn Jahre länger!» versicherte er fröhlich, und sie lächelte ihn an. «Ich gebe mir gern genaue Rechenschaft über meine alten Freunde!» Dann wandte er sich an mich: «Passen Sie auf, daß Mrs. Todd sich heute nicht überanstrengt: alte Leute wie sie sind gern leichtsinnig!» Damit trennten wir uns lachend und zogen vergnügt unsrer Wege.

«Mit deiner Konkurrenz findet er sich wohl genau wie immer ab?» fragte Mrs. Blackett. «Wie ich sehe, steht ihr euch besser denn je, Almiry?» Und Mrs. Todd nickte weise.

«Er hat jetzt zu lange Fahrten zu machen, als daß er sich noch um all seine Türpatienten kümmern könnte», sagte sie, «vor allem nicht um die Sorte, die gern von sich selber redet. Der Doktor und ich sind allmählich so eine Art Partner geworden. Er hat viel zu tun, und in weitem Umkreis. Sah müde aus, nicht wahr? Ich muß ihm einen guten Rat geben und ihn zur Erholung fortschicken. Er muß in Rockland den großen Dampfer nehmen und nach Boston fahren und bei den andern Doktors ein bißchen rumschnuppern, so alle zwei, drei Jahre mal, dann kommt er so frisch wie ein kleiner Junge nach Haus. Ich glaube, in Boston halten sie ziemlich viel von ihm.» Mrs. Todd schlug mit den Zügeln und faßte entschlossen nach der Peitsche, als müsse sie die öffentliche Meinung beeinflussen.

Denn was für Kraft und Feuer der Schimmel anfänglich auch gehabt haben mochte, sie schwanden rasch vor den steilen Hügeln und seiner Vorahnung einer langen Expedition. Wir schleppten uns mühsam weiter. Mrs. Blackett und ich saßen hinten nebeneinander, und Mrs. Todd thronte majestätisch und allein mit dem Vorratskorb vorne auf dem Bock. Einen Teil des Wegs verlief die Landstraße im Schatten dichter Wälder, doch oben auf der Hochebene kamen wir an einem Farmhaus ums andere vorbei, die wir mit lebhaftem Interesse betrachteten: das Haus selber und die Stallungen und das Gartenland wie auch das Federvieh mußten sich eine scharfe Inspektion gefallen lassen. Es war eine Landstraße, die mir vollkommen unbekannt war; allerdings hatten Mrs. Todd und ich unsre Ausflüge meistens zu Fuß unternommen, immer auf offenen Weiden und querfeldein. Meine Freundinnen hielten mehrmals, um einen kurzen Vordergartenbesuch abzustatten, und sie versprachen so oft, auf dem Heimweg wieder vorzusprechen, daß ich mich schon fragte, wie lange der Ausflug wohl dauern würde. Ich hatte oft bemerkt, wie herzlich Mrs. Todd von ihren Freundinnen begrüßt wurde, doch konnte es kaum mit dem Gefühl verglichen werden, das jetzt Mrs. Blackett entgegengebracht wurde. Der Ausdruck reinster Freude breitete sich über die Gesichter aller, die das schlichte, liebe alte Figürchen neben mir erkannten; immer wieder zeigte es sich, wieviel Interessen und Beziehungen die ferne Insel drüben und hier die zerstreuten Farmen wie mit einer goldenen Kette aus Liebe und Vertrauen miteinander verknüpften.

«Jetzt sollten wir aber nicht wieder anhalten, wenn's irgend geht», betonte Mrs. Todd endlich. «Du siehst müde aus, Mutter, und die Freude an Familientreffen könnte dir ganz verdorben werden. Hier in der Gegend können wir leicht ein andermal Besuche machen. Nun sieh mal, im nächsten Haus backen sie auch Pfannkuchen! Es sind nämlich Neulinge, sie kommen aus der Umgebung von St. George. Im vorigen Jahr haben sie die alte Talcot-Farm hier gekauft. Die Farm hat das beste Wasser längs der ganzen Strecke, und der Leitriemen löst sich, da ist es am besten, wir rasten hier ein bißchen und tränken das Pferd.»

Wir hielten, und als sie eine Gruppe Vergnügungsreisender im Feiertagsgewand sah, kam die magere, besorgte Farmersfrau teilnahmsvoll und aufmerksam aus dem Haus, um zu hören, was für Neuigkeiten wir wohl brächten. Mrs. Blackett hatte sie zuerst gesehen, wie sie durch die halbgeschlossene Tür spähte, und hatte mit so fröhlicher Offenheit gefragt, ob wir auch nicht störten, daß sie nach ein paar Worten in die Küche ging und mit einem Teller voll Pfannkuchen zurückkehrte.

«Stärkung für Mensch und Vieh», erklärte Mrs. Todd befriedigt. «Längs der ganzen Straße werden heut Pfannkuchen gebacken, wie wir feststellen konnten, aber Sie sind die erste, die uns welche vorsetzt!»

Unsre neue Bekannte errötete vor Vergnügen, sagte jedoch nichts.

«Sie sind Ihnen sehr gut geraten, finde ich», verkündete Mrs. Todd. «Ja, wir haben beobachtet, daß längs der ganzen Straße Pfannkuchen gebacken wurden; wenn ein Haus anfängt, tun's die andern auch. So geht's mit sehr vielen Dingen!»

«Sie fahren wohl nicht zu dem Familientreffen von den Bowdens?» fragte die Hausfrau, als das Pferd zu trinken aufgehört hatte und wir uns verabschiedeten.

«Doch, ja», riefen Mrs. Blackett und Mrs. Todd und ich alle drei gleichzeitig.

«Ich bin mit der Familie verwandt. Ich möchte heut nachmittag auch dabeisein. Hab mich schon drauf gefreut!» erzählte sie uns eifrig.

«Also sehen wir Sie dort. Setzen Sie sich dann zu uns, wenn es Ihnen paßt», rief Mrs. Blackett, und wir fuhren weiter.

«Ich möchte mal wissen, wie sie vor ihrer Heirat hieß!» sagte Mrs. Todd, die in Fragen der Abstammung meistens sehr beschlagen war. «Sie muß zu dem entfernten Zweig gehören, der hinter Thomaston lebte. Heute nachmittag können wir das erfahren. Ich nehme an, daß sich die Familien zusammensetzen oder irgendwie eingereiht werden. Ich will gerne mit jemand verwandt sein, der so gute Pfannkuchen bakken kann.»

«Mir scheint, ich sehe eine Familienähnlichkeit», meinte Mrs. Blackett. «Ich wünschte nur, wir hätten nach ihrem Namen gefragt! Sie ist hier fremd, und Fremden möchte ich's gern heimisch machen.»

«Mit der Stirn gleicht sie Kusine Pa'lina Bowden», behauptete Mrs. Todd sehr entschieden.

Wir hatten gerade ein Gehölz hinter uns, das die Straße beschattet hatte, und gelangten aufs freie Feld dahinter, als Mrs. Todd plötzlich das Pferd zügelte, wie wenn jemand am Wegrand gestanden und sie angehalten hätte. Sie nickte sogar kräftig und kurz mit dem Kopf, was bei ihr meistens an Stelle einer Begrüßung stand, doch dann entdeckte ich, daß sie interessiert auf eine hohe Esche blickte, die dicht am Zaun wuchs.

«Ich dachte mir doch, daß sie sich erholen würde», sagte sie befriedigt, als wir weiterfuhren. «Als ich das vorige Mal hier entlang kam, sah der Baum ganz müde und mutlos aus.

Bäume wirken manchmal so, genau wie Menschen; dann raffen sie sich wieder auf und stekken die Wurzeln in neuen Boden. Eschen neigen zu solchen Anfällen, sie haben nicht solche Energie wie andre Bäume, nehme ich an.»

Ich lauschte und hoffte auf mehr: Weisheiten solcher Art waren es, die mich Mrs. Todds nette Gesellschaft so hochschätzen ließen. «Manchmal findet man einen guten, kräftigen Baum, der direkt aus dem Felsen zu wachsen scheint, aus einer Spalte, in der sich die Wurzeln festhalten», fuhr sie fort, «und ganz zu alleroberst auf einem kahlen, steinigen Hügel, wo man keinen Schubkarren voll guter Erde entdecken kann, und doch behält so ein Baum seinen grünen Wipfel, selbst im trockensten Sommer. Drückt man sein Ohr auf die Erde, dann hört man's wie einen kleinen Quell. Solche Bäume haben eben ihren lebendigen Quell – und es gibt Menschen, die ihnen gleichen.»

Ich mußte unwillkürlich einen Blick auf Mrs. Blackett werfen, die dicht neben mir saß. Sie hatte die Hände in den dünnen schwarzwollenen Handschuhen friedlich gefaltet und blickte mit zufriedenem, erwartungsvollem Lächeln auf die blühende Landschaft, an der wir langsam vorüberfuhren. Ich glaube, sie hatte kein Wort über die Bäume gehört.

«Ich hab' gerade einen guten Brust-Alant gesehen», sagte sie zu ihrer Tochter.

«Heute interessiere ich mich nicht für Kräuter», erklärte Mrs. Todd furchtbar sachlich. «Ich bin ganz und gar drauf eingestellt, Menschen zu sehen.» Und wieder klatschte sie mit den Zügeln in ihrer Hand.

Ich meinerseits hatte gar nicht den Wunsch, schneller voranzukommen, so schön war es auf den schattigen Straßen. Rechterhand drängten sich die Wälder bis nahe an die Straße heran, auf der linken Seite lagen schmale Streifen Wies- und Weideland, die abwechselnd mit Tannen und Kiefern oder mit Wacholder und Wachsmyrte und Heidelbeeren bestanden waren, und dazwischen lag manchmal etwas Torfmoor. Als ich dachte, wir wären nun recht im Herzen des Hinterlandes, kamen wir auf die Kuppe eines Hügels, und plötzlich öffnete sich eine wundervolle, großartige Aussicht auf gemähte Wiesen, die bis zur weiten Wasserfläche einer Bucht niederfluteten. Dahinter waren entlegene Küsten wie von einem andern Land, denn der Mittagsdunst verbarg fast die jenseitigen Hügel und die fernen blaßblauen Berge am nördlichen Horizont. Ein Schoner hatte alle Segel gesetzt und glitt von einem weißen, übers Ufer versprenkelten Dorf quer über die Bucht, in der viele kleine Segelboote umherflitzten. Die Landschaft war von einer edlen Weite, und meine Augen, die sich an das nahe Betrachten schattiger Wegränder gewöhnt hatten, konnten sie kaum umfassen.

«Ja, das ist die obere Bucht», sagte Mrs. Todd. «Man kann weit hinüber nach Fessenden sehen. Die Farmen da drüben gehören alle zu Fessenden. Mutter hatte eine Schwester, die dort an der Küste wohnte. Wenn wir an einem Sommermorgen so früh, wie wir nur konnten, von Green Island abfuhren, dann kamen wir erst am späten Nachmittag bei ihr an, auch wenn wir eine schöne, gleichmäßige Brise hatten, und dann mußte man's noch richtig abpassen, damit man mit der Flut hinfuhr und bei Flut landete. Es war eine heikle Sache, und wir haben uns gegenseitig lange nicht so oft besucht, wie's Mutter gern gewollt hätte. Man mußte die Küste abwärts bis Cold Spring Light segeln und um die lange Landspitze, und dann hier herauf, wo's Back Shore heißt.»

«Ja, wir waren fast immer getrennt, meine liebe Schwester und ich, nachdem wir das erste Jahr verheiratet waren», sagte Mrs. Blackett. «Wir hatten unsre kleinen Kinder und viel Arbeit. Immer haben wir uns auf die Zeit gefreut, wo wir uns öfters sehen könnten. Dann und wann kam sie mal ein paar Tage auf die Insel, wenn ihr Mann gerade fischen war, und einmal ist er mit ihr und ihren zwei kleinen Kindern bei uns geblieben und hat sich Trockengerüste gebaut und all seine Fische für den Winter getrocknet. Wir hatten es herrlich zusammen, meine Schwester und ich; sie hat sich immer dran erinnert, solange sie gelebt hat.»

Als wir den Hügel hinabzufahren begannen, erzählte Mrs. Blackett noch mehr. «Ich schaue zu gern nach drüben, wo sie gewohnt hat», sagte sie. «Mir scheint, als müßte sie noch immer dort sein, obwohl sie schon so lange von uns gegangen ist. Sie hat ihre Farm so geliebt – sie konnte nicht verstehen, daß ich mich überhaupt an unsre Insel gewöhnen konnte. Aber eigentlich war ich vom ersten Tage an immer glücklich.»

«Ja», erklärte Mrs. Todd, «für mich wär's furchtbar langweilig auf den dummen Farmen da unten. Im Winter macht ihnen der Schnee zu schaffen. Sie werden richtig vom Winter belagert, kann man wohl sagen. 's ist viel besser im Hafen als landeinwärts auf solcher Farm. Ich hab' immer gewußt, daß ich nicht gern im Hinterland leben würde.»

«Ach, seht doch nur die Wagen da vorne auf der nächsten Anhöhe!» rief Mrs. Blackett aus. «Das wird aber eine riesengrosse Versammlung, glaubst du nicht auch, Almiry? Bis jetzt schien's mir so, als ob außer uns kein Mensch hinginge. Und dabei ist's solch schöner Tag, nachdem es gestern kühl und angenehm war, um zu arbeiten und sich drauf vorzubereiten, darum würd' ich mich gar nicht wundern, wenn sie alle da wären, sogar die ganz Langsamen, wie Phebe Ann Brock.»

Mrs. Blacketts Augen strahlten vor Erregung, und selbst Mrs. Todd entfaltete eine erstaunliche Begeisterung. Sie trieb das Pferd an und holte die Festteilnehmer weiter vorne ein. «Da fahren die Dep'fords, sechs in einem Wagen», erzählte sie uns fröhlich, «und Mrs. Alva Tilley und ihre Familie, die kommen jetzt in ihren neuen Einspännern den Berg 'rauf!»

Mrs. Blackett zog die ordentliche Schleife ihrer schwarzen Haube auf und knotete sie mit aller Sorgfalt noch einmal. «Mir scheint, du hast deine Haube ein bißchen schief auf», sagte sie zu Mrs. Todd, als ob sie ein Kind wäre; doch Mrs. Todd war viel zu beschäftigt, um richtig hinzuhören. Als wir uns dem kleinen Zug anschlossen, überfiel uns von neuem die Freude, an dem grossen Fest teilzunehmen.

DAS FAMILIENTREFFEN

Auf dem Lande, wo es nur wenig Feste und Feiertage gibt, kommt es sehr selten vor, daß ein festlicher Anlaß anders als herrlich ist. Denn wenn das verborgene Feuer der Begeisterung in der Natur des Neu-Engländers sich einmal Bahn brechen darf, dann geschieht es mit fast vulkanischer Hitze und Kraft. Jedes Herz brennt voller Wärme, und in jedem Gesicht strahlt das urewige Licht. Ein solcher Tag hat die Macht, zu verwandeln, und macht mühelos Freunde aus den Kaltherzigen, gibt den Stummen Gelegenheit zum Sprechen und verleiht dem häßlichsten Gesicht Schönheit.

«Oh, ich glaube bestimmt, heute seh' ich Freunde wieder, die ich schon lange nicht mehr gesehen habe», sagte Mrs. Blackett mit größter Genugtuung. «Eine Menge von den alten Leuten werden sich herwagen, weil's so schönes Wetter ist. Ich bin jedesmal froh, wenn die Alten keine Enttäuschung erleben müssen.»

«Die besten von denen sind vermutlich schon hier», sagte Mrs. Todd mit leisem Humor und warf mir einen Seitenblick zu. «Eins ist mal sicher: nichts bringt soviel Leute auf die Beine, als ein Familientreffen von den Bowdens. Ja, wenn man die Bowdens einberuft, dann kommen wahrscheinlich fast alle Familien zwischen Dunnet Landing und dem fernsten Zipfel von Back Cove. Wer nicht blutsverwandt ist, der ist ein angeheirateter Verwandter.»

«Als ich ein Mädchen war, haben sich die Leute oft eine alte Geschichte erzählt», sagte Mrs. Blackett voller Behagen. «Damals hat es sehr viel mehr Bowdens gegeben als heutzutage, und an einem furchtbar heißen Sonntagnachmittag saßen die Menschen alle in der Kirche, als ein unvernünftiges kleines Dienstmädchen atemlos von draussen durch die Kirchentür gerannt kommt. ‹Mrs. Bowden! Mrs. Bowden!› ruft sie. ‹Ihr Baby hat Krämpfe!› Wie es hieß, war die ganze Gemeinde im Nu auf den Füßen und stürzte in die Gänge. Alle Mrs. Bowdens waren schon auf dem Heimweg. Der Pfarrer stand auf der Kanzel und versuchte ernst zu bleiben, aber ganz plötzlich mußte er vor Lachen laut losplatzen. Er war ein sehr netter Mann, hieß es, und er sagte, er wolle ihnen lieber den Segen erteilen, die Predigt könnten sie dann den nächsten Sonntag hören; er verschob sie also. Meine Mutter war auch dabei, und sie dachte bestimmt, daß ich es wäre.»

«Keiner von unsrer Familie hat jemals zu Krämpfen geneigt», unterbrach sie Mrs. Todd strenge. «Nein, keiner von uns, und das war auch ein Glück, wo wir so weit draußen auf Green Island wohnten. Ach, Mutter, sieh bloß mal an die Straßenkreuzung!» rief sie plötzlich. «Alle die Gespanne vor uns! Und – oh! – seht doch nur aufs Wasser! In der Bucht! Was für eine Unmenge Boote, und alle halten sie auf Bowdens Bucht zu!»

«Ach, ist das nicht herrlich?» rief Mrs. Blackett

und war so entzückt wie ein junges Mädchen. Sie stand aufrecht im Wagen, um alles zu sehen, und als sie sich wieder hinsetzte, umklammerte sie meine Hand.

«Findest du nicht, du solltest das Pferd lieber ein bißchen antreiben, Almiry?» fragte sie. «Der Schimmel hat's leicht genug gehabt, solange wir unterwegs waren, und er kann sich ausruhen, wenn wir dort sind. Die andern haben schon einen kleinen Vorsprung, und ich möchte keine einzige Minute versäumen.»

Während wir auf der Anhöhe weiterrollten, beobachteten wir, wie die Boote eins ums andere in Bowdens kleinem Hafen die Segel strichen. Das alte Haus der Familie Bowden stand mit seinem breiten Dach und dem niedrigen Oberstock inmitten der grünen Wiesen wie eine braune Mutter-Glucke und wartete auf die Kükenschar, die aus allen Himmelsrichtungen herbeiströmte. Hier hatte der erste Siedler Bowden sein Heim gegründet, und noch immer war es die Bowden-Farm: fünf Generationen Seeleute, Farmer und Soldaten waren seine Kinder. Und bald darauf zeigte mir Mrs. Blackett den von Steinmauern eingehegten Friedhof, der wie ein kleines Fort auf einer Anhöhe lag und über die Bucht schaute, doch wie sie sagte, gab es auch viele in alle Welt zerstreute Bowdens, die nicht dort lagen – manche waren mit ihren Schiffen untergegangen, andere waren im Westen gestorben oder im Krieg gefallen; die meisten Gräber hier zu Hause bargen Frauen.

Wir konnten jetzt sehen, daß verschiedene Fußpfade von der Bucht und quer über Feld vom Hinterland heraufführten. Auf allen Wegen kamen sie angezogen, immer im Gänsemarsch, wie auf alten Illustrationen zu *Pilgrim's Progress*. Ums Haus herum tummelte sich eine Menschenmenge, als ob riesige Bienen in den Fliederbüschen schwärmten. Hinter Wiesland und Hafen zog sich ein höher gelegener Landrücken bis zur Bucht; er war mit Bäumen bestanden, die im Winter wohl den Nordwest abhielten. Jetzt boten sie verlockenden Schirm und Schatten für das grosse Familientreffen.

Wir beeilten uns immer mehr, da uns zumute war, als ob wir bereits zu spät kämen, und wir waren glücklich und zufrieden, als wir endlich von der steinigen Landstraße in einen grünen, von alten Apfelbäumen beschatteten Heckenweg einbogen. Mrs. Todd ermunterte das Pferd so sehr, daß es schließlich vor Übermut fast tänzelnd auf dem weichen Rasen vor dem Hause vorfuhr. Sofort stieg ein Freudenschrei auf, und zwei oder drei Menschen aus der eifrigen Schar liefen auf uns zu.

«Mrs. Blackett! Die liebe Mrs. Blackett ist da!» hörte ich sie rufen, als ob es schon hinreichende Freude für einen ganzen Tag wäre, auch nur ihren Anblick zu genießen. Mrs. Todd warf mir einen reizend selbstvergessenen, triumphierenden Blick zu. Ein älterer Mann, der wie ein erfolgreicher Kapitän aussah, reckte beide Arme in die Höhe, hob Mrs. Blackett wie ein Kind vom Wagen herunter und küßte sie mit herzlicher Zuneigung. «Hab schon die größte Sorge gehabt, sie könnte nicht kommen», sagte er und blickte mit einem Gesicht wie ein sonnverbrannter glücklicher Schuljunge auf Mrs. Todd, während sich alle um uns drängten, um uns zu begrüßen.

«Mutter ist immer die Festkönigin», sagte Mrs. Todd. «Sie werden Mutter tüchtig verhätscheln, und sie wird es sehr genießen. Es hätte mir zu leid getan, wenn sie um den Tag gekommen wäre, und sie wird nur eins bedauern, nämlich, daß William nicht dabei sein kann.»

Nachdem Mrs. Blackett gebührend ins Haus

begleitet worden war, empfing auch Mrs. Todd ihren vollen Anteil an Ehrungen, und mit einer schlichten Freundlichkeit, die das Zeichen echter Ritterlichkeit ist, sorgten ein paar von den Männern für uns und unsre Körbe und führten den Schimmel fort.

Ich kannte schon einige von Mrs. Todds Freunden und Verwandten und fühlte mich in diesem glücklichen Augenblick als adoptierte Bowden. Es schien zu genügen, daß man mit Mrs. Blackett im gleichen Fuhrwerk angekommen war, die nun im Hause Hof hielt, während Mrs. Todd, umfangreich, gastfreundlich und hervorragend wie sie war, den Mittelpunkt einer schnell zunehmenden Menge unter den Fliederbüschen bildete. Ständig kamen kleinere Gruppen den langen, grünen Abhang vom Wasser herauf, und fast alle Boote waren jetzt gelandet. Ich zählte noch drei oder vier, die gegen die leichte Brise kämpften, doch bald schienen alle Bowdens, groß und klein, sich eingestellt zu haben, und wir fingen an, zum Wäldchen hinter der Wiese hinaufzugehen.

In die schwatzende Schar lärmender Kinder und breithüftiger Frauen, deren bestes Schwarzseidenes in reichen Falten bis auf den Boden fiel, und sonnverbrannter Männer, die so ernsthaft wie in einer Wahlversammlung aussahen, kam plötzlich Ruhe und Ordnung. Ich sah' die gerade, soldatische Gestalt eines kleinen Mannes, der eine feine Ähnlichkeit mit Mrs. Blackett aufwies und uns mit spielender Leichtigkeit zu dirigieren schien. Er war gebieterisch genug, doch von großartig militärischer Höflichkeit, und seine Haltung atmete feierliche Würde und Wichtigkeit. Wir wurden nach seinen eigenen, klaren Plänen in Gruppen eingeteilt und standen so stumm wie ein Regiment, das seine Befehle erwartet. Sogar die Kinder waren bereit, gemeinsam zu marschieren, die niedliche kleine Schar, und im letzten Augenblick kamen Mrs. Blackett und andre Respektspersonen, ein paar Pfarrer und sehr alte Leute, zusammen aus dem Haus und nahmen ihre Plätze ein. Wir stellten uns zu Vieren auf, und selbst dann bildeten wir einen langen Festzug.

Durch die Wiese war ein breiter Pfad für uns gemäht worden, und als wir vorrückten, flogen die Vögel aus der dichten zweiten Mahd Klee, und die Bienen summten, als ob es noch Juni wäre. Weiße Möwen blitzten über dem Wasser, wo die kleine Boot-Flottille im Hafen auf den flachen Wellen tänzelte und mit den Masten schaukelte, als müßte sie zu unsern Schritten den Takt schlagen. Das Platschen des Wassers war kaum zu vernehmen, und doch war es da. Wir hätten eine Gruppe alter Griechen sein können, die auszogen, um einen Sieg zu feiern oder um oben im Hain den Erntegöttern zu opfern. Es war merkwürdig ergreifend, all das mitanzusehen und ein Teil davon zu sein. Der Himmel und das Meer haben so lange schon die arme Menschheit bei ihren Zeremonien beobachtet; wir waren nicht länger eine Familie Neu-Englands, die ihr eigenes Bestehen und ihr schlichtes Gedeihen feierte – wir trugen Banner und Erbschaft all solcher Familien, von denen diese hier abstammte, und waren nur die Letzten unserer Linie. Wir besaßen die Instinkte einer fernen, vergessenen Kindheit; im stillen dachte ich, wir sollten grüne Zweige tragen und im Weiterschreiten singen. So kamen wir zu dem dichten, schattigen, noch stummen Hain und erhielten unsre Plätze unter geraden Bäumen, die sich leise bewegten und dann und wann vom Sonnenschein etwas wie ein goldenes Blatt durchließen, das niederflimmerte und im kühlen Schatten erlosch.

Der Wald war so weitläufig, daß die große Familie viel kleiner als auf der offenen Wiese wirkte. Es war ein dichter Bestand dunkler Tannen und Fichten mit einer vereinzelten Eiche oder einem Ahorn, die im hohen Waldesdach bunt wie ein funkelndes Fenster leuchteten. Auf drei Seiten konnten wir das Meer sehen, das hinter den Baumstämmen durchschimmerte, und spürten die kühle Salzbrise, die sich mit der kommenden Flut aufgemacht hatte, als der Tag gerade die stärkste Hitze erreichte. Wir konnten die grüne, sonnbeglänzte Wiese sehen, als ob wir aus einem dunklen Zimmer drüberhin schauten, und das alte Haus mit seinem Flieder, das friedvoll in der Sonne stand, und die hohe Scheune mit einer Wagenburg an Fahrzeugen, aus der jetzt zwei oder drei Männer, die sich darum gekümmert hatten, zusammen hervorkamen und über die Wiese gingen. Mrs. Todd hatte ihre warmen Handschuhe ausgezogen und sah wie die Zufriedenheit selbst aus.

«So!» rief sie. «Ich hab' immer gewünscht, ich könnt' Ihnen die Gegend hier zeigen, aber nie hätt' ich mit einer so günstigen Gelegenheit gerechnet: wo Wetter und Festfreude wie füreinander gemacht scheinen. Ja, mir passt's!

Mehr verlang' ich gar nicht! Ach, haben Sie Mutter gesehen, wie sie an der Spitze vom Zuge ging? Das Herz schlug mir bis zum Hals, als ich sie da in einer Reihe vorne an der Spitze mit den Pfarrern gehen sah!» Und Mrs. Todd wandte sich ab, um ein Gefühl zu verbergen, das sie nicht sofort unterdrücken konnte.

«Wer ist der Festordner?» fragte ich rasch. «Ein ehemaliger Soldat?»

«Er hat's gut gemacht, wie?» antwortete Mrs. Todd sehr befriedigt.

«Er hat nicht oft so gute Gelegenheit, zu zeigen, was er kann», sagte Mrs. Caplin, eine Freundin aus Dunnet Landing, die sich uns angeschlossen hatte. «Er heißt Sant Bowden. An solchen Tagen übernimmt er immer die Führung. Sonst ist er meistens ein Taugenichts; das schlimme mit ihm ist...»

Ich wandte mich aufmerksam ihr zu, um das Schlimmste zu hören. Mrs. Caplin hatte mit eiferndem, eindringlichem Tonfall gesprochen.

«...daß er immer was Anregendes braucht», erklärte sie verächtlich.

«Nein, im Krieg war Santin nie», sagte Mrs. Todd voll hochmütiger Gleichgültigkeit. «Es hat ihm großen Kummer bereitet. Er hat sich gemeldet und hat's hier überall versucht und ist sogar mit dem Boot bis nach Boston gefahren, um sich dort als Freiwilliger zu stellen, aber er ist nicht gesund, und sie wollten ihn nicht nehmen. Wie es heißt, versteht er die ganze Kriegskunst, und die Schlacht von Waterloo kann er ebensogut beschreiben wie die am Bunker Hill. Ich hab' ihm mal gesagt, an ihm wäre unserm Land ein großer General verloren gegangen, und das ist meine ehrliche Überzeugung.»

«Vielleicht hast du recht», sagte Mrs. Caplin ein wenig eingeschüchtert und schuldbewußt.

«Bestimmt hab' ich recht», betonte Mrs. Todd mit aller Liebenswürdigkeit. «'s war wirklich zu schlimm, ihn zu einem so friedfertigen Beruf zu zwingen, aber er ist ein ausgezeichneter Schuhmacher, wenn er gut dran ist, und er sagt immer, es sei ein Handwerk, daß ihm Zeit läßt, seine Manöver zu planen und auszudenken. Drüben in Port laden sie ihn immer ein, am *Decoration-Day* im Umzug mitzumarschieren, und da macht er sich fein; er stammt aus einer alten Soldatenfamilie.»

Ich hatte mit großem Interesse den merkwürdig französischen Gesichtstyp beobachtet, der in der ländlichen Versammlung vorherrschte. Ich hatte mir schon vorher gesagt, Mrs. Blackett müsse bestimmt französischer Abstammung sein, sowohl dem Aussehen wie auch ihrem reizenden Wesen nach zu urteilen, doch ist das weiter nicht erstaunlich, wenn man weiß, ein wie großer Teil der ersten Siedler an dieser nördlichsten Küste Neu-Englands Hugenottenblut hat und daß es von den Engländern der Normanne und nicht der Angelsachse war, der abenteuernd in eine neue Welt zog.

«In alten Zeiten hieß es immer», sagte Mrs. Todd bescheiden, «daß unsre Familie von einem sehr hohen Geschlecht in Frankreich abstammt, und einer von ihnen war in den damaligen Kriegen ein großer General. Darum denk' ich manchmal, daß Santins Begabung wohl von ihnen herkommt. Es ist nämlich nichts Angelerntes daran: er ist schon so auf die Welt gekommen. Er hat auch nie eine große Parade gesehen oder Leute kennengelernt, die solche Dinge studieren. Er hat sich alles ausgetiftelt und hat Papiere drüber, daß er weiß, wie man mit einer Kanone all die fünf Meilen auf Williams Fischhaus nach Green Island zielen muß, oder auch nach Burnt Island hinauf, wo das Signal steht. Er hat's mir eines Tags ganz genau erklärt, und ich hab' mir große Mühe gegeben, um gut aufzupassen. Es ist sein ganzes Leben, aber manchmal packt ihn die Schwermut, und dann trinkt er eben.»

Mrs. Caplin stieß einen tiefen Seufzer aus.

«Es gibt sehr viel solche Irrfahrer, genau wie bei den Pflanzen», fuhr Mrs. Todd fort, die immer auf die Botanik zurückkommen mußte. «Ich kenne eine Stelle, an der ein Lorbeerbusch wächst, nur ein einziger, und längs unsrer ganzen Küste hab' ich nie von einem zweiten gehört. Jemand hat mir mal einen großen Zweig von Massachusetts mitgebracht, daher kenn' ich ihn. Und der Lorbeer hier wächst an einer wilden, freien Stelle, wo man meinen sollte, da würde er gut gedeihen, aber er sieht kränklich aus. Ich hab' ihn immer wieder besucht, bloß um die kläglichen Blüten zu sehen. Er ist ein richtiger Sant Bowden: nicht an seinem rechten Platz.»

Mrs. Caplin sah bestürzt und unsicher drein. «Mal hat jemand gesagt, wenn man sich in unsrer Gemeinde umsieht, dann könnt' man eine Ähnlichkeit mit fast jeder Sorte von Ausländern entdecken!» sagte sie, und ihr Gesicht hellte sich auf, wie in jähem Verstehen. «Damals ist es mir gar nicht so recht klargeworden. Aber ich fand immer, die Maria Harris hätt' Ähnlichkeit mit 'nem Chinesen!»

«Maria Harris war als Kind sehr niedlich, wie ich mich erinnern kann», erklang Mrs. Blacketts liebe Stimme. Nachdem sie die herzlichen Huldigungen fast der ganzen Gesellschaft entgegengenommen hatte, war sie zu uns gekommen, um, wie sie sagte, danach zu sehen, daß wir kein dummes Zeug trieben.

«Ja, Maria war auch so eins von den niedlichen kleinen Lämmern, aus denen furchtbar häßliche alte Schafe werden!» erklärte Mrs. Todd energisch. «Kapitän Littlepage würde nicht so trostlos aussehen, wenn sie geeignet wäre, nach dem Rechten zu schauen. Sie könnte ihn aufheitern und ablenken, so daß er denken würde, es ginge nach seinem Kopf – anstatt daß sie immer alles zerreden muß. Es würde ihr gar nichts schaden, wenn sie sich hin und wieder mal hinsetzte und sich seine großen Geschichten anhörte!»

«Die Geschichten sind sehr interessant», wagte ich einzuwerfen.

«Ja, man ertappt sich oft dabei, daß man denkt, wie nun, wenn sie alle wahr wären und er recht hätte?» antwortete Mrs. Todd. «Wenn er auch verträumt ist, so ist er doch viel unterhaltsamer als ein mürrisches Geschöpf wie die Maria Harris!»

«Leben und leben lassen!» sagte die liebe alte Mrs. Blackett milde. «Ich hab' den Kapitän sehr lange nicht gesehn, seit ich nicht mehr so regelmäßig in die Kirche gehe», fuhr sie sehnsüchtig fort. «Früher waren wir gute Freunde.»

«Oh, wenn's morgen ein schöner Tag ist, dann muß William hingehn und den Kapitän zum Mittagessen einladen. William kommt ja früh, dann kann er über die Straße, ohne jemand zu begegnen!»

«Da, hört ihr? 's ist Zeit, die Tische zu decken, rufen sie jetzt!» sagte Mrs. Caplin sehr aufgeregt.

«Hier kommt Kusine Sarah Jane Blackett! Wie mich das freut!» rief Mrs. Todd mit ungeheuchelter Begeisterung, und die verwandten Seelen trennten sich nur mit dem Versprechen, sich später zu einem guten Schwatz zu treffen. Danach war keine Zeit mehr für Gespräche, bis wir alle ordentlich an den langen Tischen saßen.

«Bei solchen Anlässen hab' ich immer Angst davor, Leute zu sehen, die ich nicht leiden kann», erklärte mir Mrs. Todd vertraulich nach längerem Nachdenken. Wir warteten auf den Beginn des Festes. «Man sollt's nicht glauben, daß ein so großer Mensch wie ich vor lauter Angst wie auf Kohlen sitzt. Ich erinnere mich noch an den Tag, als ich mich mit Nathan verlobt hatte, wie's mich da überfiel – ganz plötzlich, und als ich so glücklich war, wie ich's nur konnte –, daß ja nun eine seiner Kusinen mein Lebtag eine nahe Verwandte von mir werden würde, und da wurde mir sterbenselend. Der arme Nathan sah gleich, daß mir was gegen den Strich ging – er war immer so feinfühlig –, und als er mich fragte, was es war, hab' ich's ihm erzählt. ‹Ich hab' sie auch nie leiden können›, hat er gesagt. ‹Sie wird dir schon nichts tun, Liebste›, sagte er. Und das war nun etwas an Nathan, was mich dazu brachte, daß ich soviel von ihm hielt: er widersprach einem nicht dauernd, wie's so viele Männer tun. ‹Ja›, sagt' ich, ‹aber denk nur ans Erntedankfest und an Beerdigungen! Sie ist unsre Verwandte, und wir können ihr nicht aus dem Weg gehen.› An solche Sachen denkt die Jugend gar nicht. Da geht sie! Wolln beten, daß sie nicht herkommt!» rief Mrs. Todd und schwenkte beunruhigend rasch von allgemeinen Ansichten zu privater Feindseligkeit über. «Ich muß sie noch genauso wie früher hassen; aber sie hat ein sehr hübsches Kleid an. Ich muß dran denken, daß sie Nathans Kusine ist! Oh, lieber Himmel, zum Glück ist sie weitergegangen und hat mich nicht gesehen! Ich hatte schon gedacht, sie würde mir schöntun und sich zeigen und hinterher sagen, sie sei mit mir verwandt.»

Die Worte waren so wenig im Einklang mit Mrs. Todds üblicher Seelengröße, daß mir einen Augenblick unbehaglich war; doch die Wolke wich rasch von ihrem Geist und verschwand gleichzeitig mit dem Stein des Anstoßes.

Nie hat es an der ganzen Küste ein so üppiges Fest im Freien gegeben, wie das an jenem Tag von der Familie Bowden veranstaltete. Es ein Picknick zu nennen, würde es herabmindern. Die langen Tafeln waren mit hübschen Girlanden aus Eichenblättern geschmückt, die von den Knaben und Mädchen gemacht worden waren. Wir brachten Blumen von den Hecken an der großen Wiese, und aus all der Unordnung von Blumen und Eßvorräten tauchte plötzlich eine so geregelte Anordnung für das ganze Fest auf, wie sie vorhin der Festordner für den Zug aufgestellt hatte. Ich begann vor den Bowdens Respekt zu empfinden, weil sie soviel Geschmack und Geschick und dabei ein gewisses angenehmes Talent für formelles Benehmen hatten. Irgendwie konnten sie alles viel feiner veranstalten, als es die meisten Landleute getan hätten. Wenn ich die Tische auf und ab blickte, gewahrte ich eine schöne Heiterkeit, einen maßvollen und doch freudestrahlenden Ernst und eine bescheidene Würde des Verhaltens. Einige waren zwar da, denen es an guter Erziehung fehlen mochte, doch waren es nicht viele. Ich dachte also bei mir, daß ihre Ahnen vielleicht im Mittelalter in der großen Bankett-halle eines alten französischen Schlosses gesessen hatten, wo Schlachten und Belagerungen und Festzüge und Feiern vertraute Dinge waren. Die Pfarrer und Mrs. Blackett mit ein paar andern ihres Alters und Standes hatten Ehrenplätze erhalten, und wenn ich einmal in einer andern Richtung Ausschau hielt, blickte ich dafür zweimal Mrs. Blacketts Gesicht an, das heiter und eingedenk ihres Vorrechts und ihrer Verantwortung war, denn keiner eignete sich so wie sie zur Herrin des großen Tages.

Mrs. Todd schaute zum grünen Gewölbe der Baumkronen auf und musterte dann aufmerksam die ganze Gesellschaft. «Seit sie alle sitzen, kann ich sie viel besser sehen», sagte sie befriedigt. «Da ist der alte Mr. Gilbraith mit seiner Schwester. Ich wünschte, sie säßen bei uns; sie sind nicht zwischen Leuten, mit denen sie sich gut unterhalten können, und sie scheinen enttäuscht zu sein.»

Je weiter das Fest vorschritt, um so mehr stieg die gute Laune meiner Freundin. Die Freude ob des unerwartet großen Festes wirkte wie ein mildes Anregungsmittel auf ihr Gemüt, und ich begriff, daß Mrs. Todd, wenn sie mir manchmal einseitig und zu hausfraulich vorgekommen war, nur deshalb schwerfällig wurde, weil es ihr an der geeigneten Umgebung fehlte. Sie war jetzt nicht so sehr von Erinnerungen, als vielmehr von Erwartungen erfüllt und schien so lebendig und heiter wie ein Mädchen. Wir – ihre Nachbarn – waren auch fröhlich, doch es war nur der Abglanz ihrer strahlenden Miene. Es war nicht das erste Mal, daß ich staunen mußte über die Vergeudung menschlicher Talente, wie auch der Botaniker sich über die Vergeudung der Natur wundert, über die tausend Samen, die sterben, über den ungenützten Vorrat jeder Art. Die in der menschlichen Gesellschaft schlummernden Reserven erscheinen dem Nachdenklichen überwältigend groß. Mehr als ein Gesicht unter den Bowdens bewies mir, daß nur Gelegenheit und Ansporn fehlten – ein zu enges Netz äußerer Umstände umschloß einen feinen, befähigten Charakter und hielt ihn gefangen. In einer ländlichen Versammlung sieht man genau die gleichen Typen wie in der vornehmsten Großstadt-Gesellschaft. Wir können darauf zählen, verstanden zu werden, wenn unsre Worte für den einen Nachbarn ebenso lebendig wie für den andern sind.

DAS ENDE DES FESTES

Das Fest war ein nobles Fest, wie bereits gesagt wurde. In der Art der Kuchen zeigte sich eine großzügige Mannigfaltigkeit, die mein Herz beglückte. Man muß es einmal zugeben, daß ein amerikanischer Kuchen seinem bescheidenen Vorläufer, der englischen Torte, bei weitem vorzuziehen ist, und beim Bowdenschen Familientreffen konnte ich erfreut feststellen, daß an Reichtum der Erfindung kein Mangel herrschte. Abgesehen von den verschiedenartigsten köstlichen Grundstoffen übertrafen auch die Dekorationen alles, was ich je gesehen hatte, und Daten und Namen verzierten Glasuren und Backwerk. Noch mehr Lesestoff fand sich auf einem Kolonial-Apfelkuchen, in den wir uns teilten und wobei mich Mrs. Todd freigebig mit dem ganzen Wort *Bowden* versorgte, während sie selbst das Wort *Familientreffen* bis auf einen nicht entzifferbaren Rest vertilgte. Am meisten Beachtung fand jedoch ein wahrer Essay an Kochkunst, nämlich ein Modell des alten Farmhauses, aus Pfefferkuchenteig errichtet, mit sämtlichen Fenstern und Türen am rechten Ort und echten Fliederbüschen im Vordergarten. Als es gegen Schluß des Festes der Zerstörung anheimfiel, war ein allgemeines Bedauern zu hören, und ein großer Teil der Versammelten aß davon, und zwar mit rührendem Ernst, als sei es Symbol und Treuegelöbnis. Ich lernte die Schöpferin des Pfefferkuchenhauses kennen. Sie hatte den leuchtenden Blick einer Enthusiastin, die sich ein hohes Ziel gesteckt hat.

«Ich hätte es ebensogut aus glasiertem Biskuit backen können», sagte sie, «doch dann wäre es nicht die richtige Farbe gewesen. Wie Sie wohl gesehen haben, hatte das alte Haus nie einen Anstrich, und ich glaubte, gewöhnlicher Pfefferkuchenteig würde den Ton am besten wiedergeben. Es ist aber doch nicht ganz so geworden, wie ich's mir vorgestellt hatte», schloß sie traurig – wie es schon so mancher Künstler vor ihr von seinem Werk bekannt hat.

Von den Pfarrern wurden Ansprachen gehalten, und es erwies sich, daß die Bowdens auch einen Chronisten hatten, der ein paar schöne Anekdoten aus der Familiengeschichte vortrug, und danach erschien eine Dichterin, die von Mrs. Todd mit nachdenklicher Teilnahme und Nachsicht betrachtet wurde, und als die langen, welken Versgirlanden ein flehentliches Ende fanden, wandte sie sich mit lobenden Worten an mich.

«Es klang hübsch», sagte sie großmütig. «Doch, ich finde, sie hat's recht hübsch gemacht. Wir sind zusammen in die Schule gegangen, und Mary Anna hat es sehr schwer gehabt. Das Dumme war nämlich, daß ihre Mutter glaubte, sie habe ein Genie in die Welt gesetzt, und schließlich glaubte es auch Mary Anna. Und doch wüßte ich nicht, was wir ohne sie hätten machen sollen. Von hier bis weit nach Rockland hinauf kenn' ich keinen Menschen, der Verse schreiben kann, und bei solchen Anlässen wie heute ist es doch sehr nützlich. Wenn sie von denen spricht, die schon verstorben sind, fühlt sie wirklich mit, und alle andern Anwesenden auch, aber sie harft zu sehr darauf herum. Ich würde mir die Hälfte fürs nächste Mal aufheben, wenn ich Mary Anna wäre. Da kommt Mutter und spricht mit ihr, und auch die Schwester vom alten Mr. Gilbraith; jetzt wird sie wohl aufleben. Mutter findet immer das richtige Wort für sie!»

Das Abschiednehmen war ebenso herzlich, wie die Begegnung all der alten Freunde gewesen war. Es waren genug junge Leute bei dem Treffen anwesend, doch die Alten sind's, die eine solche Gelegenheit wirklich zu schätzen wissen. Bei den Jungen ist es eine alltägliche Gewohnheit, ihre Kameraden zu treffen – die Zeit der Trennung ist noch nicht da. Die Freude zu sehen, mit der die älteren Verwandten und Bekannten einander ins Gesicht blickten, und das Verweilen der Hände in einer freundlichen Hand, herzliche Begegnung und widerstrebendes Auseinandergehen – all das gab einem doch einen neuen Begriff von der Einsamkeit, in der die Menschen in jenem immerhin dünn besiedelten Gebiet leben mußten. Sie erwarteten nicht, einander bald wiederzusehen; die schwere Arbeit auf den Gehöften, die Schwierigkeit, von Ort zu Ort zu gelangen, besonders im Winter, wenn die Boote aufgebockt waren, verdoppelten den Wert jeden Anlasses, der eine größere Anzahl Familienmitglieder zusammenführte. Selbst Beerdigungen waren in diesem Land der spitzen Tannen nicht ohne Vorzug und Befriedigung, was die Geselligkeit betraf. Das Wort ‹im nächsten Sommer› hörte ich immer wieder, obwohl wir jetzt noch Sommer hatten und alle Blätter grün waren.

Die Boote begannen von Land abzustossen, und die Wagen fuhren ab. Mrs. Blackett führte mich, als wir vom Hain fortgegangen waren, in das alte Haus hinein: es war ihres Vaters Geburtshaus, und sie hatte dort einen großen Teil ihrer eigenen Kindheit bei ihrer Großmutter verbracht. Sie sprach von jenen Tagen, als hätten sie sich erst kürzlich abgespielt; ja ich konnte mir vorstellen, daß für sie das Haus fast ebenso wie einst aussah. Als ich die steile Treppe hinan schaute, konnte ich die braunen Balken des Daches sehen, wenn auch ‹das beste Zimmer› unten mit seiner guten Tapete und den Verzierungen am Gesims ebenso schön wie jedes alte Zimmer jener Zeit in einem Stadthaus war.

Einige Gäste, die von weither gekommen waren, saßen noch im besten Zimmer, als wir uns vom Hausherrn und der Hausfrau verabschieden wollten. Wir beteuerten alle, was für ein schöner Tag es gewesen und wie rasch uns die Zeit verflogen sei.

Wir gehörten zu den allerletzten, die zu ihrem eigenen Leben und Haus zurückkehren wollten. Ich fühlte mich allmählich fast wie eine echte Bowden und trennte mich von manchen neuen Freunden, als wären es alte, und war um den Schatz einer neuen Erinnerung reicher geworden.

Endlich saßen wir wieder in dem hohen Wagen; der alte Schimmel war im Bowdenschen Stall gut gefüttert worden, und wir fuhren ab und begannen bald den langen Hügel zum waldigen Kamm hinaufzuklimmen. Die Straße war mir neu, wie es Straßen auf dem Rückweg stets sind. Die meisten unsrer Bekannten hatten schon besorgt an ihr Heim gedacht – an die Kühe oder an Kleinkinder, denen etwas hätte zustoßen können –, doch wir hatten keinen Grund zur Eile, plauderten und fuhren langsam weiter. Einmal sagte Mrs. Todd, sie hoffe wirklich, ihre Haustür wäre zu, schon wegen des Staubes, der hereinwehen könnte, doch fuhr sie fort, daß eigentlich nichts sie bedrücke als nur die Sorge, ein paar letzte Wollkrautblätter umzuwenden, die oben im Speicher auf einer Zeitung trockneten. Mrs. Blackett und ich gaben unser Ehrenwort, sie an ihre Pflicht zu erinnern.

Der Weg schien kurz, so viel hatten wir zu besprechen. Wir fuhren Hügel hinauf, von denen wir die große Bucht und die Inseln sehen konnten, und dann stiegen wir in schattige Täler hinunter, wo die Luft schon abendlich war, und kühl und feucht vom Hauch nasser Farne. Mrs. Todd stieg ein- oder zweimal ab und schlug jede Hilfe aus, um sich ein paar Zweige eines seltenen Strauchs zu verschaffen, deren Rinde ihr wertvoll war, doch wahrte sie Schweigen darüber, wozu sie sie brauchen wollte. Wir kamen an dem Haus vorbei, in dem wir am Morgen so freundlich mit Pfannekuchen bewirtet worden waren, und fanden es zu unsrer Enttäuschung verschlossen und ohne seine Bewohner.

«Vielleicht sind sie unterwegs irgendwo zum

Abendbrot geblieben, um dem Tag noch einen Abschluß zu geben», sagte Mrs. Todd. «Wer es am meisten genossen hat, will lieber gleich nach Hause, um es schön überdenken zu können.»

«Ich habe die Frau gar nicht bemerkt – oder du?» fragte Mrs. Blackett, als das Pferd stehenblieb, um am Trog zu saufen.

«O doch, ich habe mit ihr gesprochen», antwortete Mrs. Todd mit nur kärglichem Interesse und geringer Begeisterung. «Sie gehört nicht zu unsrer Familie.»

«Ich meinte, du hättest gesagt, um die Stirn gliche sie Kusine Pa'lina Bowden.»

«Sie tut's aber nicht», erwiderte Mrs. Todd ungeduldig. «Ich täusche mich selten bei einer Familienähnlichkeit, und sie schien niemand zu kennen, darum ging ich einfach auf sie zu. ‹Ihrem Aussehen nach sind Sie wohl eine Bowden›, sagte ich. ‹Ich glaube wirklich, daß Sie zu den Bowdens gehören!› Darauf sagte sie: ‹Grosser Gott, nein! Mein Mädchenname ist Dennett, aber mein erster Mann war ein Bowden. Ich dachte, ich wollte mal hingehn und sehen, was los ist!›»

Mrs. Blackett lachte herzlich. «Ich muß mich

erinnern, es William zu erzählen», sagte sie. «Und, Almiry, das ist auch das einzige, was mich den ganzen Tag verfolgt hat: wie sehr William es genossen hätte! Ich wünschte so sehr, William wäre auch dabei gewesen!»

«Ich im Grunde auch», sagte Mrs. Todd frei heraus.

«Es waren nicht sehr viel alte Leute da, schien mir», sagte Mrs. Blackett mit einem Anflug von Trauer in ihrer Stimme. «Es können nicht mehr so viele wie früher kommen, und doch hatte ich gehofft, es wären mehr!»

«Ich fand, es waren eine ganze Menge da; die andern sagten das auch und waren zufrieden», antwortete Mrs. Todd hastig und erfreulich harmlos; ich bemerkte aber, wie ihr die Röte ins Gesicht stieg, und bald hatte sie eine Ausrede bei der Hand, um sich umdrehen und einen besorgten Blick auf ihre Mutter werfen zu können. Doch Mrs. Blackett lächelte und dachte an ihren glücklichen Tag, obzwar sie ein wenig müde auszusehen begann. Keine von meinen beiden Freundinnen litt ernstlich unter der Last ihrer Jahre. Ich hoffte im stillen, daß ich ihnen darin gleichen könnte, wenn ich selber alt würde, und dann mußte ich lächeln, weil mir einfiel, daß ich auch nicht mehr die jüngste war. So bleiben die Herzen immer gleich, wenn auch das äußere Gehäuse nachläßt und die Spuren der Zeit zeigt.

«Es war schön, als sie den Choral sangen, nicht wahr?» fragte Mrs. Blackett beim Abendbrot und war ehrlich begeistert. «Es waren so viele Männerstimmen dabei. Von meinem Platz aus hörte es sich wunderschön an. Als sie zum letzten Vers kamen, mußte ich verstummen, damit ich besser zuhören konnte.»

Ich sah, wie Mrs. Todds breite Schultern zu zittern begannen. «Es waren gute Sänger dabei, doch, ausgezeichnete Sänger», bestätigte sie herzhaft und stellte ihre Teetasse hin. «Aber ich stand zufällig hinter Mrs. Peter Bowden von der Großen Bucht, und ich mußte unwillkürlich denken, wenn sie sich auf dem Heimweg ebenso verirrte, wie sie sich in den Noten verirrt, dann käme sie nicht in einem Tag nach Hause.»

Eines Tages, als ich am Ufer entlangschlenderte, noch hinter den alten Piers und dem höher gelegenen neuen Dampferpier, bemerkte ich, daß alle Boote auf den Strand gezogen waren und daß die flaue Zeit der ersten Nachmittagsstunden die Oberhand hatte. Es geschah einfach gar nichts, auch nicht die gemächlichste Arbeit wurde verrichtet, wie etwa das Beködern oder Flicken von Netzen oder das Ausbessern von Hummerfallen; selbst die Boote schienen in der Nachmittagssonne ein Nickerchen abzuhalten. Als ich aufs Meer hinausblickte, konnte ich kaum ein Segel erkennen, ausgenommen ein verwittertes Hummerschiff, das die leichten Winde, die über die Bucht bliesen, für ein Spielzeug zu halten schienen. Es trieb weiter und drehte sich so ziellos im weiten Raum auf der Höhe von Burnt Island, daß ich vermutete, es sei niemand am Steuer, oder die rostige Ankerkette sei gerissen, während die Mannschaft schlief.

Ich beobachtete das Schiff ein oder zwei Minuten lang; es war die alte Miranda, die mehreren Caplins gehörte, und ich erkannte es

an einem seltsam geformten Flicken aus verhältnismäßig neuem Segeltuch, das in die Piek des braunen Großsegels eingesetzt war. Das Hin und Her des Schiffs bot einen so aufregenden Gesprächsstoff, daß ich hocherfreut war, als ich hinter mir eine heisere Stimme hörte. Gleichzeitig, und noch ehe ich Zeit zum Sprechen hatte, sah ich, wie etwas Großes und Formloses vom Deck der Miranda geschleudert wurde, so daß an der schwarzen Schiffswand das Wasser hoch aufspritzte und der Mann hinter mir befriedigt kicherte. Im gleichen Augenblick füllte sich das Segel des alten Hummerschiffs, und die Miranda fuhr langsam aus der Bucht.

«Der Junge ist wohl 'n bißchen eingenickt beim Steuern; Monroe hat 'n glatt über Bord geworfen; wird wohl jetzt rasch munter!» erklärte Mr. Tilley, und wir lachten beide.

Ich war begeistert, daß die Fährnisse und das Hin und Her der Miranda in einer klippenreichen Wasserstraße mir Gelegenheit gaben, einen alten Fischer kennenzulernen, mit dem ich noch nie gesprochen hatte. Anfangs war es mir immer so gewesen, als gehöre er zu jenen schwer greifbaren und ungemütlichen Menschen, die einem so sehr mißtrauen, daß man sich schließlich beinahe selber mißtraut. Mr. Elijah Tilley schien Fremde mit verächtlicher Gleichgültigkeit zu betrachten. Man konnte ihn am Kiesstrand oder auf der Türschwelle eines Fischhauses stehen sehen, doch wenn man sich näherte, war er fort. Er war einer von der kleinen Schar ältlicher, hagerer großer Fischer, die ich gern beobachtete, wenn sie ein schwerbeladenes Boot, wie ein Pferd beim Kopf, vom Wasser die steile Böschung des kiesigen Ufers hinaufführten. In Dunnet Landing gab es vier von ihnen, Überlebende einer vergangenen, kräftigeren Generation. Es bestand unter ihnen ein so enges Bündnis und Einvernehmen, daß sie anscheinend keiner Worte bedurften. Sie verwandten viel Zeit darauf, einer des andern Boot zu beobachten, wenn es ausfuhr oder einlief; sie halfen einander bereitwillig beim Versorgen der Hummerfallen, wenn es stürmte; sie halfen sich beim Fischereinigen oder beim Abschlitzen von Fischseiten für Netzköder, als ob sie allesamt Partner wären, und wenn ein Boot vom Tiefseefischen zurückkam, dann waren sie immer in der Nähe und beeilten sich, es an Land schaffen zu helfen, indem sie längsseits durchs Wasser platschten und ihm den ruhigen Kopf hielten, als ob es ein störrisches Seefohlen wäre. Im Grunde aber konnte unter ihrer Leitung und Partnerschaft kein Boot etwas anderes als ruhig und fügsam sein. Abels Boot und Jonathan Bowdens Boot waren so unverkennbare und erfahrene Persönlichkeiten wie die Männer, ihre Besitzer, und auch ebenso ausdrucksarm. Wortwechsel oder Meinungsaustausch waren in der Unterhaltung der alten Freunde gänzlich unbekannt; eher hätte man von einer Elefantenherde erwarten können, daß sie klatschten, als daß man den alten Mr. Bowden oder Elijah Tilley und ihre beiden Kumpane gehört hätte, wie sie ihren Atem an irgendeine Art von banalem Klatsch vergeudet hätten. Von Zeit zu Zeit äußerten sie untereinander eine kurze Tatsache. Je mehr man sie kennenlernte, um so mehr wunderte man sich, daß sie überhaupt sprachen. Ihre überraschende Bekanntschaft mit der Kunst der Sprache verlieh ihnen in den Augen des Zuhörers einen neuen Wert. Es war einem fast, als ob eine einzelne Richtkiefer eine Bemerkung über das Wetter zu machen geruhte oder als wende sich ein hochmütiges altes Kamel an einen, während man respektvoll im Zirkuszelt in seiner Nähe stand.

Ich habe oft über das Innenleben und die Gedankenwelt dieser selbstgenügsamen Fischer nachgedacht; all ihr Sinnen schien sich einzig auf die Natur und die Elemente zu richten, anstatt auf irgendwelche Erfindungen des Menschen, wie etwa die Politik oder die Theologie. Mein Freund Kapitän Bowden war der Neffe des ältesten von den vier Fischern, und für ihn waren sie ehrfurchtsgebietend; doch er gehörte ihrer geheimen Gesellschaft nicht an, obwohl er weder jung noch geschwätzig war.

«Schon als sie kleine Jungen waren, haben sie zusammengehalten wie heut noch, und sie wissen so gut wie alles von der See», erzählte er mir einmal. «Seit Menschengedenken waren sie immer so, wie man sie jetzt sieht.»

Die alten Seefahrer hatten Häuser und Felder, die sich äußerlich nicht von andern Wohnungen in Dunnet Landing unterschieden, doch ihre wahre Wohnung war die See, und ebenso die steinige Bucht, die das vertraute Ufer säumte, und die Fischhäuser, an denen sogar die Balken vom Salzwasser aus den Makrelenkörben durchtränkt waren, bis sie einen Zustand erreicht hatten, der dauerhaft braun und wie versteinert war. Das Salzwasser hatte auch die wetterfeste Haut der alten Fischer umgemodelt, bis man sich vorstellte, daß der Tod, wenn er sie schließliche holen wollte, es nicht mit Hilfe eines schlanken modernen Dolchs tun könnte, sondern mit der guten, tauglichen Harpune aus einem Holzschnitt des siebzehnten Jahrhunderts.

Elijah Tilley war auch so ein nichtfaßbarer und abschreckender Alter, mit schwerem Kopf und stets gebückt, so daß man ihm nie richtig ins Gesicht schauen konnte, und daher wagte ich selbst nach seiner freundlichen Bemerkung über Monroe Pennell, den Besitzer des Hummerschiffs, und den schläfrigen Jungen nicht sofort das Wort zu ergreifen. Mr. Tilley trug in der einen Hand einen kleinen Schellfisch, und nun nahm er ihn in die andre Hand, damit er nicht meinen Rock streifte. Da wußte ich, daß meine Gesellschaft akzeptiert wurde, und wir gingen ein Stück zusammen weiter.

«Sie wollen sich ein gutes Abendbrot machen!» wagte ich zu sagen, um mich freundlich zu zeigen.

«Will den Schellfisch kochen, dazu ein paar von meinen guten gebacknen Kartoffeln. Man muß essen, wenn man leben will», erwiderte mein Begleiter sehr liebenswürdig und offensichtlich einverstanden mit mir. Ich spürte, daß ich die grimmen Ufer plötzlich hinter mir hatte und mich in einem netten kleinen Freundschaftshafen befand.

«Sie sind nie bis zu meinem Haus gekommen», sagte der alte Mann. «Die Leute kommen jetzt nicht mehr so, wie sie's früher gewöhnt waren. Und es nützt auch gar nichts, sie aufzufordern. Meine liebe Alte, die verstand sich drauf, junge Gesellschaft ins Haus zu holen!»

Ich erinnerte mich, daß Mrs. Todd mir einmal erzählt hatte, wie schwer getroffen und untröstlich der alte Fischer beim Tode seiner Frau gewesen war.

«Ich würde sehr gerne kommen», sagte ich. «Vielleicht sind Sie später zu Hause?»

Mr. Tilley bestätigte es mit ernstem Kopfnicken und ging weiter neben mir einher, mit krummen Schultern und dem rollenden Schritt der Seeleute. Hoch oben auf der Schulter seiner alten Jacke saß ein neuer Flicken, der dem Flikken auf dem Großsegel der Miranda hinten in der Bucht entsprach, und ich dachte im stillen, ob seine vom vielen Tiefseefischen ungeschickten Finger ihn wohl aufgesetzt hatten.

«War's heute ein guter Fang?» fragte ich. «Als die Boote einliefen, war ich zufällig nicht unten.»

«Nein», antwortete Mr. Tilley. «Sie kamen alle ziemlich leer an. Addick und Bowden haben's am besten gekonnt; Abel und ich hatten bloß einen mageren Fang. Wir sind früh ausgefahren, aber nicht so früh wie sonst: der Morgen sah nicht besonders aus. Ich hatte neun Schellfische, alle klein, und sieben Dorsche; die andern hatten mehr Dorsche als Schellfisch. Wahrscheinlich ist ihnen nicht jeden Tag nach Anbeißen zumute. Wir müssen's ihnen nachsehen und ihnen ein bißchen ihren Willen lassen. Die verteufelten Haie machen ihnen das

Leben schwer!» Mr. Tilley äußerte diesen letzten Satz mit warmer Anteilnahme, wie wenn er sich als den wahren Freund aller Schellfische und Dorsche betrachtete, die in unserer Bucht lebten, und so trennten wir uns.

*

Im späteren Verlauf des Nachmittags ging ich wieder die Bucht entlang, bis ich an den Fuß von Mr. Tilleys Land kam und eine undeutliche Spur über Feldsteine und Felsblöcke bis zum Ackerrand entdeckte, wo ein schweres Stück Holz aus einem Schiffbruch lag, das einem Schiffskiel voller Nagelkeile glich. Von dort führte ein kleiner Fußpfad, der vom Schritt eines einzelnen Mannes stets schmal blieb, über das kleine grüne Stück Land, das offenbar Mr. Tilleys ganzen Grundbesitz darstellte, abgesehen von einer unregelmäßigen Viehweide, die hinter dem Haus und der Landstraße den steilen Abhang hinauftorkelte. Ich hörte eine Kuhglocke bimmeln, irgendwo zwischen den Tannen, die auf dem Weideland herumspazierten und es von allen Seiten einhegten; wahrscheinlich würde es bald das Wäldchen genannt werden; das Feld jedoch war noch nicht von den

Tannen bedrängt. Innerhalb der Mauern konnte ich weder Gebüsch noch Dornengestrüpp sehen, und auch kein vereinzelter Stein zeigte sich. Das war äußerst erstaunlich in einer Gegend voller Felsenrippen und zerstreut herumliegender Steine, wo selbst all die Mauern, die der Fleiß nur ersinnen konnte, kaum begonnen hatten, das Land von ihnen zu befreien.

Auf dem schmalen Feld fielen mir kräftige Pfosten auf, die anscheinend wahllos ins Gras und zwischen die Kartoffelfurchen gesetzt, aber sorgfältig gelb und weiß bemalt worden waren, um zum Hause zu passen, einem schmucken, scharfkantigen kleinen Gebäude, das für einen solchen Besitzer seltsam modern aussah. Ich hätte weit eher geglaubt, daß der flotte junge Eier-Großhändler es bewohnte, nicht aber Mr. Tilley, denn eines Mannes Haus ist eigentlich nichts anderes als sein größerer Leib und drückt gewissermaßen sein Wesen und seinen Charakter aus.

Ich ging das Feld hinauf und folgte dem geebneten kleinen Weg zur Seitentür. Was die Benutzung der Vordertüre anbelangt, so wäre das eine Frage höchsten Zeremoniells gewesen; jetzt wuchs langes Gras dicht um die hohe Steinstufe, und ein Schneebeerenbusch neigte sich darüber, oberlastig vom Gewicht einer blauen Kaiserwinde, die sich obendrein am Türknopf einen «Halbstich» gesichert hatte (wie es die Fischer nennen würden).

Elijah Tilley erschien an der Seitentür, um mich willkommen zu heißen; er strickte an einem blauen Wollstrumpf, ohne auf die Arbeit zu blicken, und für die jetzige Jahreszeit war er warm gekleidet, denn er trug ein dickes blaues Flanellhemd mit weißen Porzellanknöpfen, eine verschossene Jacke und eine Hose, die an den Knien stark geflickt war. Das war nicht sein Fischerzeug. Es war köstlich, den Druck seiner Hand zu spüren, die warm und reinlich war, gerade, als ob sie nie etwas anderes als das mollige Wollgarn und nicht das kalte Meerwasser und schlüpfrige Fische angefaßt hätte.

«Wozu dienen die bemalten Pfähle unten auf dem Feld?» fragte ich sogleich, und er kam ein oder zwei Schritt auf den Pfad hinaus, um auch zu schauen, und blickte die Pfähle an, als ob er zum ersten Mal in seinem Leben darauf aufmerksam gemacht worden wäre.

«Die Leute haben mich ausgelacht, als ich mir damals das Anwesen kaufte und hierherzog», erklärte er. «Sie sagten, es sei kein günstiges Land und nicht der Ort, um irgendwas anzubauen, weil alles voller Steine wäre. Ich sah aber, daß es gutes Land war, und ich hab's bearbeitet – selten genug, und nur, wenn's nichts andres zu tun gab –, bis ich alle losen Steine herausgeklaubt hatte. Ein schöneres Stück Land kann man so leicht nicht finden, meinen Sie nicht auch? Ja, und die gemalten Stangen – das sind meine Bojen. Ich bin auf ein paar schwere Felsen gestoßen, die nicht zu sehen waren, aber ein Pflug würde sie wohl erreichen, und darum hab' ich sie mir gemerkt und mit Bojen bezeichnet, grad wie Sie's gesehen haben. Sie können mich jetzt sowenig verdrießen, als wenn sie überhaupt nicht da wären.»

«Sie sind nicht umsonst ein seebefahrener Mann», sagte ich lachend.

«Ein Handwerk hilft dem andern», sagte Elijah und lächelte freundlich. «Kommen Sie doch und nehmen Sie Platz. Ja, kommen Sie nur und ruhn Sie sich aus!» rief er und führte mich in die behagliche Küche. Der Sonnenschein strömte durch die beiden Fenster herein, und eine Katze lag zusammengerollt auf dem Tisch, der zwischen ihnen stand, und schlief fest. Eine anscheinend neue, helle Linoleummatte mit Fliesenmuster lag auf dem Fußboden, und eine Steingut-Teekanne, die für einen Haushalt von nur einer Person recht groß war, stand auf dem blanken Herd. Ich erlaubte mir zu sagen, daß hier jemand sehr gut hauszuhalten schiene.

«Der Jemand bin ich», sagte der alte Fischer freimütig. «Hier wohnt niemand außer mir. Ich versuch's so zu machen, daß alles ordentlich aussieht, und so, wie meine liebe Alte es mir hinterlassen hat. Setzen Sie sich hier auf den Stuhl, dann können Sie aufs Wasser sehen. Keiner hat geglaubt, daß ich allein fertig werden könnte, aber ich wollt' mir mein Haus nicht auf den Kopf stellen lassen, nein, keinem zuliebe! Ich war der einzige, der genau wußte, wie sie alles haben wollte, meine arme Alte, und ich hab' gesagt, ich würd's schon schaffen, und ich hab's geschafft. Ist mir viel lieber, mich allein durchzuwinden.» Und er seufzte tief, als ob Seufzen ein vertrauter Trost für ihn wäre.

Ein Weilchen schwiegen wir beide; der alte Mann blickte aus dem Fenster und schien vergessen zu haben, daß ich da war.

«Sie fehlt Ihnen wohl sehr?» fragte ich schließlich.

«Und wie sie mir fehlt!» antwortete er und seufzte wieder. «Die Leute sagen mir dauernd, die Zeit würde es heilen, aber ich kann nicht finden, daß es stimmt. Nein, sie fehlt mir jeden Tag ganz genau so!»

«Wie lange ist es her, seit sie starb?» fragte ich.

«Jetzt werden's acht Jahr, kommenden Oktober. Mir scheint's aber bestimmt nicht so lange. Ich hab' eine Schwester, die in jedem Frühling und Herbst kommt und ein bißchen bei mir bleibt, und auch manchmal zwischendurch, wenn ich sie holen lasse. Ich kann längst nicht so gut nähen, wie ich stricken kann, und sie ist flink und kann alles wieder in Ordnung bringen. Sie ist eine verheiratete Frau mit Familie: die Kinder von ihrem Sohn leben in ihrem Haus, da kann ich nicht zuviel von ihr verlangen. Aber dadurch hab' ich eine gute Entschuldigung, ihr unter die Arme zu greifen, denn sie ist knapp dran. Meine liebe Alte hat sie sehr gern gehabt, und wir sind immer gut zusammen ausgekommen. 's ist leicht, allein zu leben. Ich sitze hier und denk' an alles, was war, und besonders, wenn das Wetter zu schlecht ist, um nach draußen zu gehen. An manchen Tagen ist es mir so, als müßt' meine liebe Alte jeden

Augenblick hier in die Küche kommen. Dann schau' ich dauernd auf all die Türen, als ob sie durch jede ins Haus kommen könnt'. Ja, Ma'am, ich muß immerfort hochblicken und lass' Maschen fallen; so ist das nun mal. Ich kann nicht drüber wegkommen, daß ich sie verloren hab', nie und nimmer kann ich's. Ja, Ma'am, so ist das nun mal mit mir.»

Ich sagte kein Wort, und er blickte nicht auf

«Manchmal wird's so schlimm, dann muß ich alles weglegen und aus der Tür gehen. Sie war eine liebe, reizende Kleine, ihr Leben lang», fuhr der alte Mann traurig fort. «Das da, das ist ihr kleiner Schaukelstuhl, und ich sitz' hier und seh' ihn und denk', wie merkwürdig das ist: eine so liebe Kleine wie sie, muß fort, und der Stuhl ist immer noch an seinem alten Fleck!»

«Ich wünschte, ich hätte sie gekannt. Mrs. Todd hat mir von Ihrer Frau erzählt», sagte ich.

«Sie hätten sie gern hier besucht! Alle Leute kamen gern zu ihr», sagte der arme Elijah. «'s hat ihr solche Freude gemacht, alles mögliche zu hören und jemand neuen zu sehen, der sich für vielerlei interessiert. 's war ihr gegeben, es für die andern gemütlich zu machen. Bestimmt hat Almiry Todd Ihnen erzählt, daß sie eine hübsche Frau war, besonders in ihren jungen Jahren; später sah sie aber auch noch hübsch aus, und so sehr lieb. Aber ach, 's ist ja nicht so schlimm, bald ist's mit mir aus. Ja, ja, ich mach den Fischen nicht mehr sehr lange Kummer.»

Der alte Witwer saß mit gesenktem Kopf über seiner Strickarbeit, als müsse er den Faden der *Zeit* rasch kürzer machen. Die Minuten vergingen. Er hörte auf zu arbeiten und presste seine Hände fest zusammen. Ich sah, daß er seinen Gast vergessen hatte, und hielt mit ihm die Nachmittagswacht. Endlich blickte er auf, als ob nur eine Sekunde seiner unaufhörlichen Einsamkeit verflossen wäre.

«Ja, Ma'am, ich weiß, was Kummer ist», sagte er und begann wieder zu stricken.

Der sichtbare Beweis seines sorgfältigen Haushaltens und der saubere helle Raum, der einst seine Frau umhegte und jetzt ihr Andenken umhegte, rührten mich sehr; nie hatte er an jemand anders oder an ein anderes Heim gedacht. Ich begann sie in ihrem Heim zu sehen – ein zierliches, verblühtes Frauchen, das sich auf seine rauhe Kraft und auf sein zärtliches Herz stützte und immer aus eben diesem Fenster hier Ausschau nach seinem Boot hielt und immer die Tür öffnete und ihn willkommen hieß, wenn er nach Hause kam.

«Ich hab' sie oft ausgelacht, die liebe Alte», sagte Elijah, als hätte er meine Gedanken gelesen. «Ich hab' mich über ihre Angst lustig gemacht. Sie war so furchtsam, wenn ich bei schlechtem Wetter draußen war oder Mühe hatte, an Land zu kommen. Sie hat immer gesagt, die Zeit würde ihr so lang, aber das versteh' ich jetzt erst richtig. Ich war schrecklich gedankenlos als junger Mann und wenn der Fisch gut anbiß. An manchen Tagen bin ich extra lange draußen geblieben und hab' gedacht, wie sie warten und warten und dann den Geschmack dran verlieren würde. Lieber Himmel, was für ein Abendbrot sie dann hatte, und stand in der Tür und schaute nach mir aus, mit einem Tuch um den Kopf, wenn's kalt war draußen, und freute sich drauf, alles von mir zu hören, wenn ich übers Feld nach oben kam. Mein Gott, wie einem all so kleine Sachen wieder einfallen!

Drüben ist ihr ‹bestes Zimmer›, wie sie's immer genannt hat; hier entlang!» sagte er, legte das Strickzeug auf den Tisch und führte mich durch den vorderen Flur an der Haustür vorbei zu einer andern Tür, die er voller Stolz aufschloß und mit stolzer Miene aufstieß. Das beste Zimmer schien mir viel trauriger und leerer als die Küche zu sein; weil es dem Herkömmlichen gerecht werden wollte, fehlte ihm die einfache Vollendung des bescheidenen andern Raumes. Erst wenn man sich daran erinnerte, wieviel geduldige Sparsamkeit und was für ein großer Respekt vor dem Gemeinschaftsleben in solcher Einrichtung steckten, wurde der kleine Salon interessant. Ich konnte mir den großen Tag gewisser Einkäufe vorstellen, die verwirrenden Läden in der nächsten großen Stadt, die ehrgeizig ängstliche Hausfrau, der linkische, sonnengebräunte Mann in seinem Sonntagsstaat, eifrig bedacht, nett zu sein, aber erst zufrieden, wenn sie wieder sicher in ihrem Boot auf dem Heimweg waren, in die Bucht hinein mit der kostbaren Fracht, alles aufgesparte Geld ausgegeben, an nichts zu denken als an Ruderpinne und Segel. Ich blickte auf den nicht abgetretenen Teppich, auf die Glasvasen auf dem Kaminsims mit ihren selbstgefälligen Sträußen aus verblichenem Sumpfgras und verstaubtem Rosmarin – und kannte die

Geschichte von Mrs. Tilleys bestem Zimmer von Anfang an.

«Da sehn Sie's selber, was für wunderschöne Vorleger sie machen konnte; und jetzt zeig' ich Ihnen ihr bestes Teegeschirr, auf das sie die größten Stücke hielt», sagte der Hausherr und öffnete die Tür eines flachen Schränkchens. «Das ist echtes Porzellan, alles, was hier auf den zwei Borden steht», erzählte er mir stolz. «Ich hab's alles selber gekauft, im Hafen von Bordeaux, bald nachdem wir geheiratet hatten. Nicht ein einziges Stück davon ist kaputt gegangen, bis – hm, früher hab' ich immer gesagt, solange sie gelebt hat. Aber in der letzten Zeit war's mir aufgefallen, daß sie immer so bedrückt aussah, und ich dachte, da wär' ich dran schuld, weil ich so geprahlt hab'. Aber bei ihrer Beerdigung, als mich die Leute fragten, ob sie's gebrauchen dürften, weil die Verwandten zum Abendbrot kamen, da wußt' ich genau, daß sie's alles gern hübsch gehabt hätte, und ich hab' gesagt ‹natürlich!›. Ein paar von den Frauen kamen angerannt und riefen mich, als sie das Porzellan 'rausholten, und zeigten mir, daß eine von den Tassen kaputt war, in Papier gewickelt, und hier in der Ecke stand, nach hinten geschoben. Sie wollten nicht, daß ich denke, sie hätten's gemacht. Die liebe Alte! Wie ich das sah, mußt' ich gleich nach draußen laufen. In einer Minute hab' ich verstanden, wie's war. Wir hatten uns so dran gewöhnt, immer zu sagen, daß es alles noch genau so wär, wie ich's mitgebracht hatte, und als sie dann die Tasse zerbrochen hatte, da fand sie einfach keine Worte, um's mir zu erzählen. Sie konnte nicht denken, es hätt' mich geärgert – sondern ihr Stolz war so gekränkt. Ich glaub', ein andres Geheimnis hat's niemals zwischen uns beiden gegeben!»

Die französischen Tassen mit ihren fröhlichen rosa und blauen Blüten, die guten Gläser, eine alte geblümte Schale und eine Teedose und ein oder zwei Lacktabletts schmückten die Schrankbretter.

«Das waren ihre besten Sachen», sagte Elijah, als er das Schränkchen wieder verschloß. «Im letzten Sommer, bevor sie sterben mußte, hat sie mir gesagt, es fiele ihr gar nichts mehr ein, was sie noch brauchte, alles sei da und ihre Zimmer seien schön eingerichtet. Ich mußte nach Port 'rüberfahren und fragte nach Besorgungen. Ich hab' immer zu ihr gesagt, sie soll sagen, was sie braucht, einerlei, was es kostet – sie war eine solche verständige Frau, aber mich hat's kalt überlaufen, als sie so zufrieden sprach.»

«Gehen Sie auch nach Weihnachten noch fischen?» fragte ich ihn, als wir wieder in der hellen Küche waren.

«Nein, wenn der Januar anfängt, dann halt ich mich bloß noch an mein Strickzeug», sagte der alte Seefahrer. «'s lohnt sich nicht. Die Fische gehn in größere Tiefen, und für das bißchen, was man bekommt, braucht man sich nicht in solche Gefahr zu begeben. In geschützten Buchten lass' ich ein paar Hummerfallen draußen, und bei schönem Wetter fahr' ich nachschaun. Die jungen Leute, die nehmen's auf sich, einige; aber ich, ich steck in meiner Winterwolle und sitz' hier, wo's warm ist, und stricke und hab's gemütlich. Mutter hat mir das Stricken beigebracht, als ich noch ein kleiner Bursche war; sie konnte wunderschön stricken. Ich lag mit einem bösen Knie im Bett, und sie sagte, es würd' mir die Zeit vertreiben und ihr würd's helfen, denn wir waren eine große Familie. Hier unten in Addicks Laden kaufen sie alles, was die Leute stricken. 's heißt ja, unsre Dunnet-Strümpfe sind in Boston ganz berühmt, gute

Wolle und gleichmäßig gestrickt oder dergleichen. Die Leute haben immer gesagt, ich könnt' besonders gut Netze knüpfen, aber jetzt sind die Netze lächerlich billig, wenn man's mit früher vergleicht, wo sie alle mit der Hand gemacht waren. Gegen den Frühling hin wechsle ich ab und mach' Netze, und ich flicke mir Netze und Angelzeug und bring' meine Sachen fürs Fischen in Ordnung. Hummerkörbe, die muß man sehr gut machen, aber das tu' ich im Frühlingswetter, wenn's in der Scheune warm ist. Ich bin nämlich keiner, der gern herumsitzt und gar nichts macht.»

Nachdem er seine Maschen gezählt hatte, fuhr der alte Elijah fort: «Sie haben ja die Vorleger gesehn: meine liebe Alte hat sie geflochten. Für Stricken hatte sie nichts übrig. Unsre Teppiche sind schon ein bißchen abgetreten, aber mit solchen Frauentricks kenn' ich mich nicht aus. Meine Schwester, die schustert sie wieder zurecht. Als sie letztes Mal hier war, hat sie gesagt, daß sie glaubt, sie hielten noch, solang ich lebe.»

«Die ältesten sind immer die schönsten», sagte ich.

«Meinen Sie die geflochtenen?» erwiderte Mr. Tilley. «Unsre sind nämlich fast alle geflochten.

Meine liebe Alte hat immer gesagt, man kann besser drauf gehn. Ich schurre so im Haus umher, als ob's ein Schiff wär', und bei der gehäkelten Sorte, da bin ich dann immer über die Ecken gestolpert. Sie und ich, wir haben immer unsern Spaß zusammen gehabt, genau wie ein Bursch und ein Mädchen. Die Leute haben das nicht geahnt, wenn sie uns so gesehn haben. Sie war zu allen nett, aber für mich war sie die beste Unterhaltung. An den Winterabenden, wenn wir allein saßen, fing sie plötzlich an, so zu sprechen wie jemand anders, und dann konnte man meinen, der andre wär' da. O je, o je!»

Ich sah, daß er wieder eine Masche hatte fallen lassen und dass er das blaue Wollgarn von neuem um seine ungeschickten Finger wickelte. Er hantierte damit und warf's auf Armes Länge von sich, als ob es eine Kabeljau-Angelschnur wäre, und dazu runzelte er ungeduldig die Brauen; aber ich konnte sehen, daß eine Träne auf seiner Wange glitzerte.

Ich sagte, daß ich gehen müßte, es würde spät, und ich fragte ihn, ob ich wiederkommen dürfe und ob er mich eines Tages in den Fischgrund mitnehmen würde.

«Ja, kommen Sie, wann Sie wollen», sagte der

Arme, «aber so nett wie damals, als meine liebe Alte noch lebte, ist's jetzt nicht mehr. Oh, ich wollt' sie nicht verlieren, und sie wollte nicht gehn, aber es hat sein müssen. Über solche Dinge dürfen wir nicht entscheiden, da geht's nicht um unser Ja oder Nein.»

Als wir uns trennten, sagte Mr. Tilley: «Almiry Todd gefällt Ihnen also sehr gut?» Er stand auf der Türschwelle, und ich hatte schon begonnen, den schmalen Streifen Grünland hinunterzugehen. «Ja, im ganzen Staat Maine gibt's keine zweite, die so gutherzig ist. Ich kenn' sie von klein auf. Sie hatte die beste Mutter von der Welt gehabt. Sagen Sie ihr, ich bringe ihr morgen früh ein paar schöne Makrelen, oder auch drei. Vergessen Sie's aber nicht! Meine liebe Alte war ganz voll Verehrung für Almiry, und immer hat' sie mich dran erinnert, daß Almiry keinen hat, der für sie Fische fängt. Und ich erinner' mich nicht immer dran, wie ich's tun sollte. Ich hab' gesehn, daß Sie manchmal auch recht hübsch die Angel auswerfen?»

Wir lachten zusammen wie zwei sehr gute Freunde, und ich sprach wieder vom Fischgrund und gestand, daß ich keine Freude an südlichen Winden oder an Grundseen hätte.

«Ich auch nicht», sagte der alte Fischer. «Keiner hat sie gern, einerlei, was sie einem erzählen. Die liebe Alte konnte schon den Anblick von einem Boot nicht ausstehen. Almiry hat die beste Mutter von der Welt, und das wissen Sie hoffentlich: Mrs. Blackett auf Green Island; und wir haben immer im Sinn gehabt, zu ihr zu fahren, sowie der Sommer kommt; aber ich konnte ja wohl keinen Tag ein Wetter finden, das ihr gepaßt hätte. Ich hab' sie auch nicht weiter geplagt deshalb, 's hätt' keinen Sinn gehabt. Sie war so lieb, daß wir nie Ärger oder Streit hatten. Bei uns war's niemals ‹mein Schätzchen› vor den Leuten, und ‹du Satan› hinter der Haustür.»

Als ich vom unteren Rand des Feldes zurückschaute, sah ich ihn noch immer in der Tür stehen, eine einsame Gestalt. «Die liebe Alte!» wiederholte ich halblaut. «Ich möchte wissen, wo sie jetzt ist und was sie von der kleinen Welt weiß, die sie verlassen hat. Ich möchte wohl wissen, was sie all die acht Jahre getan hat!»

Ich richtete Mrs. Todd die Bestellung wegen der Makrelen aus.

«Haben Sie Elijah besucht?» fragte sie mich

voller Interesse. «Da werden Sie's wohl ein bißchen langweilig gehabt haben. Er ist nicht gesprächig. Wenn einer so lange mit Fischen zu tun hat, wird er anscheinend selber stumm.» Doch als ich ihr sagte, daß Mr. Tilley sich mit mir unterhalten hätte, unterbrach sie mich schnell.

«Dann war's alles über seine Frau, und da kann er sich gar nicht nett genug ausdrücken. Mit Fremden war sie scheu, aber unter ihren alten Freundinnen ist keine, die sie ersetzen könnte. Ich jedenfalls möchte nie wieder in das Haus gehen. Manche Leute vermißt man, wenn sie gestorben sind, und manche nicht, aber es vergeht kaum ein Tag, wo ich nicht an die liebe Sarah Tilley denke. Sie war einfach immer da; ja, man wußte immer, wo man sie finden konnte, genau wie eine schlichte Blume. Elijah in Ehren, ich respektier' ihn bestimmt; aber er ist ein schwerfälliger Mann!»

EINE SCHÄFERIN

I

Eines Frühmorgens in Dunnet Landing wachte ich plötzlich auf, als ob es noch Nacht wäre, so erschrocken war ich über die lebhafte Unterhaltung unter meinem Fenster. Es war keins von Mrs. Todds Morgenselbstgesprächen; sie wandte sich nicht mit Worten des Lobes oder Tadels an ihre Kräuter und Blumen. Ihre Stimme klang eifernd, wenn sie auch in der besten Laune war.

Die zweite Stimme, die eines Mannes, war tiefer und etwas mißbilligend.

Die Sonne war gerade aus dem Meer gestiegen und schien durch einen Spalt in der Store quer durch mein Zimmer. Es war eine eigenartige Stunde für die Ankunft eines Besuchs, und auch noch zu früh für die üblichen Geschäfte, selbst in jenem winzigen östlichen Hafenort, in welchem der Fischfang im Morgengrauen und die erste Flut oft den Tag beherrschen müssen.

Plötzlich erkannten meine schläfrigen Ohren die Stimme des Mannes. Sie gehörte Mr. William Blackett.

«Aber, Almiry», widersprach er sanft, «ich brauch' wirklich keins von deinen Geheimmitteln!»

«Pflück mir eine kleine Handvoll!» befahl sie. «Nein, nein, eine *kleine* Handvoll, hab ich gesagt – von den langen Polei-Minze-Zweiglein! Ich mach' mir all die Mühe und hege sie und pflege sie, bloß, damit du solche Gelegenheiten meistern kannst, und voriges Jahr, da hast du nicht mal bei mir vorgesprochen, wie du dich vielleicht erinnern kannst, sondern bist gleich ins Hinterland 'raufgegangen. Und schließlich kam der Frost und hat sie alle schwarz gemacht. Ich hab' noch nie ein Kraut gesehn, das sich so gegen Gartenland gesperrt hat! Ich könnt' ebensogut versuchen, ‹Kriechende Heide› in einem ordinären Vordergarten zu ziehen. So, jetzt kannst du ins Haus und dich hinsetzen und frühstücken, solange du Geduld dafür hast. Ich hab' alles gefunden, was ich brauche, und werd' sie zerstampfen und fertigmachen, daß ich sie drauftun kann!»

Ich hörte einen so flehenden Ton in Williams Einwendungen, als beide um die Hausecke gingen, daß ich mich in aller Eile ankleidete und mich ein wenig später zu meinen Freunden gesellte und zwei unbeachtete Entschuldigungen vortrug, wie schön der Morgen sei und wie früh der Dampfer führe. William hatte sein Frühstück verschmäht; er hatte nur eine Tasse Tee genommen und alles übrige beiseite geschoben. Jetzt saß er in hilflosem Zustand am Seitenfenster, und eine von den lila Baumwollschürzen seiner Schwester war ihm hoch um den Hals gebunden worden. Der arme William ließ es sich geduldig gefallen, daß ihm das Gesicht mit einer sehr scharfen und unschönen Lotion aus Polei-Minze und andern grünen Kräutern eingeschmiert wurde, die seine Schwester hastig in dem kleinen weißen Steingut-Mörser zerstampft und mit Sahne vermischt hatte.

Ich mußte William zwei- oder dreimal scharf anblicken, um mich zu versichern, daß er trotz der traurigen Umstände wirklich froh und glücklich aussah und keine Rachegedanken hegte. Bruder und Schwester schienen sich diesmal ausgezeichnet zu verstehen, und in ihrem Morgengespräch schwang etwas wie freudige Erwartung mit. Ich mußte unwillkürlich an Medea denken, wie sie Jason vor der großen Episode mit den eisernen Stieren salbte, doch William konnte heute wirklich nicht ins Hinterland gehen, um zum erstenmal eine Eisenbahn zu sehen. Ich wußte, daß es einer seiner stillen Pläne war, aber er war nicht in Form, um in der Öffentlichkeit zu erscheinen oder sich von einer Welt von Fremden mustern zu lassen. Als ich eintrat, versuchte er sich zu erheben, doch Mrs. Todd stieß ihn wieder auf den Stuhl.

«Bleib sitzen, wo du bist, bis es eingetrocknet ist», sagte sie hartnäckig. «Liebes Gottchen, man sollte meinen, er hätt' bald mal aufgehört, ein kleiner Junge zu sein, wo er an Jahren immer mehr zunimmt. Und man sollte meinen, er hätt's bald satt, immerzu Fische anzusehen, aber nein, einmal im Jahr muß er durchbrennen und landein reisen, noch weit über Bowdens Farm hinaus, wo ich noch nie gewesen bin – um Forellen zu angeln!»

Ihr komisch verächtlicher Ton war so herausfordernd, daß William selbst unter seinem grünen Anstrich die Farbe wechselte und nicht sie, sondern mich ansah.

«Ich brauch mal etwas Abwechslung», sagte er. «Es ist der schönste kleine schattige Bach, den Sie je gesehn haben!»

«Wenn er jemals etwas mehr heimbrächte, als bloß ein paar Elritzen, dann wär's noch der Mühe wert!» schloß Mrs. Todd und tupfte einen letzten Klecks der geheimnisvollen Mischung in so gefährliche Nähe seines Mundes, daß William wieder errötete und schwieg.

Ein wenig später war ich Augenzeugin seiner Flucht, weil Mrs. Todd es törichterweise riskiert hatte, in den Keller zu gehen. Vor dem Gartenzaun standen Pferd und Wagen, und bald sahen wir, wie er mit unvernünftiger Eile die Anhöhe hinauffuhr. Mrs. Todd sagte nichts, sondern blickte ihm liebevoll nach, bis er außer Sicht war.

«Es hält die Mücken ab», sagte sie, und erst ein Weilchen drauf begriff ich in meinem langsamen Sinn, daß sie die Lotion aus Polei-Minze meinte. «Manchmal muß ich wirklich denken, ob William nicht ein halber Dichter ist», fuhr sie mit ihrer sanftesten Stimme fort. «Man sollte doch meinen, wenn ihn etwas davon kurieren könnt', dann wär's das Fischgeschäft!»

Es war erst zwanzig Minuten nach sechs, und das an einem Sommermorgen: trotzdem setzten wir uns beide zum Ausruhen hin, als ob der Tag vorbei wäre und es nichts mehr zu tun gäbe. Mrs. Todd wiegte sich sacht in ihrem Schaukelstuhl und schien eine Zeitlang in Gedanken versunken, wenn auch nicht, wie Macbeth, in jämmerliche. Dann endlich kehrte sie in die Wirklichkeit und zu ihrer Umgebung zurück. «Jetzt will ich meine Hummer aufsetzen. Das gibt uns ein feines Abendbrot», verkündete sie. «Dann kann ich das Feuer für den ganzen Tag ausgehen lassen. Kann ihm einen freien Tag geben, wie William. Sie können gleich einen kleinen haben, einen schönen heißen, falls Sie nicht genug zum Frühstück hatten. Ja, ich will die Hummer aufsetzen. William war sehr aufmerksam, daß er sie mitgebracht hat. William ist überhaupt aufmerksam. Wenn er nur einen Funken Ehrgeiz hätte, gäb's wenige, die es mit ihm aufnehmen könnten!»

Das ungewöhnliche Geständnis wurde einer interessierten Zuhörerin aus den Tiefen des Küchenwandschranks dargeboten. Mrs. Todd holte ihren alten eisernen Hummertopf heraus und begann, von prosaischeren Dingen zu reden. Ich erwartete, noch etwas mehr über ihren Bruder und sein Inseldasein zu hören, saß müßig am Küchenfenster und blickte auf die blauen Kaiserwinden, die es beschatteten, und hoffte dabei, daß ein günstiger Wind Mrs. Todds Gedanken auf ihren ursprünglichen Kurs zurückwenden möchten. Dann entsann ich mich, daß sie ja von unserm Abendbrot und nicht vom Mittagessen gesprochen hatte, und vermutete, daß sie vielleicht einen großen Plan für den heutigen Tag schmiedete.

Als ich einige Zeit herumgetrödelt hatte und kein weiteres Wort über William geäußert wurde, merkte ich endlich, daß sie mich überhaupt nicht beachtete. Es bedeutete eine gewisse Enttäuschung für mich, als ich sah, daß sie meinen üblichen Morgenbeschäftigungen nicht nur kein Hindernis in den Weg legte, sondern mich sogar zu dem kleinen leeren, weißen Schulhaus schickte, in dem ich mein Schreibpensum erledigte. Ich hatte so selbstsicher mit einem Ferientag gerechnet, bis ich entdeckte, daß Mrs. Todd sich allem Anschein nach einen für sich allein bereitete. Wir waren schon seit vielen Tagen nicht weit über Land gegangen, um Kräuter und Freuden einzuheimsen. Etwas später war sie jedoch verschwunden. Ich fand mein Mittagbrot auf dem Tisch im kleinen Vorderflur bereit; es war, wie immer, in eine leuchtende, hausgewebte Serviette eingeschlagen, und wie als besonderer Trost stand eine Steinkruke mit Mrs. Todds bestem Tannenbier daneben, um die eine lange Kabeljau-Angelschnur gewickelt war, damit sie zum Abkühlen in den tiefen Schulhausbrunnen hinuntergelassen werden konnte.

Ich ging mit diesem Proviant und einem langweiligen Vorrat an Schreibpapier aus dem Haus, und mir war zumute wie einem unwilligen Kind, das bei jedem Schritt noch hofft, zurückgerufen zu werden. Doch keine nachgiebig gewordene Stimme ließ sich hören, und als ich zum Schulhaus gelangte, mußte ich entdecken, daß ich am Tag davor ein Fenster und einen hin und her fliegenden Fensterladen offengelassen hatte, und der Seewind, der abends aufkam, hatte mein armseliges Bündel Papier im ganzen Klassenzimmer verstreut.

Der Tag begann also nicht sehr gut, und ich sah allmählich ein, daß es einer von jenen Tagen war, an denen man ohne Gesellschaft einfach nichts anfangen kann. Im Grunde war es so, daß mein Herz mit William zum Forellenfang gegangen war, aber es wäre zu selbstsüchtig gewesen, es auch nur vor mir selber zu erwähnen, geschweige denn vor ihm, und ihm den Tag zu verderben.

Wenn man der Natur so nahe kommen will, daß man schlechthin zu einem Stück Natur wird, dem Urinstinkt vollkommener Selbstvergessenheit folgend und alles vergessend, ausgenommen das verträumte Bewußtsein lieblicher Freiheit, dann braucht man nur dem Lauf eines schattigen Forellenbaches nachzugehen. Die dunklen Tümpel und die sonnigen Untiefen locken einen weiter; der Keil Himmelsblau zwischen den Bäumen am andern Ufer, der raunende, einen Gefährten ersetzende Laut des Wassers, die erstaunliche Wichtigkeit dessen, was man tut, und das ständige Verspüren von

Leben und Schönheit verwandeln die eiligen Stunden auf wundersame Art. Plötzlich stieg mir eine Erinnerung daran auf, und dann noch eine und noch eine. Ich konnte mich nicht freimachen vom «Fischen und Wünschen».

Im gleichen Augenblick vernahm ich das ungewöhnliche Geräusch von Rädern und blickte an dem üppigen Dickicht von Heckenrosen und sperrigem Sumach vorbei – und sah die weiße Nase und die knochige Statur des Caplinschen Pferdes! Und dann sah ich William, der im offenen Wagen saß und ein leises, erwartungsvolles Lächeln im Gesicht hatte.

«Ich hab' zwei Angelruten», sagte er. «Ich war schon ein ziemliches Stück bergauf. Da dacht' ich, vielleicht würden Sie gern mitkommen?»

William drei Sätze auf einmal sprechen zu hören, war schon aufregend genug. Worte schienen mir nichtig in diesem herrlichen Augenblick. Mit klopfendem Herzen trat ich vom Schulhausfenster zurück. Die Kruke mit dem Tannenbier war noch nicht im Brunnen, und mit ihr und meinem Proviant und der *Freude* am Steuer zog ich in die glückliche Welt hinaus. Der Landwind wehte, und als wir abfuhren, sah ich einen Schwarm weißen Papiers aus dem Fenster flattern.

II

Selten war man so grausam aufgelegt, William als einen alten Fischer zu sehen: man empfand ihn viel eher als einen heranwachsenden Jungen. Er trug heute nicht den Fischeranzug, der zu seinem Seefahrerleben gehört, sondern einen seltsam geschnittenen Anzug aus teefarbenem Leinen, der vielleicht vor vielen, vielen Jahren aus Canton oder Bombay nach Hause gebracht worden war. William hatte eine merkwürdige Art, einem stillschweigend beizupflichten, wenn man sprach, und andrerseits die unausgesprochenen Gedanken zu beantworten, als ob sie ihn besser als Worte erreichten. «Ich finde ihn sehr bequem», sagte er und meinte offenbar den Anzug. «Vater hatte ihn in seiner alten Seemannskiste.»

Die altertümliche Mode und ein eigenartiger Anflug fremdländischer Eleganz, ja sogar Phantasie im Schnitt waren sehr erfreulich; wenn Mr. William Blackett jemals eine leise Ähnlichkeit mit einem alten Stutzer hatte, dann war es heute der Fall. Anscheinend meinte er jetzt, zwischen uns sei alles erklärt worden und alles verstünde sich von selbst; daher fuhren wir ein beträchtliches Stück, ohne es notwendig zu finden, wieder über etwas zu reden. Endlich, als es etwa kurz nach neun Uhr gewesen sein mußte, brachte er das Pferd neben einem kleinen Farmhaus zum Stehen und nickte, als ich fragte, ob ich vom Wagen steigen sollte. «Sie können ungefähr Nordost quer übers Weideland steuern», sagte er und blickte mit erwartungsvollem Lächeln unter der Dachtraufe seines Hutes hervor. «Ich lasse den Wagen immer hier.»

Ich half ihm abschirren, und William führte das Pferd in den Stall. Es war ein armselig aussehendes kleines Gehöft, und eine abgezehrte Frau spähte zuerst vom Fenster aus, ehe sie auf der Türschwelle erschien. Ich sagte ihr, daß Mr. Blackett und ich von Dunnet Landing heraufkämen, um hier zu fischen. «Er kommt immer wieder, was?» sagte sie mit einem komischen kleinen Lachen, das ich mir nicht erklären konnte. Als er zu uns kam, konnte ich beobachten, daß er in keiner Weise Notiz von ihr nahm, abgesehen davon, daß er einen Armvoll getrockneten Salzfisch aus einem zusammengeschnürten Bündel holte, das hinten im Wagen lag und sorgfältig mit einem alten Segeltuch bedeckt war. Ihr stechender Geruch war wie ein Kielwasser den ganzen Weg hinter uns dreingezogen. Ich fragte mich, was mit den übrigen geschehen solle, und auch mit den frischen Hummern, von denen ich ebenfalls einen Blick erhaschte. Er legte seine Gabe ohne ein einziges Wort auf die Türschwelle, und ein paar Minuten später, als wir das Weideland überquerten und ich mich umsah, war der Salzfisch ins Haus geschafft worden.

Ich sah keinerlei Anzeichen von einem Forellenbach, bis ich im Dickicht des Weidelandes direkt daraufstieß, und bald rückten wir ins Unterholz aus jungen Tannen und Fichten vor, die sich in eine Wildnis aus Sumpfahorn und Erlen drängten und sich in beiden Richtungen am Ufer erstreckten. Wir fanden eine Lichtung, wo ein paar höhere Bäume nicht so sehr verschont als vielmehr vergessen zu sein schienen. Die Sonne war mittlerweile grell und heiß, und ich setzte mich in den Schatten, während William seine Angelschnüre hervorholte und jedem von uns eine schlanke Rute schnitt und zurechtstutzte. Ich dachte bei mir, wo Mrs. Todd wohl den Vormittag verbrachte und ob sie im Laufe des Tages vielleicht glauben würde, Piraten seien an Land gegangen und hätten mich aus dem Schulhaus geholt und entführt.

III

Der Bach ließ für den Lauschenden jenen lebendigen, eindringlichen Ruf hören, den Forellenbäche stets anstimmen; er lief sogar hier in freier munterer Stömung dahin, wo er ein anscheinend ebenes Stück Land durchquerte. Ich sah zwei wenig verlockende, flinke Barben, die sich von Ufer zu Ufer stromauf jagten, während wir feierlich unsre Haken und Gewichte in Ordnung brachten. Ich merkte, daß Williams zuerst besorgte Blicke Erleichterung verrieten, als er sah, daß ich an Angelzeug gewöhnt war; vielleicht hatte er befürchtet, wir müßten zusammenbleiben, falls ich meinen Haken nicht beködern konnte, doch nun trennten wir uns zufrieden und im Gefühl einer angenehmen Kameradschaft.

William wollte mich stromauf schicken, aber ich ging stromab, was nicht mehr als recht und billig war, da der Tag ja ihm gehörte, obwohl man eigentlich ebensogern einem Bach folgt und sieht, wo er hinfließt, wie man sich den Weg zu seinem Ursprung bahnt, zu seinen winzigen Quellen und dem Oberlauf, und in einem solchen Falle kam es dann gar nicht mehr auf die Forellen an. Williams einzige Sorge war, ich könnte unter den Mücken leiden. Seine Gesichtshaut war noch immer wunderlich verunziert durch das Schutzmittel, aber es störte mich nicht mehr, sondern ich hielt nun selber Ausschau, ob vielleicht Polei-Minze zu unsern Füßen wüchse, so wirkungsvoll erwies sich Mrs. Todds Mittel. Nachdem wir uns getrennt hatten, und als ich mich noch einmal umwandte, um zu sehen, ob er schon fischte, und dann sah, wie er mir im Fortgehen ritterlich mit der Hand winkte, wurde mir bewußt, daß unsre Freundschaft einen großen Fortschritt gemacht hatte.

Im Moment, da ich den Bach abzufischen begann, hatte ich sofort ein Gefühl, daß er leer sei. Als mein Köder das Wasser berührte und leicht auf dem flinken Bach hinabschwamm, wußte ich, daß nichts darin war, worauf es sich zu warten verlohnte. Die gleiche Gewißheit überfällt einen wohl, wenn man an die Tür eines leeren Hauses klopft: es fehlt eine antwortende Anwesenheit und die mögliche Erwiderung;

aber wenn Leben im Hause ist, dann ist es völlig anders. Doch es war ein reizender Bach, und ich wanderte lange durch Wälder und über luftiges, offenes Weideland und fand ein verlassenes Haus mit verwahrlosten Feldern, und ich sammelte mancherlei Freuden für ein zukünftiges Sichfreuen und Sicherinnern. Gegen Ende des Vormittags stellte ich mich wieder an unserm Treffpunkt ein – hungrig, aber ohne Fische. William wartete schon, und wir erwähnten nichts von den Forellen. Wir aßen unsern Proviant mit gutem Appetit, und William brachte unsre zwei Steinkruken mit dem Tannenbier aus der tiefen Stelle im Bach, wo er sie zum Abkühlen hingestellt hatte. Dann saßen wir noch ein wenig länger in Frieden und Ruhe am grünen Ufer.

Was William betrifft, so sah er knabenhafter denn je aus und wahrte eine andere Art Schweigen, jugendlicher und verschlossener, wie mir schien. Einmal wunderte ich mich darüber, weshalb er so merkwürdig viele Falten hatte, weil ich geistesabwesend war und nicht die Einwirkung der Zeit bedacht hatte. Er erwartete es nicht, daß man eine leere Gesprächigkeit entfaltete, und daher war ich ebenso schweigsam wie er. Dann und wann blickte ich auch auf ihn, und sonst beobachtete ich die vor dem Himmel tanzenden Blätter und die braunroten Kühe auf der Weide.

«Wir brauchen eigentlich noch nicht nach Hause. Es ist noch früh am Tag», sagte er schließlich, und ich fuhr zusammen, als ob eine von den grauen Balsamtannen gesprochen hätte.

«Ich glaube, ich geh' jetzt nach oben und erkundige mich nach Thankful Hights Leuten», fuhr er fort. «Mutter möchte gern von ihnen hören», und ich nickte freudig.

IV

William zeigte mir den Weg quer über die Weide, und ich folgte ihm und war von Vorfreude erfüllt. Ich glaube nicht, daß mein Begleiter irgendwelchen Einspruch erwartet hatte, doch ich wußte, daß er befriedigt war, weil seine Pläne für den heutigen Tag so bereitwillig unterstützt wurden. Er blickte gen Himmel, um festzustellen, ob schlechtes Wetter drohe, doch der Himmel war von unverhülltem Blau; selbst der etwas zweifelhafte Morgenschleier war verschwunden.

Wir fuhren nach Norden; die Straße war holprig und lehmig und führte durch kahles, sonnenverbranntes Land voll langweiliger Abhänge, auf denen heiß und grell die Sonne lag, und das öde Aussehen der Gehöfte fiel mir ins Auge. Es war sehr viel Weideland da, aber es sah verlassen aus, und ich wunderte mich wieder einmal, weshalb die Leute nicht mehr Schafe züchteten, da das doch offensichtlich die einzige Möglichkeit war, ihr Land auszunutzen. Ich sagte es zu Mr. Blackett, und er warf mir einen freudig überraschten Blick zu.

«Das behauptet *sie* ja immer», sagte er eifrig. «Und *sie* hat recht – aber Sie werden ja sehen!» Ich freute mich, daß er mir recht gab, doch hatte ich nicht die leiseste Ahnung, wen er meinte, und wartete daher, bis ihm wieder nach Sprechen zumute war.

Ein paar Minuten drauf fuhren wir einen steilen Hügel hinunter und in einen weitläufigen dunklen Tannenwald. Es war köstlich, wie sehr man gegen die Nachmittagssonne geschützt war, und als wir eine Weile im Schatten gefahren waren, lenkte William den Kopf des Pferdes auf ein paar Querbalken zu, die er beiseite schob, und ich fuhr hindurch. Wir kamen auf einen schmalen, stillen, würzig duftenden Seitenweg, der eher ein Pfad als eine Landstraße zu sein schien. Oft mußten wir schwer niederhängende Zweige, die den Weg versperrten, wegstoßen, und einmal, als William von einem scharfen Zweig ins Gesicht getroffen wurde, erklärte er so aufgeregt, hier müsse einmal jemand mit einer Axt Ordnung schaffen, daß ich mich ganz schuldig fühlte.

Soweit ich mich jetzt erinnere, war das Williams einzige Bemerkung auf dem ganzen Weg zu Thankful Hights Leuten, doch von Zeit zu Zeit deutete er auf etwas, das mir entgangen sein mochte: auf eine verschlafene kleine Eule, die sich in eine Astgabel geschmiegt hatte, oder einen Stiel der brandroten Lobelie, wo Sonnenschein am Rande eines kleinen, leuchtenden Sumpfes niederfiel. Da ich an die Gesellschaft von Mrs. Todd und an andere Freundinnen gewöhnt war, die gern viel redeten, war ich mehrmals drauf und dran, eine unnötige Bemerkung fallenzulassen, doch meistens wahrte ich ein glückliches Schweigen; auch nur kurze Zeit mit William zusammen zu sein, bedeutete, auf einer andern Ebene zu leben, wo Gedanken am dienlichsten waren, weil es gemeinsame Gedanken waren, nämlich die unmittelbare Wirkung der einfachen Dinge und Schönheiten, die wir sahen, auf unser Gemüt. Einmal, als ich einen Blick auf einen schönen, fröhlichen Goldspecht erhaschen konnte, der uns neugierig von einem toten Ast beäugte, und mich unwillkürlich zu William herumdrehte, nickte er so nachsichtig, daß ich für den Rest des Weges verstummte. Der Waldweg war nicht der Ort für eine gewöhnliche, laute Unterhaltung: man hätte nur die Vögel gestört und all die stillen kleinen Tiere, die hier zu Hause waren. Aber es war beschämend, zu entdecken, wie stark sich die Gewohnheit müßiger Unterhaltung in uns festsetzen kann. Man braucht nicht immer etwas zu sagen in dieser lauten Welt. Ich wurde mir des Unterschiedes zwischen Williams und meiner Art zu leben bewußt. Für ihn gab es lange Tage völligen Schweigens auf einem in See stechenden Boot, und ich konnte mir vorstellen, daß er und seine Mutter meistens sehr wenig sprachen, weil sie einander so wunderbar verstanden. Sie hatte etwas eigenartig Unzugängliches an sich, ihre stille Insel im Meer, gegen deren felsige Ufer die See pocht und ruft und keine Antwort erhält.

So fuhren wir gut eine halbe Stunde durch den Wald; der Huf des Pferdes machte keinerlei Geräusch auf dem weichen braunen Weg unter den dunklen immergrünen Bäumen. Ich hatte gedacht, wir würden schließlich auf neues Weideland herauskommen, doch am Ende befand sich kein mit lichtem Wald bestandener Streifen Land: die hohen Wälder stießen unmittelbar an eine alte Steinmauer und ein freies, sonnenbeschienenes Feld. Wir fuhren so plötzlich ins grelle Tageslicht, daß es uns erschreckte und sogar das Pferd erschreckte, das vielleicht, wie ein alter Soldat, im Weiterlaufen ein Nickerchen gehalten hatte. Das Feld stieg sachte zu einem niedrigen Holzhaus an, das gen Osten blickte. Dahinter lagen lange, vom Frost gebleichte Felsenbänder, die den Hügel bildeten, und dazwischen waren Streifen grünen Torfmoors mit Gebüsch. Dort oben war das wildeste, ja, ein wahrhaft gigantisches Weideland, und nur kühner Wagemut konnte ein zerbrechliches Holzhaus davor errichten, wenn es auch immerhin nach vorne über ein heimeliges Feld und stattliche Wälder blickte. Sah man jedoch die steinigen Hänge hinauf, dann dachte man an die Elemente und glaubte fast an das Vorhandensein von Vulkanen.

Plötzlich bemerkte ich, daß eine Stelle, die mir wie übersät mit grauen Steinblöcken erschienen war, sich langsam bewegte, als ob die Sonne mein Sehvermögen beeinträchtigte.

«Da sind die Schafe!» rief William und deutete eifrig auf den Hang. «Sehen Sie die Schafe?» Und tatsächlich, es war eine große Schar wolliger Rücken, die eine rätselhafte, schützende Ähnlichkeit mit den Felsenbändern angenommen zu haben schienen. Ich konnte nur wenig Weidemöglichkeit auf dem hohen, sonnverbrannten Felskamm entdecken, doch die Schafe zogen gleichmäßig und zufrieden weiter und grasten an Hängen und in Mulden.

«Während des ganzen Sommers habe ich noch nie auch nur halb soviel Schafe gesehen!» rief ich bewundernd.

«Es sind nicht gar so viele», sagte William maßvoll. «Aber es ist ein großartiger Anblick. Sie gedeihen so gut, weil sie eine Schäferin haben. Aber manchen Leuten kann man auch mit Gewalt keine Vernunft beibringen.»

«Eine Schäferin? Meinen Sie jemand, der bei ihnen bleibt und sie hütet?» fragte ich.

«Vor Jahren entdeckte sie beim Lesen, daß die Leute ihre Schafe nirgends unbewacht auf die

Weide schicken, ausgenommen im Staat Maine», antwortete William. «Zuerst kam sie durch ein kleines altes Buch darauf, das Mutter gehört; sie las es, als sie einmal bei uns auf der Insel war. Es heißt ‹Shepherd of Salisbury Plain›. Das Buch war nicht deshalb geschrieben, aber als sie es gelesen hatte, rief sie: ‹Sehn Sie, Mrs. Blackett, da hat's uns allen an Einsicht gefehlt! Wir hätten's schon aus unsrer Bibel lernen können: was die Schafe am dringendsten brauchen, das ist ein Hirte.› Die Leute hierzulande haben nämlich schon vor Jahren die Schafzucht aufgegeben, weil es wegen der Hunde nicht ging. Sie hat also das Schulehalten aufgegeben und ging hin und weidete ihre Herde und ist seither dauernd Schafhirtin gewesen, und es ist ein Erfolg.»

Für William war das fast ein Vortrag. Er sprach voller Begeisterung, und ich nahm teil an seiner Freude. «Da ist sie selber!» rief er mit anderer Stimme, als die hohe Gestalt einer Frau der Herde folgte und auf einer Felsklippe stehenblieb, wobei sie zu uns hinunterblickte, als hätten ihre Augen schnell genug etwas Fremdes in der gewohnten Leere des Feldes erblickt. William stand im Wagen auf, und ich glaubte, er würde rufen oder ihr mit der Hand zuwinken, aber er setzte sich wieder hin, und zwar ungeschickter, als wenn der Wagen die vertraute Bewegung eines Bootes gemacht hätte, und wir fuhren zum Haus.

Zum Wohnen war es ein furchtbar einsamer Ort, ein Ort, an dem sich ein Menschenleben verbergen konnte, wie man wohl glauben mochte. Der dichte Wald lag zwischen dem Gehöft und der Hauptstraße, und wenn man den Blick umherschweifen ließ, sah man weit und breit kein anderes Haus.

«Kartoffeln stehn gut», erklärte William. «Die Alten sagten früher stets, außerhalb gäb's kein besseres Land als das Hightfeld.»

Ich merkte erstaunt, daß mich ein großes Interesse an der Schäferin gepackt hatte, die da weit oben auf der Bergweide stand, mit ihrer großen Herde einer Figur Millets gleichend, und sich gegen den Himmel abhob.

V

Alles in dem alten Farmhaus war sauber und ordentlich, als ob der grüne Vorplatz nicht nur gefegt, sondern auch noch abgestäubt worden wäre. In einiger Entfernung sah ich eine Schar Truthühner vorsichtig forttrippeln, doch die übliche liederliche Hühnerschar, die alles wie in einem Durcheinander erscheinen ließ, fehlte hier. William half mir so besorgt aus dem Wagen, als ob ich seine Mutter gewesen wäre, und nickte mir beruhigend zu und deutete auf die offene Haustür; doch ich wartete, bis er das Pferd angebunden hatte und mir selber den Weg zeigen konnte. Beim Hineingehen nahm er seinen Hut ab und blieb einen Augenblick stehen, um mit der Hand sein dünnes graues Haar zu glätten, woran ich erkannte, daß uns eine feierliche Angelegenheit bevorstand.

Wir betraten eine altmodische Küche; der Fußboden war so stark gescheuert worden, daß er ungleich war, und die Türen waren durch die Berührung von Händen wie poliert. Am Fenster saß in einem großen Sessel eine gebieterisch aussehende alte Frau mit den Gesichtszügen eines kriegerischen römischen Kaisers, was noch hervorgehoben wurde durch eine Art Haube oder Kappe in Schwarz mit einem grünen Band. Ihr Szepter war ein Palmblattfächer.

William ging quer durch die Küche auf sie zu und senkte seinen Kopf nah an ihr Ohr:

«Geht's heut ganz gut, Mis' Hight?» fragte er mit aller Stimmenkraft, die seine schmale Brust aufbringen konnte.

«Nein, William. Ich muß hier stillesitzen!» antwortete sie kalt, warf aber über seine Schulter hinweg einen fragenden Blick auf mich.

«Das ist die junge Dame, die in diesem Sommer bei Almiry wohnt», erklärte er, und ich trat näher, wie um es zu bestätigen. Sie bot mir mit beträchtlicher Würde ihre linke Hand, aber ihr Ausdruck schien deshalb noch lange nicht freundlich zu werden. Ein Weilchen drauf sagte sie, es freue sie, mich kennenzulernen, und mir war zumute, als sei das Schlimmste überstanden. William mußte vorher Befürchtungen gehegt haben, wohingegen ich ja nur ahnungslos gewesen war, als wir das Feld überquerten. Die Hausherrin blickte mehr als mißbilligend drein; sie war furchteinflößend. Doch ich vermutete bald, daß sie den natürlichen Groll eines starken Willens empfand, den eine Krankheit besiegt und zum Gefangenen gemacht hatte.

«Mutter gesund wie immer, seit du letztes Jahr hier warst?» Und William antwortete, indem er mehrfach erfreut mit dem Kopf nickte.

Es war eine Hilfe für jede Unterhaltung, wenn die liebe Mrs. Blackett erwähnt wurde.

«Hab gefischt, in der Bucht», erklärte er mit fast abbittender Stimme. «Dachte, Sie möchten vielleicht ein paar für den Winter.» Das erklärte die reichliche Fracht, die wir hinten im Wagen gehabt hatten. Ich konnte sehen, daß die Gabe nicht überraschend kam und daß Mrs. Hight sich dafür interessierte.

«Ich nehme an, sie sind so gut wie die vorigen», sagte sie, ohne das leiseste Lächeln fertigzubringen. Sie heftete dauernd ihren starken, forschenden Blick auf mich.

«Mach's der Dame bequem!» ermahnte sie William, der sich beeilte, einen von den geradlehnigen Stühlen, die an der Küchenwand standen, nah an ihren Sessel zu stellen. Dann zögerte er eine Weile wie ein schüchterner Junge. Ich konnte erkennen, daß seine Miene entschlossen war, aber er bat nicht von sich aus um die Erlaubnis, auf die er augenscheinlich wartete.

«Du kannst gehen und Esther holen», sagte sie nach einer langen Pause, die für ihre beiden Gäste bedrückend wurde. «Esther würde sie gern sehen»; und William in seinem braungelben Anzug verschwand wie der Blitz und war fort.

VI

«Sprechen Sie nicht zu laut, es zerreißt einem den Kopf», unterwies mich Mrs. Hight klipp und klar. «Eine deutliche Aussprache kann ich am besten verstehen. Was gibt's Neues in Dunnet unten?»

Glücklicherweise war ich mit Einzelheiten über einen jähen Todesfall versehen, außerdem über die Verlobung eines Caplin, eines verwitweten Seemanns, der von seiner Fahrt zurückgekehrt war, mit einem von den jüngeren Harris-Mädchen; und nun lächelte Mrs. Hight tatsächlich und setzte sich in ihrem Sessel zurecht. Wir behandelten jedes Thema jeweils erschöpfend, ehe wir zum nächsten übergingen. Eins von den Truthühnern war zurückgekehrt und nahm sich die unverantwortliche Freiheit heraus, die Stufen hinauf und in die Küche zu kommen, wo es, unbemerkt von seiner strengen Herrin, herumspazierte; und die Blechschöpfkelle glitt von ihrem Nagel an der Wand hinter uns und vollführte einen erstaunlichen Lärm und rasselte so sehr, daß es bis an Mrs. Hights inneres Ohr drang und sie den Kopf umwandte, um hinzuschauen, aber deshalb redeten wir doch immer weiter. Schließlich verstanden wir uns so gut und kamen uns so freundschaftlich nahe, daß sie von ihrem majestätischen Gehabe abließ und sich bei mir, wie jede andre arme alte Frau auch, über die Beschwerden ihres Zustands beklagte. Sie erzählte verschiedenes aus dem traurigen Jahr, in dem sie den Schlag hatte, der sie vollkommen hilflos machte, bis auf eine ungeschickte linke Hand, die fächelte und gestikulierte und die Falten ihres Kleides ordnete und wieder durcheinanderbrachte, jedoch keinerlei Zeitvertreib ausüben konnte.

«Bestimmt, Ma'am, Sie können's mir glauben, daß ich sie so oft benutze, wie ich nur kann. Es dauerte furchtbar lange, ehe ich Esther frühmorgens weggehen lassen konnte, nachdem sie mir aus dem Bett geholfen und mich angezogen hatte, aber jetzt legt sie alles vorher zurecht, und ich hol' mir, was ich brauche, mit einer leichten Zange, und bin froh, daß ich mir selbst helfen kann. Wenn Esther dann kommt, braucht sie nichts weiter zu tun, als mich in die Küche zu schieben. Es gibt Zeiten im Jahr, da muß Esther die ganze Nacht draußen bleiben, in den mondhellen Nächten, wenn die Hunde den Schafen nachjagen, aber Esther rackert sich nicht mehr so ab, wie's früher nötig war. Sie könnte leicht jemand anstellen, dazu ist sie in der Lage, aber heutzutage findet man keinen Knecht mehr, der vor fünf Uhr aufstehen will; es ist alles anders als zu meiner Zeit. Er würde auch einschlafen, und sie ist in den mondhellen Nächten so unruhig, daß sie ohnehin aufstehen muß. Und dann geht sie eben. Sie hat oben an einer geschützten Stelle einen kleinen Pferch, wie sie's nennt, da schläft sie in einem kleinen Schuppen, den sie sich selbst für die Wochen gebaut hat, wenn sie lammen und wenn die armen dummen Geschöpfe sich wehtun. Ich hab's nie gesehen, aber sie sagt, er liege an einer schönen Stelle und sei bei jedem Wetter angenehm. Von der andern Seite der Hügel sieht man da südwärts auf Häuser hin. Früher hab' ich noch gern gedacht, ich möcht' wohl mal 'rauf und es anschaun, und auch alle andern Stellen, wo sie lebt, aber nun geht's nicht mehr. Mit mir geht's jetzt bergab, und das ist kein Wunder. An Enttäuschungen hab' ich mich schon gewöhnt», und die arme Seele stieß einen tiefen Seufzer aus.

VII

Es dauerte lange, bevor wir merkten, wie rasch die Zeit verflogen war. Ich erzählte ihr jeden mir bekannten Umstand über die letzten Ereignisse in den Häusern von Mrs. Todds Nachbarn; aber auch Mrs. Hight wurde immer mitteilsamer und versenkte sich gewissenhaft in die Abstammung und in die persönlichen Erlebnisse von vielen Bekannten, bis wir so ungefähr den ganzen Globus umsegelt hatten und Dunnet Landing von der entgegengesetzten Seite her wieder erreichten, von der wir aufgebrochen waren. Es dauerte lange, bis mein eigenes Interesse nachließ; in ihrer entschiedenen und gut beschreibenden Redeweise lag eine Würze besonderer Art. Vielleicht bilde ich es mir auch nur ein, daß sich im Klang und im Wert vieler Wörter der Küste von Maine etwas vom Klang der englischen Sprache zu Chaucers Zeiten lebendig erhalten hat.

Endlich warf Mrs. Thankful Hight einen argwöhnischen Blick aus dem Fenster.

«Was meinen Sie, wo sie sein könnten? Esther muß ja wohl am Ende der Welt gewesen sein! Ob William sie nicht hat finden können? Kann er denn die Glocken nicht hören? Ist sein Gehör gut?» fragte sie mich.

William hatte am Vormittag einige Reiher gehört, die außer Reichweite meiner eigenen Ohren und fast außer Sicht am hohen Himmel gewesen waren, und ich sagte es ihr. Glücklicherweise bewahrte mich ein Instinkt davor, ihr zu erzählen, daß wir die Schäferin beim Überqueren des Feldes in nächster Nähe gesehen hatten. Falls sie sich nicht schneller als Atalanta davonmachte, konnte William nur wenige Minuten von ihr entfernt gewesen sein. Mein Herz tat vor Vergnügen und Begeisterung einen kleinen Freudensprung, als ich jetzt entdeckte, daß ich es mit einem bedeutungsvollen Kapitel eines Abenteuers zu tun hatte. Die alte Frau blickte mich mißtrauisch an, und ich suchte mich mit einer Finte zu retten, indem ich ihr eine weitere Neuigkeit vorsetzte; doch sie hörte nur mit hochmütiger Gleichgültigkeit zu, und bald unterbrach sie meinen eifrigen Bericht.

«Ist William nicht schon mächtig lange fort?» fragte sie, und dann fuhr sie in milderem Ton fort: «Die Zeit ist wirklich verflogen; es macht mir solche Freude, Gesellschaft zu haben. Ich hab' hier schon endlos lange Tage allein gesessen. Schafe sind fürchterlich dumm; vielleicht haben sie einen fremden Schritt gehört, und dann sind sie auf und davon durch Busch und Dorn, trotz allem, was sie dagegen gemacht hat. Aber William hätte soviel Vernunft haben und zurückkommen können, anstatt ewig weiterzusuchen. Ich möchte ihn noch nach seiner Mutter fragen. Was wollten Sie gerade sagen? Mir scheint, Sie haben noch reichlich Zeit, es mir zu erzählen.»

Meine Kraft, sie zu unterhalten, ging dem Ende zu, doch ich verdoppelte mein Bemühen, und mindestens eine halbe Stunde lang ging's mit wehenden Fahnen weiter – aber William erschien immer noch nicht. Mrs. Hight begann ganz offen zu zeigen, wie müde sie war.

«Es ist etwas passiert, und er ist bei ihr und hilft ihr», stöhnte die alte Dame mitten in meine Schilderung von der Unpäßlichkeit eines mir unbekannten Pfarrers hinein, der in einem andern Ort wohnte und dessen Namen ich in der Zeitung gelesen hatte, die sich Mrs. Todd hielt. «Gehn Sie vor die Tür, meine Liebe, und halten Sie Ausschau nach ihnen!» Ich ging sofort, und sowie ich aus dem Hause war, blickte ich besorgt in die Richtung, die William eingeschlagen hatte.

Zu meinem Erstaunen sah ich alle Schafe in solcher Nähe, daß ich nicht begreifen konnte, wieso wir im Haus nicht all ihr Blöken und Bimmeln vernommen hatten. Und dort, nur einen Steinwurf entfernt, saßen auf dem nächsten langen grauen Felsenband, das über den Wacholder hinausragte, William und die Schäferin und unterhielten sich angeregt. Zuerst war ich empört, dann machte es mir Spaß, und in warmen Mitgefühl schlug ihnen mein Herz entgegen. Sie hatten mich gesehen und sich wie mittels Magie erhoben. Mir aber war zumute wie einem Schicksalsboten. Man konnte es fast hören, wie sie bedauernd seufzten, als ich auftauchte. Sie müssen einen herrlichen Nachmittag zusammen verbracht haben. Ich eilte mit der beruhigenden Nachricht ins Haus, daß sie nicht nur zu sehen, sondern samt allen Schafen vollkommen sicher seien.

Mrs. Hight war ganz ermattet von den Gesprächen und konnte sich nicht einmal mehr fächeln. Ich brachte ihr den erbetenen Schluck Wasser, und dann erinnerte ich mich zum Glück an das Obst, das von meinem Mittagsproviant noch übrig war. Mit wunderbarer Tatkraft erwachte sie wieder zum Leben und erzählte mir den späteren Teil ihrer Lebensgeschichte, seit ihr Mann gestorben war und sie mit Esther und einer Hypothek allein zurückgelassen hatte. Sie besaßen nur ein Feld mit wirklich guter Erde, dafür aber ein riesiges Stück Weideland und etwas Wald. Esther war immer wegen ihres Glaubens an die Schafzucht ausgelacht worden; doch als ihre Nachbarn einer um den andern ihre Herden aufgaben und als es auf dem Gehöft hier nicht schlimmer werden konnte, hatte sie soviel Geld wie nur möglich aufgebracht und alle Schafe aufgekauft, die sie bekommen konnte, und auf ihrem Glauben beharrt, daß die Schafe von Maine so gut wie andre seien und daß man einen direkten Seeweg zum Markt in Boston habe. Und weil sie ihre Herde selbst hütete, hatte sie auch Erfolg. Sie hatte genug Geld verdient, um – vor fünf Jahren schon – die Hypothek abzutragen, und was sie jetzt nicht ausgaben, lag sicher auf der Bank. «Es war eine schwere Arbeit, Tag und Nacht, Sommer und Winter, und jetzt kommt sie schon in die Jahre», sagte die alte Mutter bekümmert. «Außer den Schafen hat sie auch mich noch pflegen müssen, und sie ist immer eine gute Tochter gewesen, aber sie hätte Lehrerin bleiben sollen.» Und Mrs. Hight seufzte tief und faltete ihren Fächer auf und zu.

Wir hörten Stimmen, und Esther und William traten ein; sie wußten nicht, daß es schon so spät geworden war. William sah fast wagemutig aus und hatte merkwürdige Ähnlichkeit mit einem glücklichen jungen Mann und nicht etwa mit einem alten Knaben.

Was Esther betraf, so hätte sie eine zu ihren Schafen zurückgekehrte Jeanne d'Arc sein können, die vom Alter berührt und grau von der Asche großer Erinnerungen war. Sie hatte einen Ausdruck schlichter Heiligkeit und ungeheuchelter Treue. Mein Herz war gerührt, als ich ihr einfaches liebes Gesicht sah, das vom Wetter mitgenommen und sanft im Mienenspiel war, dazu ihre magere Gestalt in dem engen Kleid und die starke Hand, die einen Schäferstab umklammerte, und ich empfand für William eine neue Hochachtung: denn er, der schweigsame Farmer und Fischer, er allein kannte das edle und geduldige Herz, das in ihrer Brust schlug.

Ich bin nicht überzeugt, ob sie sich auch nur vor sich selbst eingestanden hatten, daß sie von jeher ein Liebespaar gewesen waren; etwas so Eindeutiges und Bestimmtes konnten sie nicht zugeben; aber sie waren glücklich, zusammen auf der Welt zu sein. Esther war unberührt von des Lebens Verdruß und Tollheit; sie hatte in Sonnenschein und Regen bei ihren törichten Schafen gelebt und war feiner anstatt derber geworden, und die rührende Geduld mit der aufgeregten alten Mutter, die verbittert war, weil sie sich als besiegt empfand und ihrer einstigen Beweglichkeit nachtrauerte, hatte der Tochter eine schöne Selbstbeherrschung verliehen und ein stets heiteres Temperament. Ich hatte genug von der alten Mrs. Hight gesehen, um zu wissen, daß nichts, was ein Schaf anstellen mochte, einen Menschen erbittern konnte, der an die Launenhaftigkeit und Härte eines Zusammenlebens mit ihr gewöhnt war.

IX

Mrs. Hight erzählte ihrer Tochter sofort, daß sie sich über einen lieben Besuch gefreut und jetzt viele Dinge zum Nachsinnen habe. Es wurde so offen in meiner Gegenwart gesagt, daß es zu einer großen Auszeichnung wurde, und ich wurde auch sofort durch einen dankbaren Blick aus Esthers Augen belohnt. Wir sprachen nicht viel zusammen, aber wir verstanden uns. Denn die arme alte Frau las nicht, und mit ihrer hilflosen Hand konnte sie weder nähen noch strikken, und sie wohnten weit entfernt von jedem Nachbarn, und doch war ihr Geist im Alter noch so rege wie in der Jugend, ja, er erwartete sogar noch mehr von einer enttäuschenden Welt. Sie hatte es erlebt, daß die Hypothek abgetragen werden konnte und daß Geld auf der Bank war und daß Esthers Erfolg allgemein anerkannt wurde. Und es waren immer noch ein paar Freuden in ihrem Leben. William hatte seine Mutter, und Esther hatte die ihre, und die beiden hatten sich seit einem Jahr nicht gesehen, wenn Mrs. Hight auch davon gesprochen hatte, daß ein Jahr keinen Unterschied ausmache, selbst bei Williams Alter. Sie mußte selber hoch in den Achtzigern sein, doch mit noblem Mut und mit Festigkeit in diesem Dasein stehend, regierte sie von ihrem steiflehnigen Sessel aus.

William lud sein Geschenk aus, die getrockneten Fische, von denen er jeden einzelnen mit besonderer Sorgfalt ausgelesen hatte, und Esther stand daneben und sah ihm zu, und dann ging sie mit uns quer übers Feld neben dem Wagen einher. Ich glaube, daß ich die einzige war, die um ihr glückliches Geheimnis wußte, und sie errötete ein wenig, als wir uns Lebwohl sagten.

«Hoffentlich sind Sie nicht zu müde geworden durch Mutters Schwerhörigkeit; wirklich, ich hoffe es sehr, daß Sie nicht müde sind?» sagte sie freundlich, und es hörte sich an, als wisse sie gut, was Müdesein bedeutet. In der folgenden Stille konnten wir die im Stich gelassenen Schafe hören, die auf dem Hügel blökten. Dann lächelte sie mir zu, ein Lächeln vornehmer Geduld und uneingestandenen Opfers, das ich nie vergessen kann. In ihren Zügen lag alle Erinnerung an enttäuschte Hoffnungen, an die Härten des Winters, an die Einsamkeit der Alleinstehenden, aber ich begriff sie, und ich liebe es, mich an ihr verbrauchtes Gesicht und an ihre jungen blauen Augen zu erinnern.

«Leb wohl, William», sagte sie sanft, und William sagte Lebwohl und warf ihr einen raschen Blick zu, doch wandte er sich nicht um, um zurückzuschauen, obwohl ich es tat und ihr mit der Hand nachwinkte, während sie die Querbalken wieder hinter uns einhob. Er sprach nicht eher, als bis wir durch den dunklen Wald gekommen und wieder auf der Hauptstraße auf dem Heimweg waren. Der feierliche Jahresbesuch war von einer Hoffnung zu einer glücklichen Erinnerung geworden.

«Vom obersten Hügel ihrer Bergweide kann man das Meer sehen», sagte William schließlich.

«Nein, wirklich?» fragte ich überrascht.

«Ja, es ist sehr hoch gelegen; die Felsenbänder dort oben sind bei klarem Wetter ganz deutlich vom obersten Punkt unsrer Insel zu sehen, und es ist ein hochaufragender Baum da, der ist eine Landmarke für die Fischer.» Und William seufzte glücklich.

Als wir Dunnet Landing beinahe erreicht hatten, blickte mein Begleiter nach hinten, in den Wagen, und stellte fest, daß das Segeltuch, mit dem er den Salzfisch zugedeckt hatte, sicher im Wagenkasten lag. «Ich wünschte, wir hätten ein paar Forellen», sagte er bedauernd. «Sie besänftigen Almiry immer, und sie denkt dann, 's ist der Mühe wert, hinzufahren.»

Ich warf einen Blick auf William Blackett. Wir hatten keine einzige Mücke gesehen, aber quer über sein sanftes Gesicht zog sich ein dunkler Streifen, der eine alte Wunde hätte sein können, die er vor langer Zeit in der Schlacht errungen hatte.

DIE ZWILLINGSSCHWESTER DER KÖNIGIN

I

Die Küste von Maine war in vergangenen Jahrhunderten durch ihre geschäftige Flotte von Handelsschiffen fremdländischen Ufern so nahe gerückt, daß man unter den älteren Männern und Frauen noch eine überraschend hohe Zahl Weitgereister findet. Jedes in die See hinausragende Vorgebirge mit seinen hochgelegenen Häusern, jede Insel mit nur einer einzigen Farm hat ihre Spione ausgesandt, um Augenschein zu nehmen von gar manchem Bach Eskol; man kann einfache, zufriedene alte Gesichter an den Fenstern sehen, deren Augen auf ferne Häfen geblickt und die Herrlichkeit der östlichen Welten kennengelernt haben. Sie beschämen den Reisenden, der jetzt mühelos den Nordatlantik und das Mittelmeer befährt, denn sie sind rund ums Kap der Guten Hoffnung gesegelt und haben den zornigen Seen von Kap Horn in kleinen Holzschiffen getrotzt; sie haben ihre abgehärteten Jungen und Mädchen auf schmalen Decks großgezogen; sie gehörten zu den letzten Kindern der alten Nordmänner, die abenteuernd zu unbekannten Küsten aufbrachen. Mehr als das kann man einem jungen Staat zu seiner Aufklärung nicht darbringen. Die Seekapitäne von Maine und die Kapitänsfrauen kannten etwas von der weiten Welt und hielten nie ihre Heimatgemeinde für das Ganze anstatt für einen Teil des Ganzen. Sie kannten nicht nur Thomaston und Castine und Portland, sondern London und Bristol und Bordeaux und die seltsamen Häfen am Chinesischen Meer.

Eines Septembertags, als mein Sommer in Dunnet Landing fast zu Ende ging, kam Mrs.

Todd von einer langen, einsamen Wanderung auf wildem Weideland nach Hause und schaute so eifrig drein, als wolle sie gerade zu hoffnungsvoller Erkundung ausziehen, anstatt zurückzukehren. Sie brachte einen kleinen Korb Heidelbeeren mit, die fürs Abendbrot genügten, und hielt ihn mir entgegen, so daß ich sehen konnte, daß auch einige späte Himbeeren als Überraschung oben darüber verteilt waren; doch über ihre Fußreise machte sie weiter keine Äußerung. Ich konnte aber deutlich bemerken, daß sie etwas sehr Wichtiges zu sagen hatte.

«Sie haben nicht das kleinste Blättchen mitheimgebracht», sagte ich aufs Geratewohl zu der unermüdlichen Kräutersammlerin. «Dabei haben Sie gestern gesagt, die Zaubernuß könnte vielleicht in Blüte stehen.»

«Ja, mag sein, Liebste», antwortete sie sehr obenhin; «es ist durchaus möglich. So oder so, die Zaubernuß interessiert mich nicht besonders. Ich war nämlich unterwegs und habe eine Visite gemacht; ein alter Indianerpfad läuft in der Richtung vom Hinteren Strand quer durch den großen Reihersumpf, den kein Mensch im Hochsommer betreten kann. Man muß irgendwann in dieser Zeit einen Tag abpassen, wenn der niedrige Grund dort ausgetrocknet ist, so wie's heute war, und ehe die Herbstregen einsetzen. Ich hatte überhaupt nicht mehr daran gedacht, bis ich unser Haus schon nicht mehr sehen konnte, und da sagte ich mir: ‹Das wär' der richtige Tag heute!› und ging wacker drauflos. Ja, ich hab' meine Visite gemacht. Ich bin an eine Stelle geraten, die naß war, und merkte es zu spät; warten Sie nur, bis ich mir ein Paar trockne Wollstrümpfe angezogen hab', um mich nicht zu erkälten, und dann komm' ich wieder und erzähl's Ihnen.»

Mrs. Todd verschwand. Ich konnte es ihr ansehen, daß ihr etwas begegnet war, was sie glühend interessierte. Es hätte die Seeschlange sein können, oder der verlorengegangene Stamm Israel – so geheimnisvoll und befriedigt war ihre Miene.

Sie war seit dem Vormittag abwesend gewesen, und als ich an meinem Fenster saß, sah ich, wie die letzte rote Glut der Herbstsonne über die grauen Felsen am Ufer flackerte und sie wieder kalt und grau zurückließ und wie sie die fernen Segel einiger Küstenschoner streifte, daß sie gleich goldenen Häusern auf dem Meer standen.

Ich mußte länger im ungewissen warten, als mir lieb war. Mrs. Todd machte ein Abendfeuerchen und legte alles fürs Abendbrot zurecht; dann kam sie wieder und sah trotz ihrer langen Wanderung immer noch warm und aufgeräumt aus.

«Man hat einen wunderbaren Blick von einem Hügel drüben, wo ich gewesen bin», erzählte sie mir. «'s ist eine herrliche Aussicht auf Land und Meer. Von größerer Entfernung könnte man den Hügel gar nicht erkennen; es ist einfach die schöne Lage, die zählt. Ich saß lange Zeit da und wünschte mir, daß Sie auch dawären. Nein, ich hatte heute früh keine Ahnung, daß ich hingehen wollte» (als ob ich ihr einen offenen Vorwurf gemacht hätte!); «ich hab' bloß gespürt, wie mich wieder mal die Wanderlust packen wollte, und da nahm ich meinen kleinen Reisekorb; ich wußte nicht, ob ich bald umkehren und rechtzeitig zum Mittagessen wieder hier wäre. Ich dachte, 's wär' gescheiter, wenn ich Ihnen Ihr Mittagbrot hinstellte, bloß für alle Fälle. Hoffentlich hatten Sie alles, was Sie brauchten? Hoffentlich hatten Sie genug?»

«O ja, bestimmt», sagte ich. Meine Hauswirtin

gab mir immer eine Fülle zu essen, wenn ich mich allein versorgen mußte, als ob sie mir ein Friedensopfer oder eine liebevolle Entschuldigung anbieten wollte.

«Kennen Sie die Anhöhe mit dem alten Haus oben drauf, gleich hinter dem Reihersumpf? Entschuldigen Sie, daß ich's so erkläre, aber Sie sind nicht so bewandert im Hinterland, wie Sie's längs der Küsten sind. Sie kennen die Anhöhe, es gibt einen Pfad, der führt genau dorthin, aber man muß sehr aufpassen, sonst kann man ihn nicht mehr erkennen; er gehörte den Indianern weiter landeinwärts, wenn sie etwas hier an die Landestelle zu tragen hatten, um es zu den Außeninseln zu fahren. Ich hab' alte Leute erzählen hören, an einem Felsenband wäre eine Stelle, wo sie mit ihren Mokassinfüßen eine tiefe Spur in den Stein gegraben hätten, aber ich hab' sie nie finden können. An manchen Stellen ist der Pfad so zugewachsen, daß man ihn in den Büschen dauernd verliert und wieder suchen muß; aber er verläuft ziemlich gerade, und ich richte mich nach der Sonne und nach dem Moos, das immer nur auf der einen Seite der Stämme wächst. Ein Bach muß sich irgendwo aufgestaut haben, darum ist der Sumpf jetzt größer als früher. Ja, an einer Stelle bin ich richtig tief eingesunken!»

Ich erwies ihr die Anteilnahme, die ich ehrlich empfand. Mrs. Todd war nicht länger jung, und trotz ihres starken, breiten Knochengerüsts und ihres unternehmungslustigen Verhaltens drohten ihr doch, wie ich wußte, verschiedene Leiden, die sie eines Tages krank und lahm machen würden.

«Machen Sie sich bloß meinetwegen keine Sorgen», betonte sie starrköpfig, «der Böse kann mich nur erwischen, wenn ich stillesitze. Solange ich in Bewegung bleibe, bin ich Sommer wie Winter meine zwanzig Jahre alt. Ich weiß auch nicht, wie's kam, aber die, bei der ich heute war, hab' ich nie erwähnt. Ich weiß nicht, warum ich nie den Namen Abby Martin ausgesprochen habe, denn ich hab' oft an sie gedacht. Es kommt vielleicht daher, weil sie so furchtbar abseits wohnt, und ich hab' sie jetzt drei oder vier Jahre nicht mehr gesehen. Sie ist eine wirklich sehr interessante Frau, und wir sind gut bekannt miteinander; sie ist eher von Mutters Alter als von meinem, aber sie fühlt sich noch sehr jung. Sie hat mir eine schöne Tasse Tee gemacht, und ich wäre am liebsten über

Nacht geblieben, wenn ich Ihnen nur Nachricht hätte schicken können, Sie sollten sich keine Sorgen machen.»

Dann trat eine feierliche Stille ein, ehe Mrs. Todd wieder sprach, um eine formelle Erklärung abzugeben.

«Sie ist die Zwillingsschwester von der Königin», sagte sie und blickte mich unverwandt an, um zu sehen, wie ich mit der großen Überraschung fertig würde.

«Die Zwillingsschwester von der Königin?» wiederholte ich.

«Ja, sie hat allmählich ein richtiges Interesse an der Königin bekommen, und jeder kann begreifen, wie natürlich das ist. Sie wurden beide am gleichen Tag geboren, und Sie würden staunen, was für eine Menge andre Sachen noch übereinstimmen. Sie hat mir heute ein paar Tatsachen genannt, und man könnte meinen, sie hätte nie im Leben was andres getan, als Geschichte gelesen. Ich hab' gesehn, wie ernst es ihr damit ist, noch nie hab' ich's so deutlich gemerkt. Furchtbar oft hab' ich gehört, wie sie auf die Tatsachen angespielt hat, aber seit sie jetzt alt ist und sich nicht mehr so mit der Arbeit abhetzen muß, lebt sie ein gut Teil in ihren Gedanken, wie's die Leute ja oft tun, und ich sage Ihnen, es ist mächtig unterhaltsam für sie. Wenn Sie etwas über die Königin Victoria hören wollen – hoho, Mis' Abby Martin erzählt Ihnen alles! Und die Aussicht von der Anhöhe, von der ich Ihnen erzählt hab', ist die schönste von der Welt; schon allein deshalb ist's der Mühe wert, daß Sie hingehen und ihr einen Besuch machen.»

«Wann können Sie wieder hingehen?» fragte ich eifrig.

«Am liebsten morgen», antwortete Mrs. Todd. «Ja, am liebsten morgen. Aber ich glaube, es würde besser sein, einen Ruhetag einzuschieben. Ich hab' schon auf dem Heimweg über die Frage nachgedacht, doch ich hab' mich beeilt, und darum hatt' ich nicht viel Zeit zum Denken. Will man mit Pferd und Wagen gehn, dann ist's eine schrecklich weite Strecke; man muß fast so weit wie zur alten Bowden-Farm fahren und dann nach links abbiegen, immer auf einer endlos langen, holperigen Straße, und dann müßt' man sofort wieder umkehren, kaum ist man da, falls man vor neun Uhr abends wieder zu Hause sein will. Wenn man aber querfeldein geht, dann hat man selbst am kürzesten Tag reichlich Zeit und kann gute ein oder zwei Stunden Visite machen. Es sind nur ein paar Meilen, und der ganze Weg ist sehr hübsch. Früher haben ein paar nette Familien dort gewohnt, aber sie sind gestorben oder in alle Winde zerstreut, und jetzt hat sie's weit bis zu Nachbarn. Ja, sie weinte sogar, so froh war sie, als sie jemand kommen sah. Ihnen wird's Spaß machen, sie von der Königin erzählen zu hören, aber während ich so dasaß, dachte ich zwei-, dreimal, daß das so ungefähr ihre einzige Gesellschaft ist!»

«Können wir übermorgen gehen?» fragte ich gespannt.

«Das würde mir ausgezeichnet passen», sagte Mrs. Todd.

II

Niemals kann man so sicher auf gutes Neuengland-Wetter zählen, wie in den Tagen, wenn ein lange anhaltender Ostwind die warmen Spätsommernebel fortgeblasen und die Luft abgekühlt hat, so daß, wie strahlend der Sonnenschein auch bei Tage sein mag, die Nächte einem Frost immer näherkommen. Die Morgenluft war voll kühler Frische, als Mrs. Todd und ich die Haustür hinter uns zuschlossen; wir stachen querfeldein, wie ein Schiff in See sticht. Als wir oben auf der Anhöhe hinter dem Ort anlangten, war es uns, als hätten wir besorgt die Hafensandbank passiert und wären endlich ohne Hindernis auf offenem Meer.

«So, Gott sei Dank!» rief Mrs. Todd und stieß einen befriedigten Seufzer aus. «Jetzt fühl' ich mich endlich sicher. 's ist grad das rechte Wetter, das einem jemand ins Haus führt, der den ganzen Tag bleibt. Seit ich heute früh aufgewacht bin, hatte ich dauernd eine Ahnung, als ob Mrs. Elder Caplin von North Point in meine Nähe rückte, und ich wollte nicht, daß wir an unsern heutigen Plänen gehindert würden. Sie macht für ihr Leben gern Visite, und am liebsten bleibt sie gleich bis Weihnachten, aber es gibt noch viele Familien in Dunnet, zu denen sie hingehen kann, und wenn ich nicht da bin, sucht sie sich jemand anders aus. Ich dachte, auch Mutter könnte vielleicht kommen, weil es so gutes Wetter ist, aber heut früh, als Sie noch nicht wach waren, bin ich schon weiter oben auf der Landstraße gewesen, und da war von einem Boot nichts zu sehen. Wenn sie um die Zeit noch nicht unterwegs waren, bedeutet das, sie kommen nicht wegen der Flut; außerdem hab' ich eine Menge Makrelenfänger auf Green Island zuhalten sehn, und das gibt William Arbeit. Nein, wir sind jetzt sicher, und wenn Mutter vielleicht morgen kommen sollte, dann haben wir ihr viel zu erzählen. Sie und Abby Martin sind sehr alte Freundinnen.»

Wir gingen die langen Hänge hinab und zu den dunkeln Wäldern und dem Dickicht der Niederung. Sie erstreckten sich wie eine ununterbrochene Wildnis nordwärts. Die Morgennebel dämpften noch die Farben und ließen die Hochebene dahinter wie ein sehr fernes Land erscheinen.

«Es ist nicht so fern, wie's von hier den Anschein hat», sagte meine Begleiterin, mich beruhigend, «aber wir dürfen auch keine Zeit vertrödeln», und sie eilte weiter und führte an, und aus jedem ihrer Schritte sprachen ihre munteren Lebensgeister. Bald stießen wir auf den alten Indianerpfad, der auf dem schon seit langem nicht mehr bearbeiteten Weideland deutlich zu erkennen war, und folgten ihm, als er zwischen dichten, niederhängenden Tannen weiterlief. Der Boden uns zu Füßen war hier glatt und braun, und die Bäume mit den schlanken Stämmen breiteten ihr dunkles Schattendach aus. Eine lange Strecke gingen wir, ohne zu sprechen; manchmal mußten wir die Zweige beiseiteschieben, und manchmal, wenn die Bäume höher waren, gingen wir wie durch ein Kirchenschiff. Es war ein einsamer Wald, ohne Vögel und anderes Getier. Nicht einmal ein Kaninchen war zu sehen, und keine Krähe hoch in Lüften, die die Stille unterbrochen hätte.

«Ich glaube, die Königin hat noch nie einen so einsamen Waldpfad gesehn», sagte Mrs. Todd, als ob sie meine eigenen Gedanken aufgefangen hätte, die mich gerade bewegten. Unser Besuch bei Mrs. Abby Martin schien auf merkwürdige Art mit königlichen Angelegenheiten verknüpft zu sein. Ich hatte an englische Landschaften denken müssen und an die ernsten Berge Schottlands mit ihren einsamen Hütten und den von Steinmäuerchen eingehegten Schafhürden und an die wandernden Herden auf hoher, wolkenverhangener Bergweide.

Oft war mir das lebhafte Interesse für manche Mitglieder des englischen Königshauses aufgefallen, das man in entlegenen Ortschaften Neuenglands noch antraf. Es ist schwer zu entscheiden, ob ein alter Instinkt persönlicher Loyalität alle Wechselfälle der Zeit und Landeszugehörigkeit überlebt hat oder ob es nur deshalb war, weil der Charakter und die Gemütsart der Königin ihr selbst auf solche Entfernung hin Freunde gewonnen haben. Doch von einer Zwillingsschwester der Königin zu hören, war nun wirklich der erstaunlichste Beweis an Vertrautheit, und ich muß gestehen, daß unser Morgengang meine Phantasie beträchtlich anregte. Auf die übliche Art bei Hofe vorgestellt zu werden, war ein Gedanke, der im Augenblick banal erschien.

III

Mrs. Todd schwenkte im Gehen ihren Korb wie ein Schulmädchen hin und her, und plötzlich entglitt er ihrer Hand und rollte leichtfüßig über den Boden, als ob nichts darin wäre. Ich hob ihn auf und reichte ihn ihr, woraufhin sie den Deckel lüftete und besorgt hineinschaute.

«'s sind nur ein paar Kleinigkeiten, aber ich möcht' sie nicht verlieren», erklärte sie demütig. «Ein Glück, daß Sie den andern Korb tragen, wenn ich so mit Körben umgehe! Abby Martin hat mir geklagt, daß ihr etwas rote Seide fehlt, mit der sie einen von ihren hübschen Rahmen fertigmachen wollte, und da dacht' ich mir, ich könnt' ihr etwas mitbringen, und dann noch eine Docke Goldfaden, der schon an die zwanzig Jahre bei mir in einer Schachtel herumlag. Handarbeiten machen, das hat mir nie sehr gelegen, aber die Mode packt wohl mal jeden. Und dann ist da noch ein Paket mit ganz erstklassigen Kräutern, die ich besonders achtsam behandelt hab': die werden sie aufmuntern und ihr im nächsten Frühjahr einen gehörigen Appetit geben. Sie hatte mir erzählt, daß ihr das Frühlingswetter immer sehr auf die Nerven geht und sie kaputt macht und daß sie sich schon jetzt davor fürchtet. Mutter geht's auch so; wenn ich Mutter dazu bringen könnte, daß sie rechtzeitig ein paar von den Kräutern hier nimmt, dann wär sie wie neugeboren. Aber sie wartet immer, bis sie ganz herunter ist, ehe ich etwas davon erfahre, und dann kommt William zu mir und erzählt's mir und seufzt und jammert, wie schwach Mutter ist. ‚Warum denkst du denn nicht gleich an die guten Kräuter, die ich nie bei ihr ausgehen lasse?' sag' ich dann zu ihm, denn er reizt mich so; und dann schmollt er mit mir und geht weg, zum Boot hinunter. Und das Nächste ist dann natürlich, daß sie herkommen kann und gesund in die Kirche geht und mit allen Leuten sprechen will und so munter wie ein junges Mädchen ist. Mit Mrs. Martin ist es sehr ähnlich; nur daß sie niemand hat, der auf sie achtgibt. William ist ziemlich schwerfällig; doch schließlich ist jede Sorte William besser als gar keiner, wenn man Mrs. Martins Alter hat.»

«Hat sie keine Kinder?» fragte ich.

«Einen Haufen», erwiderte Mrs. Todd großartig, «aber manche sind gestorben und andre haben sich verheiratet und wohnen anderswo. Vielleicht könnte man Mrs. Martin sogar ein bißchen wunderlich nennen. Für Besuchsreisen hat sie nie viel übrig gehabt. Selbst ihre eigenen Verwandten besucht sie nicht. Sie macht ihnen niemals eine kurze Stippvisite oder lebt bei ihnen wie bei sich zu Hause – nicht mal bei ihren eigenen Kindern. Ich hab' mal mitangehört, wie eine von ihren Schwiegertöchtern sagte, sie würde lieber mit der Königin den Tag verbringen, wenn sie zwischen beiden die Wahl hätte. Aber ich finde nicht, daß Abby so schwierig ist. Ich hatte es immer sehr gern, wenn's mir gelang, daß sie zu mir kam. Vielleicht war sie ein bißchen feierlich, aber doch sehr angenehm und lebhaft, wenn man Vernunft annahm und sie so behandelte, wie sie's gern hatte. Ich muß immer denken, sie wüßte ganz genau, wie sie mit vornehmen Leuten umgehen müßte, und bei ihnen und ihrer Lebensart würde sie sich wohler fühlen. Ihre Schwiegertochter ist furchtbar hinter der Farmarbeit her, und während des Heuens hat sie eine Menge Männer an ihrem Mittagstisch und fühlt sich richtig in ihrem Element.

'sgibt alle möglichen Arten von Menschen auf dem Lande, genau wie in der Stadt», schloß Mrs. Todd ernst, und ich gab ihr ebenso ernst recht. Die dichten Wälder lagen jetzt hinter uns, die Sonne stand uns strahlend zu Häupten, die Morgennebel waren gewichen, und ein leichter blauer Schleier milderte die Umrisse der Ferne; als wir auf den Hügel kletterten, um die Aussicht zu genießen, war es wie an einem Sommertag. Auf der Höhe stand ein altes Haus, das nach Süden blickte – nur die verlassene Hülse eines ehemaligen Hauses, dessen Fenster wie blinde Augen starrten. Erfrorenes Gras legte sich wie brauner Pelz dicht um das Haus, und ein einziger krummer Fliederzweig hielt seine grünen Blätter der Haustür entgegen.

«Jetzt essen wir nur ein schönes Butterbrot», sagte die Expeditionsleiterin, «und dann hängen wir den Korb außer Reichweite von den Schafen irgendwo an einen Pflock im Haus und haben was Feines zu essen, wenn wir zurückkommen. Denn bis wir dort sind, hat Mrs. Martin bestimmt schon ihr bißchen Mittagessen hinter sich. Sie will uns aber sicher Tee vorsetzen, und bald nach zwei Uhr müssen wir unsre Visite beenden und uns wieder auf den Rückweg machen. Ich möchte nicht durch die Niederung, wenn's schon anfängt kalt zu werden. Und es sieht mir ganz so aus, als wenn sich's gegen Abend bewölken könnte.»

Vor uns lag eine herrliche Welt aus Meer und Küste. Die Herbstfarben machten die Natur bereits leuchtender, und hier und da am Rande eines dunkeln Streifens spitzer Tannen funkelte eine Reihe von Sumpfahornbäumen wie Scharlachblüten. Das blaue Meer und die großen Flutbecken wurden nicht vom leisesten Lüftchen bewegt.

«Schlechter Boden ist das hier!» seufzte Mrs. Todd, als wir uns zum Ausruhen auf die abgetretenen Stufen setzten. «Ich hab' drei tüchtige, schwer arbeitende Familien gekannt, die voller

Hoffnung und Stolz herkamen und glaubten, sie könnten was aus der Farm hier machen, aber sie wurden besiegt. Ein kleines Feld ist da, das wäre sehr gut für Kartoffeln, wenn man alljährlich die Hälfte brachliegen ließe. Aber das Land ist immer hungrig. Sehen Sie, da kommen schon die kleinen spitzen Tannen und Fichten grün und kräftig den Hügel raufspaziert: die haben jetzt ihren Willen bekommen! Manchmal hat's den Anschein, als ob die wilde Natur wegen einer bestimmten Stelle neidisch wird und lieber damit machen möchte, was ihr paßt. Da kann der Mensch nichts machen, einerlei, wie er's anstellt. Die kleinen Bäume sind gefährliche Gegner, kann ich Ihnen versichern!»

Ich blickte den Abhang hinab, und mir war zumute, als ob schließlich auch wir umzingelt und überwältigt würden, wenn wir uns hier zu lange verweilten. Die stämmigen kleinen Bäume wiesen eine Wachstumskraft, eine Zähigkeit und Wildheit auf, die den Menschen in ihrer Schwäche Trotz boten. Man empfand plötzlich Mitleid mit den Männern und Frauen, die nach langem Kampf in der einsamen Gegend überwältigt worden waren. Man verspürte jähe Furcht vor den unüberwindlichen, allgegenwärtigen Kräften der Natur – wie vor der unwiderstehlichen Gewalt eines Gewitters.

«Ich kann mich noch an die Zeiten erinnern, als die Leute sich vor den Wäldern fürchteten, durch die wir eben gegangen sind», sagte Mrs. Todd ernst. «Die Männer haben sich nie allein hineingewagt; wenn ein Stück aus ihrer Rinderherde sich verirrt hatte, dann boten sie auf, wen sie nur zusammenbringen konnten, und brachen allesamt auf. Sie sagten, einer allein würde da drin den Kopf verlieren, und in alten Zeiten hätten sich die Leute in den Wäldern verlaufen und seien nicht wieder zum Vorschein gekommen. Wahrscheinlich war es auch sehr viel Angst, die noch aus den Indianerzeiten stammte und aus den kläglichen Zeiten, als es Hexen gab. Jedenfalls hab' ich mutige Männer gesehen, die vor den Wäldern zurückscheuten. Ein paar Frauen von der Asa-Bowden-Familie sind eines Nachmittags, als ich noch ein Kind war, in die Beeren gegangen und verirrten sich und waren die ganze Nacht über im Wald. Sie wurden erst im Laufe des nächsten Vormittags wiedergefunden, keine halbe Meile von daheim und auf den Tod verängstigt, und sie sagten, sie hätten ganze Scharen von Wölfen und andern wilden Tieren gehört. Die armen Dinger! Zu guter Letzt waren sie in eine Art Mulde geraten, die von Erlen beschützt war, und eine von ihnen hatte sich so aufgeregt, daß sie's nie vergessen konnte, sondern allmählich hinsiechte. Es war so ähnlich wie bei den Opfern, die in einem Fuß Wasser ertrinken können; ihr Gemüt mußte entsetzlich gelitten haben. Manche Leute sind einfach so auf die Welt gekommen, daß sie sich vor Wäldern und Wildnis fürchten, aber ich muß schon sagen, mir sind sie immer wie ein Zuhause gewesen.»

Ich blickte auf das entschlossene, zuverlässige Gesicht meiner Begleiterin. In ihr war das Leben so stark, als ob eine Naturkraft in der Frau mit dem einfältigen Herzen verkörpert wäre und sie zur Verwandten der alten Gottheiten machte. Sie hätte über die uralten Gefilde Siziliens schreiten können; ihre starken Ginganröcke hätten in eben diesem Augenblick anstatt des braunen, windzerzausten Grases und der halberfrorenen Goldrute Neuenglands die schlanken Stiele der Asphodelen niederbeugen und nach niedergetretenem Thymian duften können. Sie war eine große Seele, meine Mrs. Todd, und ich war ihr demütiger Schüler, wie wir jetzt unsres Wegs gingen, um die Zwillingsschwester der Königin zu besuchen, und die strahlende Aussicht aufs Meer hinter uns ließen und über trockene Weiden und Wiesen in einen tieferen Landstrich hinabstiegen.

Die Gehöfte trugen sämtlich die Spuren zunehmenden Alters, obwohl die Kolonie doch eigentlich so jung war. Die Zäune waren schon morsch, und es schien, als ob der erste Wille zur Landbestellung bereits ohne Hoffnung auf Wiederbelebung erloschen wäre. Die besseren Häuser waren stets diejenigen, die irgendwie an den Reichtümern des Meeres teilhatten; eine Farm, zu der nicht in einer nahen Bucht ein vor Anker liegendes Fischerboot gehörte, konnte keinesfalls auf die alltäglichen Lebensnotwendigkeiten zählen. Das Land allein genügte nicht, um in dieser steinigen Gegend davon leben zu können; es gehörte von Rechts wegen dem Wald, und zum Wald kehrte es auch bald wieder zurück. Vom Kamm des Hügels, auf dem wir gesessen hatten, war in der verschleierten Ferne blühender Wohlstand zu sehen gewesen: dort war der Boden gut, und die Sonne schien auf fette Scheunen; warm aussehende Häuser, deren jedes drei oder vier Schornsteine hatte, überragten auf fester Kuppe die Bucht.

Als wir uns Mrs. Martins Gegend näherten, sahen wir mit Bedauern, was für armselige, verkrautete Felder und was für kahle und öde Wohnstätten von den Menschen zurückgelassen worden waren, die sich diesen enttäuschend schlechten Teil des Nordlands als Heim erwählt hatten. Wir überquerten das letze Feld und kamen auf eine schmale, vom Regen ausgewaschene Karrenstraße, und Mrs. Todd sah munter und erwartungsvoll aus und sagte, daß wir nun bald am Ziel unsrer Wanderung wären.

«Ich hoffe so sehr, daß Abby Martin Sie in ihr bestes Zimmer bittet, wo sie alle Bilder von der Königin aufgestellt hat. Ja, ich glaube, daß sie's sehr wahrscheinlich tun wird; doch nicht jeden hält sie für würdig, sich den Bildern zu nähern, das kann ich Ihnen verraten!» warnte mich Mrs. Todd. «Seit ewigen Zeiten hat sie sich welche gesammelt und aus Zeitungen ausgeschnitten, und wenn sie von jemand gehört hat, der nach einem englischen Hafen segelt, dann hat sie ihm irgendwie ein bißchen Geld zugesteckt und ihn gebeten, ihr das neueste Bild mitzubringen. Sie hat die Wände in ihrer guten Stube fast ganz damit bedeckt, und das Zimmer ist abgeschlossen und ist ihr so heilig wie eine

Kirche! ‹Ich will nicht sagen, daß ich nicht besondere Lieblingsbilder darunter hätte›, hat sie mir neulich erzählt, ‹aber im Grunde find' ich sie alle wunderschön!› Und für alle hat sie hübsche kleine Rahmen gemacht – Sie wissen ja, in Rahmen gibt's immer mal wieder eine neue Mode: zuerst waren's aufgeklebte Muscheln, dann kleine Tannenschuppen, und eine Zeitlang war Perlstickerei an der Reihe; jetzt ist sie ganz versessen auf gelochten Karton, den sie mit Seidenfäden bestickt. Ich sage Ihnen, ihr bestes Zimmer ist wirklich sehenswert! Aber nicht etwa vornehm, das müssen Sie nicht denken. Abby Martin hat immer in sehr armseligen, harten Umständen gelebt. Für ihre Kinder hatte sie Ehrgeiz, obwohl sie ganz und gar ihrem Vater nachgeschlagen sind und es nicht recht zu was brachten; sie war alles andre als gut verheiratet, so lieb sie auch davon erzählt. Ihr ganzes Leben lang hat sie sich geduldig abgerackert, und immer war sie drüber erhaben, sich über andere Leute zu beklagen. Ich glaube, die Sache mit der Königin hat ihr über manche Klippe in ihrem Leben hinweggeholfen. Man kann wohl sagen, daß Abby wie ein Sklave gearbeitet hat, aber sogar ein Sklave hat seine Freiheit.»

Jetzt erblickte ich ein niedriges graues Haus, das auf einem grasbewachsenen Hang dicht am Wege lag. Die Tür war auf der Giebelseite und uns gegenüber; ein Gewirr aus Schneebeerbüschen und Zimtrosen wucherte bis zu den Fenstersimsen hinauf. Auf der Türschwelle stand eine kleine alte Frau mit krummen Schultern; sie strahlte sowohl Willkommen wie auch unverkennbare Würde aus.

«Sie sieht uns kommen», erklärte Mrs. Todd und flüsterte aufgeregt. «Ich hab' ihr gesagt, daß ich bald wieder vorbeikäme, wenn sich das Wetter hält, und daß ich Sie dann mitbringen würde. Sie hat mir sofort geantwortet, wie sie sich freuen würde, Sie zu sehen; ich war sehr überrascht, denn im allgemeinen ist sie so zurückhaltend.»

Selbst diese beruhigende Versicherung vermochte nicht, eine leise Scheu unsrerseits zu ersticken: der ganze Besuch hatte etwas ausgesprochen Formelles an sich. Ich hatte mir unterwegs bei einem unerwarteten Scharmützel mit einem Dornbusch mein Kleid zerrissen, und ich konnte mir jetzt vorstellen, wie es einem zumute war, wenn man zu Hofe ging und seine Schleppe oder den Kopfschmuck vergessen hatte.

Die Zwillingsschwester der Königin war über solche Kleinigkeiten erhaben; sie stand mit stiller Miene wartend da, bis wir nahe genug waren, ihr die gütige Hand zu drücken. Es war eine schöne alte Frau mit klaren Augen und einer beglückenden Ruhe und Echtheit; es war kein Fäserchen eines prätentiösen Wesens an ihr – nichts Aufgeblasenes, wie Mrs. Todd treffend gesagt haben würde. Schönheit im Alter ist selten genug bei Frauen, die ihr Leben in harter Arbeit auf einer Farm verbracht haben; so herbstlich und welk die Frau hier jedoch aussehen mochte, ihre Züge hatten sich etwas sehr Verfeinertes bewahrt – oder vielmehr erworben.

Sie führte uns in ihre alte Küche und bot uns Sitzplätze an und nahm selber einen von den kleinen steiflehnigen Holzstühlen und saß in einiger Entfernung von uns, als ob sie einem Gesandten Audienz erteilte. Es machte den Eindruck, als sollten wir alle stehen, man spürte unwillkürlich, daß ihre Lebensgewohnheiten zeremonieller waren, daß sie sich aber im Augenblick zu den einfacheren Umgangsformen, die ein Besuch wie der unsre erforderte, bereitfand.

Mrs. Todd blieb stets Mrs. Todd, eine zu große und ausgeglichene Seele, als daß irgendein Ereignis sie hätte aus der Fassung bringen können. Ich bewunderte ihre Ruhe, und bald trug uns der langsame Fluß nachbarlicher Gespräche angenehm weiter. Wir unterhielten uns über das Wetter und die kleinen Abenteuer unsrer Wanderung, und dann, als ob ich im Grunde doch keine Fremde wäre, wandte sich Mrs. Martin beinahe herzlich an mich, um mit mir zu sprechen.

«In London wird das Wetter allmählich immer trüber», sagte sie. «Ich nehme an, daß Sie in London waren, liebes Kind?»

«Doch, ja», erwiderte ich. «Im vorigen Jahr.»

«Es ist schon viele Jahre her, seit ich dort war», sagte sie. «Irgendwann in den vierziger Jahren. Es war die einzige Seereise, die ich je gemacht habe; die meisten meiner Nachbarn waren weitgereist. Mein Bruder war Schiffsherr, und meistens hat seine Frau ihn begleitet; aber in jenem Jahr hatte sie ein kleines Kind, das zarter als die andern war, und sie fürchtete sich vor der besonderen Pflege auf See. Zufällig sah mein Bruder eine Möglichkeit, meinen Mann, der ein guter Rechner war, als Superkargo mitzunehmen, und eines Tages kam er und bedrängte ihn, einzuwilligen. Zwar konnte mein Mann das Seefahren nicht vertragen, aber da wir Verluste gehabt hatten und weil ich für mich eine einzigartige Gelegenheit sah, so überredete ich beide, auch mich mitfahren zu lassen. In den alten Zeiten hatte keiner etwas dagegen einzuwenden, wenn eine Frau an Bord eines Seglers war, um zu waschen und zu flicken; denn die Reisen dauerten oft sehr lange. Und auf die Art habe ich dann die Königin sehen können.»

Mrs. Martin blickte mir scharf in die Augen, um festzustellen, ob ich auch wirklich· echtes Interesse für die interessanteste Person von der Welt zeigte.

«Oh, wie mich das freut, daß Sie die Königin gesehen haben», beeilte ich mich zu sagen. «Mrs. Todd hat mir erzählt, daß Sie beide am gleichen Tage geboren wurden.»

«Allerdings, liebes Kind», sagte Mrs. Martin, und sie lehnte sich behaglich zurück und lächelte, wie sie es vorher nicht getan hatte. Mrs. Todd nickte befriedigt und blickte mich an, als wollte sie sagen, daß sich in diesem kritischen Augenblick alles so glatt wir nur möglich abwickle.

«Ja», sagte Mrs. Martin und zog ihren Stuhl

ein klein wenig näher, «es ist äußerst merkwürdig: wir wurden beide am gleichen Tag geboren, und sogar zu genau der gleichen Stunde, wenn man den Zeitunterschied in Betracht zieht, denn den hat mein Vater auf seemännische Art ausgerechnet. Ihre Königliche Majestät und ich sahen beide gemeinsam das Licht dieser Welt; da kann man sagen, was man will, es besteht ein Band zwischen uns.»

Mrs. Todd bestätigte es triumphierend, öffnete die Schleife ihres Kapotthutes und warf die Bänder mit unerschrockener Gebärde über die Schultern zurück.

«Und ich habe einen Mann namens Albert geheiratet, genau wie sie, und rein zufällig, denn die Nachricht, daß sie auch einen Albert hatte, erreichte mich erst vierzehn Tage später. Mein erstes Baby war ein Mädchen, und ich nannte es nach meinem Gegenstück ‹Victoria›; das nächste aber war ein Junge, und mein Mann beanspruchte das Recht, ihm einen Namen zu geben, und wählte seinen eigenen Namen und den seines Bruders, und sehr bald las ich in den Zeitungen, daß der kleine Prince of Wales ebenso getauft worden war. Danach erfand ich stets einen Vorwand und wartete, bis ich wußte, wie sie ihre Kinder genannt hatte. Ich wollte die Kette nicht zerbrechen, daher hatte ich einen Alfred und meinen Liebling Alice, die ich viel früher verlor als sie die ihre. Und dann hörte ich auf. Wenn ich nur eine liebe Tochter gehabt hätte, die zu Haus bei mir geblieben wäre, so wie die Jüngste bei ihr, dann wäre ich so dankbar gewesen! Doch wenn nur eine von uns eine kleine Beatrice haben sollte, dann freute es mich, daß es die Königin war; wir haben beide Kummer gehabt, aber sie hat viel mehr Sorgen.»

«Das hat sie bestimmt, Abby», bestätigte Mrs. Todd sofort. «Wie kam es bloß, daß du sie so schön zu sehen bekommen hast? Ich hab's dich schon fragen wollen, als ich letztesmal hier war.»

«Unser Schiff lag in der Themse, oberhalb von Wapping. Wir löschten Ladung und hatten Order, so rasch wir nur konnten die Anker zu lichten und nach Bordeaux auszulaufen, um eine großartige Ladung französischer Waren an Bord zu nehmen», erklärte Mrs. Martin voller Eifer. «Ich hatte erfahren, daß die Königin zu einer großen Parade ihres Heeres gehen und morgens um zehn aus ihrem Buckingham-Palast fahren wollte, und ich rannte nach achtern zu meinem Mann Albert und meinem Bruder Horace, die neben der Luke standen, und sagte zu ihnen, daß einer von beiden mich hinbringen müßte. Sie lachten, weil ich in solcher Eile war, und erwiderten, sie könnten nicht weg, und ich merkte, daß es ihnen damit ernst war, und wurde ein bißchen ungeduldig, als ich weitersprach, und furchtbar niedergeschlagen, denn das war der einzige Grund gewesen, weshalb ich die anstrengende Reise gemacht hatte. Albert hatte mir oft deswegen Vorwürfe gemacht, denn er war so gar nicht seefest, und ich wußte, noch ehe wir in See stachen, wie es ihm ergehen würde. Bis dahin war mir das alles ganz gleich gewesen, jetzt aber schlich ich in meine Kabine und fing an zu weinen.

Sie waren mit dem Schiffskoch nicht zufrieden gewesen, und deshalb hatte ich die ganze Reise über für Back und Kapitänskajüte selber gekocht; es war eine furchtbar harte Arbeit, besonders bei grober See: wir hatten während der ganzen sechs Wochen Fahrt Gegenwind gehabt. Und jetzt taten sie so, als ob sie sich meinetwegen schämen müßten, und das kränkte mich am allermeisten.

Aber bald kam Albert nach unten; ich war

noch nie in meinem Leben so traurig gewesen, und er bekam es mit der Angst und behandelte mich so sanft wie in den Tagen, als wir heiraten wollten, und als ich nicht mehr so schluchzte, ging er an Deck und suchte Horace und besprach es mit ihm. Sie hatten wirklich an dem Tag ihre Arbeit an Bord und konnten nicht weg. Als Horace alles begriffen hatte, war er sehr nett und kam zu mir und sagte, ich hätte mir mehr als bloß die Überfahrt verdient und könnte tun, was ich wollte, da wir jetzt im Hafen waren. Er hatte auch einen Koch gefunden, der an dem Morgen noch an Bord kommen würde, und er wollte mir den Schiffszimmermann als Begleitung mitgeben – ein netter Bursche war das, aus Thomaston drüben –, und er machte sich landfein, so rasch er nur konnte. Da kleidete ich mich auch an, und wir nahmen das Beiboot und ruderten den Fluß hinauf. Ich hatte Angst, wir kämen zu spät, aber die Flut setzte sehr stark ein, und wir landeten und ließen das Boot bei einem Wächter, und ich lief durch all die großen Straßen und einen Park. Es war ein wichtiger Tag, und überall waren Unmengen von Leuten, aber für mich waren sie weiter nichts als Wachspuppen. Ich fragte dauernd nach dem Weg und rannte immer weiter, und der Zimmermann hinterdrein, so gut er's eben konnte, und gerade, als ich mich durch die Menschenmenge vor dem Palast nach vorne arbeitete, wurden die Tore aufgerissen, und sie kam hervor, mit tänzelnden Pferden und in schimmerndem Gold, so saß sie in einer wunderschönen Kalesche; für mich war's ein Augenblick wie im Himmel. Ich sah sie deutlich, und sie sah mich an, ganz froh und glücklich, als ob sie gewußt hätte, daß es zwischen uns beiden etwas gab, das uns von allen andern Leuten unterschied.»

Die Zwillingsschwester der Königin mußte ein Weilchen schweigen, und keine ihrer Zuhörerinnen konnte ihr eine Frage stellen.

«Prinz Albert saß neben ihr in der Kalesche», fuhr sie fort. «Oh, was für ein schöner Mann er war! Ja, liebes Kind, ich hab' sie beide zusammen gesehn, so genau, wie ich Sie jetzt sehe, und in der nächsten Minute waren sie weg, und die Leute standen dichtgedrängt auf dem Platz und stießen sich und jubelten. 's war eine Art Festtag, und der Zimmermann und ich wurden getrennt, doch dann, als ich schon dachte, ich find' ihn nie mehr, fand ich ihn wieder, und er war dafür, es richtig auszunützen und mir alle Sehenswürdigkeiten zu zeigen; er war schon früher in London gewesen, aber ich wollte rein gar nichts weiter, und wir gingen durch die Straßen zurück ans Wasser und nahmen das Boot. Ich erinnere mich noch, wie ich dann am Nachmittag auf dem Achterdeck saß und einen alten Rock von meinem Albert ausbesserte, so gut ich's eben konnte, und mir war, als ob ich in einem herrlichen Traum lebte. Ich weiß nicht, wie ich's erklären soll, aber so nah ist mir seitdem keine Freundin mehr gewesen.»

Man konnte nicht viel sagen – nur zuhören. Mrs. Todd warf von Zeit zu Zeit eine gescheite Frage dazwischen, und je mehr Mrs. Martin erzählte, um so mehr strahlten ihre Augen. Was für eine köstliche Gabe echter Zuneigung und Phantasie steckte doch in dem lieben alten Herzen! Ich blickte mich in der schlichten Neuengland-Küche um und sah die vom Holzfeuer eingeräucherten Wände und die heimeligen handgeflochtenen Matten auf dem abgetretenen Fußboden und all den einfachen Hausrat. Die laut tickende Uhr schien uns zum Sprechen anzuspornen. Auf der andern Seite hing ein frühes Zeitungsbild Ihrer Majestät der Königin von Großbritannien. Auf einem Wandbrett darunter standen ein paar Blumen in einem kleinen Glasgefäß, wie wenn sie vor einem Altar aufgestellt worden wären.

«Wenn ich mehr zu lesen bekommen hätte», sagte Mrs. Martin mit leisem Bedauern, «dann hätte ich beinahe alles über sie gewußt. Über das, was ich wußte, hab' ich wieder und immer wieder nachgedacht, bis es mir klar war. Manchmal ist mir, als hätte ich sie ganz für mich allein und als hätten wir richtig zusammen gelebt. Manchmal bin ich allein in den Wald gegangen und hab' ihr von all meinem Kummer erzählt, und immer schien es mir so, als ob sie sagte, es sei schon recht und man müsse Geduld haben. Ich habe ihr schönes Buch vom Schottischen Hochland; die liebe Mis' Todd hat's herausgefunden, daß sie es hat drucken lassen, und hat mir eins besorgt, und es ist mir ans Herz gewachsen, als ob's nur für mich geschrieben wäre. Jetzt lese ich immer sonntags darin, zu meinem Sonntagsvergnügen. Vorher hab' ich mir so manches ausdenken müssen, doch als ich ihr Buch gelesen hatte, da wußt' ich, daß alles, was ich mir ausgedacht hatte, der Wahrheit entsprach. Wir denken in so vielen Fragen genau gleich», behauptete die Zwillingsschwester der Königin mit zärtlicher Sicherheit. «Wir haben nämlich etwas gemeinsam, weil wir genau zur gleichen Zeit geboren wurden; man nennt es Geburtsrecht. Ihr sind große Aufgaben zugewiesen worden, weil sie die Königin ist, und mir ist das bescheidene Los zugefallen, und sie hat alles nach besten Kräften gemacht, da kann keiner das Gegenteil behaupten. Sie ist das große Vorbild, nach dem ich gelebt habe. Sie ist alles für mich gewesen. Und als sie ihr Jubiläum hatte, oh, wie da mein Herz bei ihr war!»

«In ihrem Leben würde das keine solche Rolle spielen wie in meinem», antwortete Mrs. Martin hochherzig auf etwas, das eine ihrer Zuhörerinnen gesagt hatte. «Doch manchmal denke ich, weil sie ja jetzt älter ist, würde sie vielleicht gern etwas über uns erfahren. Wenn ich denke, wie wenig alte Freunde einem in unserm Alter noch geblieben sind, dann nehme ich an, es geht ihr ungefähr ebenso wie mir; vielleicht wüßte sie auch gern, wie es geschah, daß wir beide zusammen das Licht der Welt erblickt haben. Aber ich habe den großen Vorteil, daß ich sie gesehen habe, und ich kann mir immer vorstellen, wie sie weiterlebt, während sie bis jetzt noch gar nichts von mir weiß, höchstens, daß sie's manchmal spürt, wie meine Liebe ihr Herz stützt, und doch nicht weiß, wo es herkommt. Und dann träume ich, daß wir beide auf einem schönen Wiesland sind, so jung wir nur waren, und uns an der Hand halten und spazierengehen. Ich wüßte zu gern, ob sie auch solche Träume hat. Ich hab' schon Tage erlebt, da hab' ich so getan, als ob sie's wüßte und gekommen wäre, um mich zu besuchen», bekannte die Sprecherin scheu, und die Röte stieg ihr in die Wangen, «und ich hab' mir ausgedacht, was ich ihr Gutes zum Abendbrot vorsetzen könnte, und ich würde es niemand erzählen, daß sie bei mir wäre und sich schön ausruhte, nur hätte ich gewünscht, daß du, Almiry, oder die liebe Mrs. Blackett zufällig vorbeigekommen wären, denn ihr hättet gewußt, wie man sich mit ihr unterhält. Sie ist nämlich so gern oben in Schottland, mitten in der Wildnis, und lieber dort als irgendwo anders.»

«Ich würde sie furchtbar gern nach Green Island rüberfahren, damit sie Mutter besuchen kann!» rief Mrs. Todd plötzlich voller Begeisterung.

«O ja! Das würde mir sehr gefallen, wenn du das tun könntest!» rief Mrs. Martin, und dann begann sie mit leiserer Stimme weiterzusprechen. «Eines Tages habe ich so viel an meine liebe Königin gedacht», sagte sie, «und hab' so sehr in meinen Gedanken gelebt, daß ich anfing, alles für sie zurechtzumachen, gerade als ob sie wirklich käme. Darüber hab' ich noch nie mit einer Menschenseele gesprochen, aber ich spür's, daß Sie's verstehen! Ich hab' meine feinsten Leintücher und Wolldecken, alles selbst gesponnen und handgewebt, hervorgeholt und das Bett gemacht, und ich hab' schöne Blumen gepflückt und sie überall im Haus aufgestellt und hab' den ganzen Tag sehr fleißig und glücklich gearbeitet und hab' ein sehr gutes Abendbrot vorbereitet und mir all die Zeit so etwas wie eine Geschichte vorerzählt: daß sie käme und daß ich sie wiedersehen würde – und bis zum Anbruch der Nacht bin ich so dabeigeblieben. Und als ich die Finsternis sah und es mir klar wurde, daß ich ganz allein war, da verließ mich der Traum, und ich setzte mich auf die Treppenstufe und kam mir dumm und müde vor. Und was glaubt ihr wohl, da hörte ich Schritte, und und eine alte Kusine von mir, vor der ich immer scheu war, kam vorbeigewandert. Sie hatte es nicht ganz beisammen, wie die Leute wohl sagen, war aber vollkommen harmlos und eine arme alte Plaudertasche. Und ich ging ihr schnurstracks entgegen, als ich sie rufen hörte, und hab' sie begrüßt, anstatt mich zu verstecken, wie ich's auch manchmal tat, und sie ist furchtbar gern ins Haus gekommen, und wir haben uns an den Abendbrottisch gesetzt. Es war ein Abendbrot – ich hätt' nie den Mut gehabt, das allein zu essen!»

«Ich glaube, so gut wie damals ist's ihr noch nie in ihrem Leben ergangen. Ich hab' gehört, wie sie hinterher davon erzählt hat», rief Mrs. Todd mitleidig. «Und wenn ich das jetzt so höre, scheint es mir gerade, als ob's die Königin gewußt hätte und nicht kommen konnte und statt dessen das arme alte Würmchen geschickt hat, das immer Mangel leiden musste.»

Mrs. Martin blickte schüchtern auf Mrs. Todd und dann auf mich. «'s war kindisch von mir, das Abendbrot vorzubereiten», gestand sie.

«Ich glaube, du warst nicht die erste, die so was getan hat», sagte Mrs. Todd. Und einen Augenblick konnte sie kein Wort mehr hervorbringen.

Mrs. Todd und Mrs. Martin hatten ihre Stühle ein wenig herumgerückt, so daß sie einander gegenübersaßen, und ich saß auf der einen Seite und konnte sie beide sehen.

«Nein, das hast du mir noch nie erzählt, Abby», sagte Mrs. Todd sanft. «Zeigt das nicht deutlich, daß für Leute, die Phantasie haben, solche schönen Träume das wahre Leben sind? Aber für die meisten Leute sind die gewöhnlichen Sachen, die um sie herum passieren, ihr ein und alles.»

Mrs. Martin schien es seltsamerweise zuerst nicht zu verstehen, als das Geheimnis ihres Herzens in Worte gekleidet wurde; doch dann glühten Freude und Begreifen in ihrem Gesicht auf. «Wirklich, Almira, ich glaube, du hast recht!» rief sie und wandte sich an mich.

«Möchten Sie gern meine Bilder von der Königin sehen?» fragte sie, und wir standen auf und gingen in das beste Zimmer.

V

Die mittägliche Visite schien sehr kurz. Die Septemberstunden verfliegen zu rasch, um es mit den kürzer werdenden Tagen aufnehmen zu können. Nach unserm Besuch bei den Bildern der Königin wurde das große Thema ein Weilchen beiseite gestellt, und meine Freundinnen sprachen von Personen viel geringeren Standes, bis wir die Tasse Tee tranken, die Mrs. Todd vorausgesehen hatte. Glücklicherweise fiel mir ein, daß die Königin gern eine sehr gute Tasse Tee trinken soll, und dadurch schien es sofort so, als ob ihre Majestät sich gütigst einer so fernen und verehrungsvollen Teegesellschaft anschlösse. Mrs. Martins schmale Wangen bekamen eine so hübsche Farbe wie die eines jungen Mädchens. «Irgendwie hab' ich immer an sie gedacht, wenn ich ihn extra stark machte», sagte sie. «Ich habe eine echte Porzellantasse, die meiner Großmutter gehört hat, die würde ich am liebsten von jetzt an als *ihre* Tasse bezeichnen.»

«Warum nicht?» entgegnete Mrs. Todd warmherzig und mit reizendem Lächeln.

Später sprachen sie von einem für den Indianersommer bereits abgemachten Besuch auf Green Island, doch fiel es mir auf, daß Mrs. Todd das kleine Paket mit getrockneten Kräutern und einer genauen Anweisung für eine gründliche Kur im Frühling so überreichte, als ob keine Möglichkeit bestünde, daß sie sich vorher wiedersähen.

Als wir uns an der Wegbiegung umwandten, stand die Zwillingsschwester der Königin noch immer auf der Schwelle ihres Hauses und blickte uns nach, und Mrs. Todd blieb stehen und wartete einen Augenblick, ehe sie ihr winkte.

«Eins ist sicher, Liebste», sagte sie mit tiefer Einsicht zu mir, «es ist nicht so, als ließen wir sie allein!»

Dann machten wir uns auf unsern langen Rückweg über den Hügel, wo wir uns in der warmen Nachmittagssonne versäumten, und weiter durch dunkle Wälder und den Reihersumpf.

WILLIAMS HOCHZEIT

I

Die Lebenshetze in einer großen Stadt und das ständige Beiseiteschieben aller Lieblingswünsche, nur um einer höchst unbefriedigenden Tätigkeit nachzugehen, begannen mich schon bald nach meiner Rückkehr zu erbittern, und eines Tages nahm ich den Zug und verließ ihn erst, als ich in ein nach Osten fahrendes Schiff einsteigen konnte. Die erste salzige Brise, der erste Anblick eines Leuchtturms, der kühn auf seinem Vorpostenfelsen stand, das Aufblitzen einer Möwe und die stille Prozession seewärts gewandter Tannen auf einer Insel schenkten mir bereits das Gefühl zurück, ein unzerstückeltes und fest umrissenes Ganzes zu sein, und nicht ein armes zusammenhangloses Geschöpf. Das Leben wurde wieder aufgenommen, und das ängstliche Gelebe wehte von dannen, als ob es nie gewesen wäre. Ich konnte gar nicht tief genug und lange genug atmen. Es war die Rückkehr zum Glück.

Die Küste sah noch winterlich aus. Es war gegen Ende Mai, aber die Ufer schienen kalt und

unfruchtbar. Man spürte, daß man nicht nur ostwärts, sondern auch gen Norden fuhr, und je weiter der Tag vorrückte, um so kälter wurde das Meer, und all die wärmere Luft und erfrischende Kraft und Anregung des Septemberwetters im vorigen Jahr waren gänzlich von mir abgefallen. Ich fror sehr und war sehr müde, als ich am Abend in die untere Bucht einfuhr und sah, wie die weißen Häuser von Dunnet Landing den Hügel hinankletterten. Sie sahen freundlich aus, die kleinen Häuser, und nicht, als ob sie von der Küste fortkletterten, sondern eher, als ob sie alle nach unten kämen, um einen verliebten und müden Wandersmann zu begrüssen – und vor Ungeduld konnte ich's kaum erwarten, vom Schiff zu gehen. An der Schiffsländе war keiner von der üblichen interessierten Schar zu sehen. Das Eintreffen des Dampfers war an einem Sommertag das eine große öffentliche Ereignis, und ich war enttäuscht, daß ich von meinen guten alten Freunden niemand außer Johnny Bowden sah, der offenbar den ganzen Winter über nichts anderes getan hatte, als in die Höhe zu schießen, so daß seine zu kurz gewordenen, vom Seewasser mitgenommenen Sachen ihm ein ärmliches Aussehen verliehen.

Johnnys Ausdruck veränderte sich nicht, als wir uns begrüßten, aber ich fand plötzlich, daß ich Gleichgültigkeit und unschickliches Zaudern gezeigt hatte, indem ich nicht schon eher kam. Noch bevor ich eine Entschuldigung anbringen konnte, hatte er meinen kleinen Portemanteau ergriffen und ging auf seine bekannte Art vor mir her, wobei er ohne weiteres die hüglige Straße zu Mrs. Todd hinanstieg.

Ja, er war sehr gewachsen; im vergangenen Sommer war es mir nicht in den Sinn gekommen, daß Johnny mit Hilfe der Zeit und andrer Kräfte zu einem jungen Mann heranwachsen würde; er war ein so gut gebauter und stämmiger kleiner Brocken von einem Jungen gewesen, als ob ihn die Natur bereits als etwas Fertiges und durchaus Befriedigendes und gänzlich Abgerundetes beiseite gestellt hätte.

Den wundervollen kleinen Grüngarten hatte der Winter fortgehext. Am Zaun standen noch ein paar erfrorene Stiele und ein paar magere Stauden, doch es war ein nur wenig verheißungsvolles Stück Gartenland. Mein Herz klopfte wie das eines Verliebten, als ich daran vorbeiging; aber selbst die Tür von Mrs. Todds Haus schien mir unter dem Einfluß des Winterwetters zusammengeschrumpft zu sein.

«Sie ist doch nicht ausgegangen?» fragte ich Johnny Bowden in jäher Angst, kurz bevor wir die Treppenstufen erreichten.

«Ausgegangen?» Er sah mich mit gedankenlosem Staunen an. «Ich hab' sie ja noch gegen vier Uhr bei Mis' Caplin am Fenster sitzen sehn, dicht an der Straße!» Und mit der so lange zurückgehaltenen Nachricht von meiner Ankunft stürmte er wild voran, als ob das Haus ein Burgwall wäre.

Dann träufte in mein heimwehkrankes Herz die Stimme Mrs. Todds. Sie blieb stehen – aus einem Übermaß an Gefühl, wie ich wußte – und tadelte Johnny, weil er ihr soviel Schmutz ins Haus trug, und ich zauderte noch ein Weilchen vor der Haustür, bis die Strafpredigt beendet war; dann standen wir uns wieder von Angesicht zu Angesicht gegenüber.

II

«Ach, Sie können mir sicher sagen, was für Modelle in diesem Jahr getragen werden! Meine Kirchenhaube kann ich dies Jahr nicht mehr aufsetzen, und überhaupt nicht mehr, scheint mir», sagte Mrs. Todd, sobald sie ein Wort hervorbringen konnte. «Ach, aber setzen Sie sich doch und erzählen Sie mir, wie's Ihnen ergangen ist! Wir haben eine Hochzeit in der Familie, das wissen Sie ja wohl?»

«Eine Hochzeit?» sagte ich, noch ganz aufgeregt.

«Ja. Ich glaube, wenn die Flut günstig ist und der Äquinoktialsturm sie nicht erwischt, dann kommen sie nächsten Sonntag zum ersten Kirchgang. Wegen meiner Haube hätte ich mir noch volle vier Wochen keine Sorge gemacht, denn keiner hätt's gemerkt, aber bei so einem Anlaß fall' ich zu sehr auf. Für William wird's eine Feuerprobe sein!»

«Für William!» rief ich aus. «Was wollen Sie damit sagen, Mrs. Todd?»

Sie stieß ein behagliches kleines Lachen aus. «Oh, der HERR hat endlich eine Einsicht gehabt und Mis' Käptn Hight abberufen, und soviel ich weiß, ist die Hochzeit noch diese Woche. Esther hat furchtbar viel zu tun, um ihre Herde zu übergeben – aber sie hat's besonders gescheit gemacht; die Leute, denen das nächste Anwesen oben im Hügelland gehört, sind wohlhabend. Nördlich von den Felsenhügeln ist prächtiges Land, und einer von den Söhnen war in der letzten Zeit Esthers rechte Hand. Sie hat ihn in allen Einzelheiten unterwiesen, und nachdem sie die ersten Lämmer auf den Markt gebracht hat, übernimmt er die Farm zur Hälfte, und sie hat ihm die Vorhand gegeben, sie innerhalb der nächsten zwei Jahre aufzukaufen. Sie hat sich den Begräbnisplatz vorbehalten, und das Wegerecht, und...»

Ich konnte mich nicht mit Einzelheiten befassen. Ich forderte eine Bestätigung der Hauptneuigkeit.

«William will sich verheiraten?» wiederholte ich, woraufhin mir Mrs. Todd einen forschenden Blick zuwarf, der nicht frei von Verachtung war.

«Das Begräbnis der alten Mis' Hight ist vor

einer Woche gewesen, und es war ein großes Trauergefolge», versicherte sie mir nach einer Pause.

«Die Arme!» rief ich und sah sie in all ihrer Hilflosigkeit und ihrem empörten Kampf gegen die über sie verhängte Krankheit; «es war sehr hart für sie!»

«Ich fand, es war hart für Esther», sagte Mrs. Todd ohne Gefühl.

III

Es kam mir alles seltsam fremd vor: mir fehlte der Garten; und die kleinen Zimmer, in denen ich im vergangenen Sommer ein paar von meinen eigenen Sachen aufgestellt hatte, waren mir merkwürdig unvertraut. Es war, wie wenn der Einsiedlerkrebs in ein neues, kaltes Muschelhaus zieht. Mit den gegen die rauhe Mailuft geschlossenen Fenstern und einer seltsamen Stille und Bleifarbe des Meeres während der ersten Nacht und des ersten Tages meines Dortseins war mir, als hätte ich nun doch allen Kontakt mit jenem stillen Leben verloren.

Mrs. Todd machte die passende Bemerkung, daß Stadtleute dazu neigten, sich zu Tode zu hetzen, und riet mir, zu bleiben und mich richtig auszuruhen, nachdem ich mir doch die Mühe gemacht hätte, herzukommen. Sie ahnte nicht, wie lange ich im vergangenen Herbst nach dem Leben in Dunnet Landing heimwehkrank gewesen war. Es war ganz natürlich, wenn ich mich bei meiner Rückkehr wegen überwältigender Ereignisse ein wenig haltlos fühlte.

Jemand hat einmal gesagt, man verließe einen Ort – oder käme an – nicht vor dem folgenden Tag. Und am zweiten Tag erwachte ich mit dem vertrauten Gefühl aus Wohlbehagen und Interesse, und die helle Maisonne strömte ins Zimmer, während ich Mrs. Todds schwere Schritte im andern Teil des Hauses herumstapfen hörte, als ob sich etwas ereignen sollte. Der erste Baltimorevogel sang in nächster Nähe des Hauses, und alles sah herrlich nach Frühling aus, und ich blickte auf den Garten und konnte feststellen, daß in der warmen Nacht einige seiner Kostbarkeiten um Handbreite gewachsen waren; die resoluten Spieße der gelben Narzissen standen höher als die unterste Stufe, und das Blutkraut entfaltete Blatt und Blüte. Der verspätete Frühling, den ich weiter südlich verlassen hatte, holte mich nun hier an der nördlichen

Küste wieder ein. Ich sah sogar einen tolldreisten Löwenzahn im Gartenbeet.

*

Es ist schwierig, über die großen Ereignisse Neuenglands zu berichten; die Äußerung ist so karg, und die paar Worte, die uns in Augenblikken eines tiefen Gefühls entschlüpfen, sehen auf der gedruckten Seite nur blaß aus. Man muß beim Lesen zuviel von der dramatischen Inbrunst hinzutun; als ich jedoch am nächsten Morgen zur Frühstückszeit aus meinem Zimmer trat und Mrs. Todd wiedersah und als sie zu mir sagte: «Bei solchem Wetter kommt William und holt sie! Es ist ihr Glückstag!» da fühlte ich, wie mich etwas packte, das sich selbst dem teilnahmslosesten Leser dieser kalten Druckseite mitteilen sollte. Geschrieben wurde sie für all jene, die ihr eigenes Dunnet Landing haben: die entweder dieses hier liebend mit der Schreiberin teilen oder ein anderes besitzen.

«Ich hab' sein Segel noch nicht kommen sehn. Wahrscheinlich fährt er heimlich um die Inseln, damit sein Kommen nicht auffällt!» fuhr Mrs. Todd fort. Sie trat an die Tür und blickte beim Sprechen übers Meer. Ich sah, wie ihre Blicke den grauen Ufern folgten, und dann breitete sich's wie helles Licht über ihr ruhiges Gesicht. «Da kommt er, und quer über die offene Bucht, wie sich's für einen Mann gehört!» lobte sie ihn begeistert. «Sehen Sie, 's ist William, und er hat sein neues Segel gesetzt!»

Ich blickte auch hin, und ich sah einen weißen Fleck, der noch nicht größer als ein Möwenflügel war, jedoch ihrer lebhaften Vorstellung schon gegenwärtig.

Ich wollte eigentlich in jenem Jahr den ganzen langen Sommer nach Frankreich gehen, und je mehr ich an meine Abwesenheit von so einfachen Szenen dachte, um so lieber und köstlicher wurden sie mir. Die heilige Therese sagt: das wahre Können der Seele sei nicht, viel zu denken, sondern viel zu lieben, und ich dachte oft, daß ich die Liebe in ihrer wahren Einfalt nirgends so finden könne, wie sie mir in Dunnet Landing in den Herzen von Mrs. Blackett und Mrs. Todd und William begegnet war. Aber das konnte nur geschehen, weil ich sie liebe, diese drei, weil ich sie liebevoll und weise und wahr in ihrer eigenen Behausung kennenlernte.

*

«Oh, und jetzt, meine Liebe, muß ich mich sehr tummeln!» rief Mrs. Todd plötzlich aus. «Ich dachte, er müßte kreuzen. Lange kann er mit dem Gang nicht mehr segeln, und in einer guten Stunde wird er hier sein. Ich nehme an, daß er alles vorbereitet hat, aber er hat gesagt, er würde erst dann zu Esther fahren, wenn das Wetter gut wäre, und heute früh sah's wirklich unsicher aus.»

Ich sah Esthers vom Wetter gezeichnetes Gesicht vor mir. Sie glich einer Französin, die ihr Leben auf dem Felde zugebracht hat. Ich erinnerte mich an ihre freundliche Miene, die kindlichen Augen, und dachte an die staunende Freude, die sie erleben würde, wenn sie nun, nach all den Jahren, umsorgt und vor Wind und Wetter behütet werden würde. Sie würden jetzt wieder jung werden, sie und William, und im Frühlingswetter Sorge und Arbeit vergessen. Ich konnte es kaum abwarten, daß er an Land käme, so gespannt war ich, sein glückliches Gesicht zu sehen.

«Kuchen und Wein werd' ich ihnen auftischen!» sagte Mrs. Todd. «Sie wollen sich bestimmt nicht so lange aufhalten, um eine richtige Mahlzeit einzunehmen; ich denke doch, daß sie so rasch wie möglich nach Hause wollen. Ja, ich stell' ihnen Kuchen und Wein hin – ich hab' noch herrlichen Rosinenkuchen, nach meinem besten Rezept gebacken, und eine Flasche Wein, eine von den zweien, die der alte Kapitän Denton mir am Tage, als ich mich verheiratet habe, geschenkt hat: eine haben wir getrunken und die andere hab' ich aufgespart, und ich hab' sie bis auf den heutigen Tag nicht mehr angerührt. Er hat gesagt, solchen Wein gäb's im ganzen Staat Maine nicht!»

Es war ein Tag voller Erwartung, jener Frühlingstag: das Maiwetter war ebenso erwartungsvoll wie unsre liebenden Herzen, und man konnte beobachten, wie das Gras von Stunde zu Stunde grüner wurde. Die warme Luft war voller Vögel, auf der See blinkte ein Lichtglanz – anstatt des frostigen Scheins während des kalten Wetters, das so lange angehalten hatte. Auf Mrs. Todds Gesicht lag ein Ausdruck, den ich einmal gesehen und dann nie wieder beobachtet hatte. Sie war in ihrer schwungvollsten Stimmung.

Nachher machte ich einen Morgenspaziergang, und als ich zurückkam, saßen wir meistens in getrennten Zimmern. Die Luft war so voller Spannung, daß die paar Worte, die wir wechselten, bei ihr rauher und schärfer denn je hervorschossen. Sie strickte, glaube ich, und ich trödelte mit einem Buch herum. Ich hörte, wie sie hin und her ging, und dann – die Haustür stand schon die ganze Zeit sperrangelweit offen – schritt sie wieder auf dem Gartenweg bis zur Pforte auf und ab, als marschierte sie über ein Achterdeck.

Endlich kam sie rasch von der Pforte zurück und stand in der Haustür im vollen Sonnenschein und winkte mir, als ob sie eine Sibylle wäre.

«Ich hatte geglaubt, Sie hätten es alles durchschaut, als Sie damals oben waren», meinte sie, und ihr Tonfall war etwas geduldiger; ich spürte aber, daß sie fand, ich hätte seit unsrer Trennung im vergangenen Herbst eher verloren als gewonnen.

«Es war das letzte Mal, daß William den Vorwand brauchen mußte, er ginge Forellen angeln. 's wäre nicht gut gewesen, sich's anmerken zu lassen, daß man Bescheid wußte: es hätte ihn viel zu sehr eingeschüchtert. Aber kein Mann hat je von vierzig Jahren Hofmachen so wenig gehabt. Nein, jetzt braucht er keinen Vorwand mehr», schloß sie triumphierend.

«Wußten Sie damals, daß er zu Esther wollte?» fragte ich, und meine Bewunderung ob so viel Scharfsinns kannte keine Grenzen.

«Allerdings!» erwiderte Mrs. Todd stolz.

«Oh – aber wozu dann die Einreibung mit der Polei-Minze?» widersprach ich empört, denn ich erinnerte mich, daß sie den armen Liebhaber ja wegen der Mücken auf eine so abscheuliche Weise eingeschmiert hatte – das war schändlich!

«Liebling», sagte Mrs. Todd zu mir, so aufgeregt war sie wegen meiner Ankunft und der Heirat, «er hat ein sehr schön geschnittenes Gesicht, und die Mücken vergiften ihn ganz mächtig: soll er sich vielleicht mit einer schiefen Backe vor seiner Herzensdame zeigen, nachdem ihn die Mücken verstochen haben? Als wir noch jung waren, bin ich mal mit ihm hinaufgefahren, und sie setzten sich in Scharen auf sein Gesicht, kaum waren wir im Wald.» Vorwurfsvoll stand sie vor mir, und ich steckte den wohlverdienten Tadel ein.

«Ach, richtig, Sie sind gerade zur rechten Zeit gekommen, um mir wegen meiner Haube zu raten. Ich hab' gehört, daß man jetzt zuoberst große Schleifen trägt?»

IV

Die langsam schleichenden Morgenstunden vergeudeten die hochgradige Erregung, mit der wir den Tag begonnen hatten. Mrs. Todd mußte von der Höhe herunter, auf der ihr Gesicht so hell gestrahlt hatte, herunter zu den Kümmernissen des Alltags, denn ein paar Bekannte von Black Island, zu denen sie sich nicht sehr hingezogen fühlte, kamen und brachten ein armes, kränkelndes Kind, um ihren Rat einzuholen. Es waren laute Frauen mit harschen, scheppernden Stimmen, und sie blieben sehr lange. Ich hörte jedoch das Klirren von Teetassen und konnte keine Ungeduld in Mrs. Todds Stimme unterscheiden; aber als sie endlich gingen, hielt sie sich nicht lange mit Abschiednehmen auf und kam rasch zu mir, um mir zu erklären, daß sie diese Leute nie gern gehabt hätte, und unter dem Deckmantel einer freundlichen Visite wären sie zu ihr gekommen, um die Arztkosten zu sparen; doch das arme Kind tat ihr leid, und außerdem wußte sie, daß der Doktor abwesend war.

«Ich mußte ihnen die Mittel umsonst geben», erzählte sie mir; «unten im Laden hätten sie nicht für einen Cent Medizin für das arme, kümmerliche Ding gekauft. Sie sollte aufgepäppelt werden, und wahrscheinlich bekommt sie nicht genug Milch; unten auf Black Island machen sie sehr viel Butter, es ist ausgezeichnetes Weideland, aber sie brauchen die Milch nicht für sich selber, und ihre Butter haben sie mit Salz beschwert, damit's mehr Gewicht gibt, so daß man wirklich meinen könnte, all ihre Gedanken stammen aus Sodom.»

Sie war sehr entrüstet, und das blasse kleine Mädchen tat ihr sehr leid. «Ich wünschte, sie hätten's mich behalten lassen», sagte sie. «Ich hab's ihnen vorgeschlagen, und die Augen in dem spitzigen Gesichtchen waren so sehnsüchtig, als sie meine Worte hörte, daß ich sofort wußte, was mit ihr los war. Aber sie erwiderten bloß, sie sei nicht darauf eingerichtet! Eingerichtet!» Und Mrs. Todd schnaufte wie ein beleidigtes Schlachtroß und ging fort; ich konnte sie jedoch immer noch hören, wie sie selbst eine Stunde später in größtem Ärger vor sich hinmurrte und redete.

Schließlich erschien auch noch ihre Erzfeindin Maria Harris mit einem Baumwolltuch um den Kopf auf der Schwelle der Seitentür. Sie war immer auf Neuigkeiten aus und kam mit einer Ausrede: sie wollte sich die Wochenzeitung für Kapitän Littlepage leihen. Der Kapitän, dessen Haushälterin sie immer noch war, hatte sie am Morgen in der Post geholt, dann aber vergessen, was er damit getan hatte, denn sein Gedächtnis war schwach.

«Wie geht's dem armen alten Herrn?» fragte Mrs. Todd besorgt und überhörte Marias Vorwand und all ihre andern Wünsche.

Ich hatte am Abend vorher schon davon gesprochen, daß ich Besuche bei Kapitän Littlepage und Elija Tilley vorhatte, und jetzt hörte ich, wie Mrs. Todd meine Fragen wiederholte und mit ungewohnter Redseligkeit die Fragen der andern abwehrte, die bestimmt kommen würden. Schließlich erhaschte Maria Harris eine günstige Gelegenheit und fragte dreist, ob sie wohl früh am Morgen William an Land gesehen hätte.

«Das ist nicht ausgeschlossen», erwiderte Mrs. Todd. «Donnerstags kommt er sehr häufig an Land.»

«Er war in größtem Staat», fuhr Maria hartnäckig fort (sie wußte wirklich nicht, was sich schickte). «Vielleicht könnt' es sein, daß sie heiraten?»

Mrs. Todd antwortete nicht. Aus dem Geräusch, das an mein Ohr drang, konnte ich schließen, daß sie sich im Bollwerk des Küchenwandschranks verschanzt hatte und dort heftig mit Blechgeschirren klapperte.

«Wenigstens nehme ich an, daß sie wahrscheinlich bald heiraten», fuhr die Besucherin fort.

«Wahrscheinlich – falls sie's im Sinne haben», antwortete Mrs. Todd. «Ich weiß darüber rein gar nichts. Aber die Leute müssen eben reden.» Und nun trat das baumwollne Kopftuch unter meinem Fenster den Rückzug an.

«Die hab' ich in die Flucht geschlagen, mit Mann und Roß!» erklärte Mrs. Todd stolz, denn sie war sofort in meiner Tür erschienen. «Ach, wer kommt denn jetzt an?»

Es waren Mrs. Begg und Johnny Bowdens Mutter, die beide in Gunst standen und von Mrs. Todd mit der üblichen Höflichkeit empfangen wurden. Dann erschien eine von den Mrs. Caplins mit einem Tassenkopf in der Hand, um sich etwas Hefe zu leihen. Unter einem oder dem andern Vorwand kamen fast all unsre Bekannten, um sich von Tatsachen zu überzeugen und zu hören, was Mrs. Todd über die Hochzeit bekanntgeben würde. Doch während der ganzen Dauer jeden Besuchs oder Botengangs vermied sie eisern das Hauptthema und beantwortete die Schluß- und Hauptfrage jeder neugierigen Besucherin mit ihrer nichtssagenden Redewendung: «Ich weiß darüber rein gar nichts. Aber die Leute müssen eben reden.»

Sie hatte es gerade zum vierten- oder fünftenmal wiederholt und die Tür hinter den letzten Gästen geschlossen, als wir uns im vorderen kleinen Vorraum begegneten. Mrs. Todd war nicht schlechter Laune, sondern sie fand es sehr komisch. «Sie haben wohl gesehen, was für ehrenvollen Besuch ich dauernd hatte? Anscheinend hat keiner dran gedacht, daß sie nur bis zum Nachmittag durchhalten müßten, um dann ebensoviel zu wissen wie ich. Von den ganzen fünfzehn oder sechzehn hat nur eine einzige wirkliches Interesse gezeigt – die andern haben sich mit ihren Fragen zu billiger Neugier erniedrigt. Nur einer einzigen lag's wirklich am Herzen.»

«Meinen Sie Miss Maria Harris?»

Mrs. Todd lachte. «Natürlich, Liebste», gab sie zu. «Wie gut Sie die menschliche Natur kennen!»

Die hügelige Straße ein kurzes Stück abwärts

stand ein schmales Haus, das einen neuen weißen Anstrich erhalten hatte. Es blendete einem die Augen, so grell warf es die Sonne zurück. Das Haus gehörte dem Pfarrer, und gerade hatte ein Wagen davor gehalten. Ein Mann half einer Frau beim Aussteigen, und während eines Augenblicks standen sie beide Seite an Seite, während plötzlich wie durch Zauberkünste Johnny Bowden auftauchte und auf den Kutschbock kletterte. Dann traten sie ins Haus und schlossen die Tür. Mrs. Todd und ich standen nahe beisammen und schauten zu; die Tränen liefen ihr die Backen hinunter. Ich beobachtete Johnny Bowden, der den großen Augenblick nicht ernst genug nahm, sondern so mit der Peitsche knallte, daß der alte Schimmel von Caplins dann und wann aufschreckte, als hege er die Absicht, durchzubrennen, und unerbittlich wieder gezügelt wurde.

Im Wagenkasten hinten mußte etwas liegen, was von Zeit zu Zeit die Aufmerksamkeit des Burschen beanspruchte; er lehnte sich hintenüber, als sei etwas sehr Kostbares in seine Obhut gegeben worden; vielleicht war es nur Esthers kleiner Koffer, der in das neue Heim umzog.

Endlich öffnete sich die Tür des Pfarrhauses,

und zwei Gestalten kamen heraus. Der Pfarrer folgte ihnen und blieb auf der Schwelle stehen, wo er sie mit ein paar Abschiedsworten zurückhielt; denn daß es eine Zeit für Ermahnungen sei, konnte er nicht gut gedacht haben.

«Er ist ganz allein; seine Frau ist in Portland bei ihrer Schwester», erklärte Mrs. Todd laut und sachlich. «'s ist eine nette Frau, aber sie hätte bestimmt zu lange geredet. Oh! Da kommen sie! Ich wußte nicht, wie sie es machen würden. Ja, sie kommen her und besuchen uns, ehe sie nach Haus fahren. Nein, so etwas, William sieht genau wie ein König aus!»

Mrs. Todd trat einen Schritt vor, und wir standen da und warteten. Das glückliche Paar kam die Straße heraufgegangen, und Johnny führte den Wagen hintenher. Von Zeit zu Zeit vernahm ich einen kläglichen kleinen Schrei, den ich trotz der Aufregung des Augenblicks nicht überhörte; und nachdem William und Esther gekommen waren und erst Mrs. Todd und danach mir in größtem Schweigen die Hand gedrückt hatten, trat Esther rasch an den Wagenkasten heran, knüpfte ein paar Schnüre auf und kam zu uns zurück, auf den Armen ein kleines weißes Lamm. Sie warf William einen scheuen Blick zu, als sie es liebkoste und an ihr Herz drückte, und dann, noch immer schweigend, gingen wir zusammen ins Haus. Das Lamm hatte zu blöken aufgehört. Es war schön mitanzusehen, wie Esther es auf den Armen trug.

Als wir im Haus angelangt waren, wurde Mrs. Todds Zurückhaltung durch einen Gefühlsausbruch überflutet. Sie nahm Esthers schmale Gestalt mitsamt dem Lamm, zog sie an ihr Herz und hielt sie so und küßte sie, wie sie vielleicht ein Kind geküßt haben würde, und dann reichte sie William die Hand, und sie wechselten den Friedenskuß miteinander. Es war so rührend, so zart, so frei von den üblichen Fesseln ihrer Scheu, daß Esther und ich unwillkürlich einen Blick glücklichen Einverständnisses tauschten. Nie sah ich eine junge Frau, die in ihrem Glück so ergreifend aussah, wie Esther am Tage ihrer Hochzeit.

Wir genossen zusammen den Kuchen und Wein des Hochzeitfestes, noch immer schweigend und wie ein Sakrament, und dann bemerkte ich zu meiner Überraschung, daß das öffentliche Interesse und die Anteilnahme an einem so großen Ereignis ihren Lauf nehmen mußten.

Ich schreckte vor dem Gedanken zurück, daß William etwa leiden müßte, aber er hieß alle Nachbarn von der ersten bis zur letzten Gruppe mit Herzlichkeit willkommen; und als sich endlich alle verabschiedet hatten – denn sie waren gedankenlos, die Zeitvertrödler von Dunnet Landing –, da ging ich mit Esther und William voller Freuden zum Wasser hinunter. Es war nur ein kurzer Weg, und freundliche Gesichter nickten glückwünschend aus den Fenstern, und liebe Stimmen erklangen aus den Haustüren.

Esther trug das Lamm auf dem Arm; sie hatte Zeit gefunden, mir zu erzählen, daß seine Mutter am Morgen gestorben sei und daß sie es nicht übers Herz bringen konnte, das kleine Ding allein zurückzulassen. Die andere Hand hatte sie auf Williams Arm gelegt und ging neben ihm her, bis wir zur Schiffslände kamen. Dann drückte er mir die Hand und blickte mir voll ins Gesicht, um sich zu überzeugen, daß ich wüßte, wie glücklich er war, und stieg ins Boot und hielt Esther die ausgebreiteten Arme entgegen – endlich war sie sein.

Ich sah zu, wie er Esther zu Füßen für das Lamm aus einem alten Fischermantel ein Nest machte, und danach legte er ihr ein Tuch um die Schultern, fand eine Nadel im Aufschlag seiner Sonntagsjacke und steckte es fest. Sie blickte ihn liebevoll an, während er es tat, und dann sah sie zu uns auf, und eine hübsche, mädchenhafte Farbe war ihr in die Wangen gestiegen.

Wir blieben beide da und blickten ihnen nach, wie sie weit auf die Bucht hinausfuhren. Die Maisonne stand bereits niedriger, doch es herrschte eine gleichmäßige Brise, und das Boot glitt tüchtig voran.

«Mutter wird schon nach ihnen Ausschau halten», sagte Mrs. Todd. «Ach ja, den ganzen Tag wird sie schon gewartet haben. Wie glücklich wird sie sein, daß Esther kommt.»

Wir gingen gemeinsam die Straße hinauf, und Mrs. Todd sprach nicht mehr; aber den ganzen Weg hielten wir uns bei der Hand.

DER BLICK ZURÜCK

Schließlich war es Spätsommerzeit geworden; das Haus war morgens kühl und feucht, und alles Licht schien durch grünes Laub zu sickern; doch beim ersten Schritt ins Freie hinaus legte mir der Sonnenschein stets eine warme Hand auf die Schulter, und der klare hohe Himmel schien sich rasch aufzutun, je mehr ich ihn ansah. Über der Küste lagerte kein herbstlicher Dunst und auch kein Augustnebel, sondern das Meer, der Himmel, die ganze lange Küstenlinie und die Berge im Hinterland mitsamt all ihren

Wachsmyrtenbüschen und Tannenspitzen wurden satter in der Farbe und schärfer in den Umrissen. In der Luft hing ein Leuchten, und auf dem Wasser und dem Gras der Weiden lag ein Glanz – ein nördliches Aussehen, das man, ausgenommen zu dieser Stunde des Jahres, nirgends so leicht finden kann. Der Sonnenschein eines nördlichen Sommers neigte sich seinem schönen Ende zu.

Die Tage in Dunnet Landing waren nun gezählt, und jeden einzelnen ließ ich so widerstrebend entgleiten, wie ein Geizhals seine Geldstücke ausgibt. Ich wünschte eine meiner ersten Wochen zurück, Wochen mit langen Stunden, in denen nichts geschah, außer dem Wachsen der Kräuter und dem Lauf der Sonne. Einst hatte ich nicht einmal gewußt, wohin ich spazieren sollte; jetzt gab es so viel herrliche Dinge zu tun und immer wieder zu tun, als ob ich in London gewesen wäre. Ich kam mir fast gehetzt vor bei all den reizenden Verabredungen, und die Tage flogen vorbei wie eine Handvoll Blumen, die man in den Seewind wirft.

Und dann mußte ich all meinen Freunden in Dunnet Landing und dem zur Heimat gewordenen kleinen Haus Lebwohl sagen und in die

Welt zurückkehren, in der ich mich wohl als Fremdling fühlen würde. Ein solches Sommerglück mag seine Einschränkungen haben, doch die Ungezwungenheit, die zur Einfachheit gehört, ist bezaubernd genug, um für das zu entschädigen, was – möglicherweise – einem einfachen Leben abgeht, und die Friedensgaben sind nicht für jene, die im dichtesten Kampfgetümmel stehen.

*

Ich sollte den kleinen, stets unpünktlichen Dampfer nehmen, der am Nachmittag aus der Bucht fährt, und ich saß ein Weilchen am Fenster und blickte auf den grünen Kräutergarten und sehnte mich nach Gesellschaft. Mrs. Todd hatte den ganzen Tag kaum gesprochen, und wenn, dann nur knapp und mißbilligend; es sah aus, als stünden wir dicht vor einem Streit. Es schien unmöglich, in Gelassenheit abzureisen. Endlich hörte ich einen Schritt, und als ich mich umblickte, stand Mrs. Todd in der Tür.

«Ich habe mich jetzt um alles gekümmert», sagte sie mit ungewöhnlich lauter und geschäftsmäßiger Stimme. «Ihre Koffer sind an die Schiffslände gebracht worden. Kapitän Bowden ist persönlich gekommen, um sie abzuholen, und er sorgt dafür, daß sie sicher an Bord gelangen. Ja, es ist alles vorbereitet», wiederholte sie mit sanfterer Stimme. «Die Sachen, die ich auf dem Küchentisch gelassen habe, tragen Sie wohl in der Hand; der Korb braucht nicht zurückgegeben zu werden. Ich glaube, ich gehe jetzt nach Port und frage, wie es der alten Mis' Edward Caplin geht.»

Ich blickte meiner Freundin ins Gesicht und sah einen Ausdruck, der mir ans Herz griff. Ich war schon vorher traurig genug gewesen, weil ich abreisen mußte.

«Sie werden mir wohl verzeihen, wenn ich nicht unten an der Schiffslände herumstehe, um Sie abfahren zu sehen», sagte sie und versuchte immer noch, schroff zu sprechen. «Ich sollte wirklich nach Port hinübergehen und mich nach Mis' Edward Caplin erkundigen; sie hat ihren dritten Schlag gehabt, und wenn Mutter am Sonntag herkommt, will sie sicher gern wissen, wie's der alten Dame geht.» Beim letzten Wort drehte sich Mrs. Todd um und verließ mich, als ob ihr plötzlich etwas eingefallen wäre, das sie vergessen hatte, so daß ich überzeugt war, sie würde wiederkommen, doch dann hörte ich, wie sie aus der Küchentür trat und den Gartenweg zur Pforte hinabging. So konnte ich nicht von ihr scheiden; ich lief ihr nach, um ihr Lebwohl zu sagen, aber sie schüttelte den Kopf und winkte mit der Hand, ohne sich umzusehen, sowie sie meine hastigen Schritte hörte, und ging die Straße hinunter.

Als ich wieder hineinging, war das kleine Haus plötzlich einsam geworden, und mein Zimmer sah so leer wie am Tage meiner Ankunft aus. Ich und all meine Sachen waren ihm schon gestorben, und ich wußte nun, wie es sein würde, wenn Mrs. Todd heimkehrte und sah, daß ihre Mieterin fort war. So sterben wir vor unsern Augen; so sehen wir ein paar Kapitel aus unserm Leben ihrem natürlichen Ende zueilen.

Ich fand die kleinen Päckchen auf dem Küchentisch. Da stand ein merkwürdiger Korb aus Westindien, den die Besitzerin sehr geliebt hatte, wie ich wußte, und den ich einmal bewundert hatte; daneben lag ein rührender Mundvorrat für mein Abendbrot auf See und ein hübsch gebundener Strauß Eberraute und ein Zweig von der Wachsmyrte, und dann noch ein kleines altes Lederetui mit der Korallennadel, die Nathan Todd von der Seereise heimgebracht hatte, um sie der armen Joanna zu schenken.

Ich hatte noch eine Stunde Zeit, und daher ging ich auf die Anhöhe oberhalb des Schulhauses und saß da und sann nach und blickte aufs Meer hinaus und paßte auf, ob der Dampfer in Sicht käme. Ich konnte Green Island sehen: klein und dunkel bewaldet lag es in der Ferne. Unter mir waren die Häuser des Dörfchens mit ihren Apfelbäumen und kleinen Stückchen Gartenland.

Und dann, als ich jenseits über das Weideland schaute, erhaschte ich einen letzten Blick auf Mrs. Todd, wie sie langsam auf dem Fußpfad weiterwanderte, der dem Ufer folgte und nach Port führte. Auf eine solche Entfernung kann man die großen, positiven Eigenschaften spüren, die einen Charakter ausmachen. Aus der Nähe schien Mrs. Todd tüchtig und warmherzig, und emsig in ihrem kleinen Gewerbe aufgehend, doch ihre ferne Gestalt schien allein und wie um einen Gefährten klagend und hatte doch etwas seltsam Selbstgenügsames und Rätselhaftes an sich. Dann und wann bückte sie sich, um etwas zu pflücken – vielleicht ihre geliebte Polei-Minze –, und schließlich verlor ich sie aus den Augen, als sie langsam eine höher gelegene Lichtung überquerte und hinter einem dunklen Wacholdergebüsch und den spitzen Tannen verschwand.

Als ich auf dem kleinen Küstendampfer abfuhr, hatten wir Seegang, so daß die Brandung an allen felsigen Klippen hochsprang. Ich stand an Deck und blickte zurück und sah den geschäftigen Möwen zu, die mitflogen und wendeten und gemeinsam auf langen Lufthängen zu Tal glitten und sich hastig trennten und auf die Wogen stürzten. Die Flut setzte ein, und mit ihr kamen viele kleine Fische herein, die nichts ahnten von den Silberblitzen der großen Vögel über ihnen und der Schnelligkeit ihrer wilden Schnäbel. Die See war voller Leben und Temperament, die Kämme der Wogen schnellten zurück, als wären sie so beschwingt wie die Möwen und als hätten sie wie die Möwen die Freiheit des Windes.

In der Hauptmeerenge fuhren wir an einem alten Fischer mit gebückten Schultern vorbei, der vor seinen Hummerkörben die Abendrunde machte. Er mühte sich mit kurzen Rudern weiter, und sein kleines Boot stieg und sank und stieg wieder auf den Wellen, die der Dampfer machte. Ich sah, daß es der alte Elijah Tilley war, und obwohl wir uns so lange fremd blieben, waren wir schließlich gute Freunde geworden, und ich wünschte, er hätte auf einen von seinen Kameraden gewartet, denn es war schwere Arbeit, durch grobe Seen an der Küste entlang zu rudern und allein die Hummerfallen zu versehen. Im Vorbeifahren winkte ich ihm und versuchte, ihn anzurufen, und er blickte auf und antwortete auf meinen Abschiedsgruß mit feierlichem Kopfnicken. Ein paar Minuten noch ragte der kleine Ort mit den hohen Masten seiner abgetakelten Schoner in der inneren Bucht hoch über die flache See, dann versank er in der Einförmigkeit des Ufers und wurde ununterscheidbar von anderen Orten, die auf dem ginstergrünen Steinstrand wie hingekrümelt erschienen.

Die kleineren Außeninseln der Bucht waren zwischen den Felsenbändern mit einem Rasen bedeckt, der so frisch wie das erste Frühlingsgras aussah; in der vergangenen Woche hatte es ein paarmal geregnet, und das dunklere Grün der Süßdolden war über alle Hochweiden verstreut. An Land sah es aus, als beginne der Sommer, obwohl die Schafe, die schon rund und warm in ihrer Winterwolle steckten und im Schein der tiefstehenden Nachmittagssonne längs der Hänge grasten, die eigentliche Jahreszeit verrieten. Nun begann der Wind zu wehen, und wir nahmen Kurs auf die offene See, um das lange, schützende Vorgebirge des Kaps zu umsegeln, und als ich noch einmal zurückblickte, verschwammen Vorgebirge und Inseln miteinander, und Dunnet Landing mit seiner ganzen Küstenlinie war nicht mehr zu sehen.

Nachwort

Sarah Orne Jewett, die von 1849 bis 1909 lebte, ist die bedeutendste Vertreterin des Regionalismus in der amerikanischen Literatur des neunzehnten Jahrhunderts. Ihre Vaterstadt ist South Berwick im Staate Maine in New England, wo noch heute das Haus ihrer Vorfahren aus dem Jahre 1774, im Kolonialstil erbaut und mit edlen antiken Möbeln eingerichtet, zu besichtigen ist. Dieses schöne alte Haus barg merkwürdige und seltsame Dinge aus fernen Ländern, die ihre Vorfahren, von denen manche zur See gegangen waren, von weiten Reisen auf Segelschiffen heimgebracht hatten. Daher fanden im Werk der Dichterin auch die Tage der Segelschiffahrt ihren Niederschlag.

«... irgendwie waren die Bewohner Dunnets doch mit fremden Ländern und deren Gesetzen bekannt und verstanden sich auf noch etwas mehr als nur auf den Kampf um einen Dorfschreiberposten. Sie hatten Sinn für Größenverhältnisse. Ja, sie lebten würdiger, und ihr Haus war besser bestellt, innen und außen. Vom sozialen Standpunkt betrachtet, ist das Ende der Segelschiffahrt ein schrecklicher Verlust für diesen Teil Neu-Englands!» läßt sie einen alten Seebären und Schiffskapitän ausrufen, deren es viele in ihren Erzählungen gibt. An andrer Stelle sagt der gleiche Kapitän Littlepage: «Ein Schiffer gewöhnt sich ohne weiteres das

Lesen an. Denn von einem Kapitän erwartet man, daß er Abstand zu seiner Mannschaft hält, und um etwas Unterhaltung zu haben, wendet er sich in langweiligen Tagen und Nächten seinen Büchern zu. So waren die meisten von uns alten Kapitänen auf irgendeinem Gebiet recht gründlich beschlagen.»

Auch ihr eigener Vater wurde in mancherlei Hinsicht sehr bedeutungsvoll für ihre Entwicklung, denn er war Arzt, und in ihrer Jugend begleitete sie ihn auf seinen Krankenvisiten und Fahrten über Land. Dabei lernte sie seine Patienten, die Bauern und Fischer, kennen, die in ihrer Landeinsamkeit zu liebenswert schrulligen Originalen wurden: sie freundete sich mit ihnen an, und selbst später, als die junge Sarah schon eine Dichterin geworden war, vertrauten sie ihr und ließen sie an ihren Sorgen teilhaben; denn sosehr sie sich für ihre Kunst interessierte, der Mensch mit seinen Leiden interessierte und bewegte sie noch stärker. So ist es nicht weiter erstaunlich, daß die hilfreiche Kräuterfrau Mrs. Todd in unserm Buch ‹Das Land der spitzen Tannen› zu einer Hauptfigur wurde, und «vielleicht waren es nicht nur die gewöhnlichen Leiden der Menschheit, die sie zu lindern versuchte; manchmal schien es, als ob sich auch für Liebe und Haß und Eifersucht und widrige Winde auf hoher See die geeigneten Mittel unter den seltsamen, wild aussehenden Pflanzen in Mrs. Todds Kräutergarten finden ließen.»

Ebenso wie die schlichten Menschen jener Gegend

lernte sie auf den Fahrten mit ihrem Vater die gemeinsame Heimat kennen, den Staat Maine, das ‹Land der spitzen Tannen›, eine wilde, romantische Landschaft voller Seen und Inseln und Buchten, bedeckt mit finsteren Tannenwäldern und lieblichen Bergweiden. Schon sehr früh begann sie, die nach den ersten Eindrücken gesammelten Beobachtungen in Skizzen niederzuschreiben. Daraus reifte dann in vielen Jahren ihre Kunst langsam wie edler Wein, bis sie im ‹Land der spitzen Tannen›, zu makelloser Dichtung kristallisiert, eine unübertreffliche Höhe erreichte.

Die Erzählungen, die sie von 1880 an in den besten Zeitschriften veröffentlichte, beweisen ihre sich stetig vertiefende Einsicht in den menschlichen Charakter, aber auch ihr stetig wachsendes schriftstellerisches Können, das zu vervollkommnen sie unablässig bemüht war. Die reichhaltige Bibliothek ihres Vaters gab ihr jede Gelegenheit zu ernsthaftem Studium. Anfänglich beeinflußten sie Jane Austen und Thackeray. Den Realismus der Franzosen studierte sie an Flaubert, Balzac und Zola und legte in ihren Briefen wiederholt treffende Urteile über Henry James und Tolstoi nieder. Im Jahre 1911 gab Annie Fields in Boston unter dem Titel *Letters of Sarah Orne Jewett* ihre Briefe heraus.

Auf William Dean Howells' Rat hin veröffentlichte die Dichterin im Jahre 1877 den ersten Band ihrer in acht Jahren gesammelten Erzählungen unter dem Titel *Deephaven* (Deephaven steht in diesem Buch für South

Berwick, ihre Vaterstadt). Von den in späteren Jahren folgenden Veröffentlichungen seien als wichtigste genannt: *Old Friends and New* 1879; *Country By-Ways* 1881; *The Mate of the Daylight and Friends Ashore* 1883; *A Marsh Island* 1885; *A White Heron* 1886; *The King of Folly Island* 1888; *Strangers and Wayfarers* 1890; *A Native of Winby* 1893; *The Country of the Pointed Firs* 1896; *The Tory Lover* 1901.

In dem Band *A Country Doctor* (1894) zeichnet sie das Lebensbild ihres Vaters, das auch autobiographisches Material enthält. Im Jahre 1925 gab Willa Cather einen Sammelband *The Best Stories of Sarah Orne Jewett* heraus, den sie mit einem Vorwort einleitet; der erste Teil des Doppelbandes ist ‹*Das Land der spitzen Tannen*›. Damit wurde wiederum die Aufmerksamkeit auf die Dichterin gelenkt, und ihr Werk erwarb sich neue Freunde zu den alten. In ihrem Vorwort erwähnt Willa Cather, daß ‹Das Land der spitzen Tannen› beim Tode der Autorin bis auf das Schlußkapitel vollendet war; immerhin fehlte es bei diesem Kapitel, ‹Williams Hochzeit›, wohl nur noch an einer letzten Abrundung und Überarbeitung. Alles Wesentliche ist jedenfalls vorhanden.

Für unser Buch wie auch für die Erzählungen hat die Dichterin als Hintergrund die herbe Schönheit des Staates Maine gewählt, doch zeigte es sich immer mehr, daß sie nicht als Heimatdichterin im üblichen, leicht herabsetzenden Sinn betrachtet werden darf. Wenn ihre Erzählungen auch mit starkem Lokalkolorit gemalte Bilder sind, so weist doch Prof. H. Straumann in seiner *American Literature in the Twentieth Century* darauf hin, daß «fast jeder amerikanische Erzähler irgendwie ein Regionalist ist, aus dem einfachen Grunde, weil die Mehrzahl der Autoren für ihren Stoff auf ihre eigene Erlebenswelt zurückgreifen muß, und da sie aus allen Teilen der Vereinigten Staaten stammen, haben sie hervorragend zu einer tieferen Kenntnis fast jeden Gebiets beigetragen und können so, einerlei, was ihre eigentliche Absicht ist, beinahe alle als Regionalisten betrachtet werden, da der Leser sich ein lebendiges Bild von ihrer Heimat machen kann. In manchen Fällen ist der Hintergrund besonders sorgfältig und persönlich behandelt worden».

Die Heimatdichtung entstand als Reaktion gegen den großstädtischen Materialismus und Geschäftsgeist, und – in New England – gegen die Hast des Lebensstils und die Abwanderung in den Westen. Dichterinnen pflegten nun das alte Kulturgut, die Tradition, und indem sie die Eigenart von Mensch und Landschaft schildern, wecken sie das Interesse an der engeren Heimat. In den Vereinigten Staaten wurde seit dem Bürgerkrieg der Regionalismus als Besinnung auf die ländlichen und natürlichen Wurzeln des Menschen bewußt gepflegt. Zunächst wurde jede charakteristische Einzelheit entweder sentimental oder humoristisch geschildert und auch in sprachlicher Hinsicht – in der Dialektdichtung –

die Konsequenz gezogen, bald jedoch wurde der Stoff aus realistisch einfühlender Sicht behandelt. Mit der Auffassung der Umgebung als Schicksal nähert sich der Regionalismus dem Naturalismus Europas. So entstand eine entweder volkstümlich genrehafte Heimatdichtung oder große Kunst.

Während beim reinen Regionalismus die Charaktere unter dem Druck und Zwang leiden, ein bestimmtes Gebiet repräsentieren zu müssen, erweist sich Sarah Orne Jewetts Werk als große Kunst, da die Dichterin an ihr Schaffen die höchsten Maßstäbe legt. Aus der anfänglichen Beobachtung eines Feriengastes reift die Kunst vom Berichten zum Gestalten: das Material wird gemeistert, die Einsicht in die Tragik oder Komik der Schicksale erwächst aus ihrer Einstellung sowohl zu den Menschen wie zu ihrem Schaffen. Ein Reporter kann über alles, was er sieht, gleich gut schreiben, doch ein Schriftsteller kann nur über das schreiben, was ihm, gemäß seiner Begabung, ‹liegt›. In einem Brief an Willa Cather, mit der sie befreundet war, schreibt Sarah Orne Jewett einmal: «Was unsern Geist viele Jahre hindurch plagt, bis es schließlich in einer gültigen Form zu Papier gebracht wird, das allein ist Dichtung – sei der Stoff nun großartig oder gering.» Denn die unmittelbare Wiedergabe von Eindrücken, auch die lebendigste und anschaulichste, kommt der langsam ausgereiften Dichtung nicht gleich und ist weniger kostbar. Nur deshalb wirkt die Geschichte vom ‹Land der spitzen

Tannen› so richtig und der Aufbau so unvermeidlich: der Aufbau ist die Geschichte, die Geschichte ist der Aufbau.

Im ‹Land der spitzen Tannen› ist jedes einzelne Kapitel ein Lebewesen, im Freien lebendig erhascht und von Licht und Freiheit und Lebensraum umgeben und so innig verschmolzen mit dem Land und dem Leben des Landes, bis es nicht mehr Kapitel eines Buches, sondern das Leben selber ist. Nur deshalb kann es auch so beglücken. «Die Schönheit der einzelnen Kapitel läßt sich nicht definieren, sondern nur nachempfinden wie eine schöne Melodie oder der Duft eines Sommergartens», sagt Willa Cather von ihnen, und sie fährt fort: «Die ihnen eigene Schönheit macht sie unvergänglich – was den gescheitesten Erzählungen mit den aufregendsten Situationen nie gelingen wird, da sie ja doch nicht so interessant sind, daß man sie wieder und immer wieder lesen möchte. Um ein so unvergänglich schönes und nobles Kunstwerk zu schaffen, muß der Dichter völlig in seinem Stoff aufgehen: aus Liebe zu seinem Stoff muß er sich opfern und untergehen, um neugeboren zu werden.» Das also ist das Geheimnis der Kunst Sarah Orne Jewetts – und aller wahrhaft großen Künstler –, sei ihr Stoff nun großartig oder sei er gering wie das herbe und karge Land an der Küste von Maine mitsamt seinen wunderlichen und liebenswerten Menschen.

Um dem Leser die Menschen und die Landschaft

nahezubringen, standen der Dichterin zwei Gaben zur Verfügung: die Kunst des Sehens und das Gehör. Sie sah alles, wie es wirklich war, und sie liebte alles, wie es war, weil sich ihrer Intuition und Einsicht der tiefere Sinn enthüllte. Auf der Insel der einsamen Klausnerin Joanna, die an die große Sünde glaubte, erkennt sie es: «Im Leben eines jeden von uns, so sagte ich mir, gibt es so ein abgelegenes Inselplätzchen, vorbehalten für immerwährende Trauer oder heimliches Glück. Einer wie der andre sind wir freundlose Klausner einer Stunde oder eines Tages; wir verstehen unsre Mitbrüder von der Zelle, einerlei, welchem Zeitalter der Geschichte sie angehören mögen.»

Auch ihrem Ohr blieb nichts verborgen, da sie von Kind auf die Sprache der Bauern und Fischer gehört hatte und ihre Ausdrucksweise und ihre Sprichwörter kannte und wiedergeben konnte, wobei uns auffällt, mit welchem versteckten Humor und in welcher Mannigfaltigkeit sie die Menschen sprechen läßt und mit wie knappen Mitteln sie die Landschaft schildert: in einem Stil von edler Einfachheit, die an Adalbert Stifters Prosa erinnert. Man höre nur, was sie über Esther und William sagt!

«Was Esther betraf, so hätte sie eine zu ihren Schafen zurückgekehrte Jeanne d'Arc sein können, die vom Alter berührt und grau von der Asche großer Erinnerungen war. Sie hatte einen Ausdruck schlichter Heiligkeit und ungeheuchelter Treue. Mein Herz war bewegt, als ich ihr einfaches, liebes Gesicht sah, das vom Wetter gegerbt, aber so sanft im Mienenspiel war, dazu ihre magere Gestalt in dem engen Kleid und die starke Hand, die einen Schäferstab umklammerte, und ich empfand für William eine neue Hochachtung: denn er, der schweigsame Farmer und Fischer, er allein kannte das edle und geduldige Herz, das in ihrer Brust schlug.»

Vornehme Schlichtheit ist überhaupt der Grundton ihres Stils, mit dem sie das Pathos von Vergänglichkeit und Wechsel selbst dieser abseitigen, stillen Schicksale aufklingen läßt. So gelingt es ihr, eine entschwundene oder entschwindende Vergangenheit zu beleben und unvergänglich zu machen in ihrem Werk, auf der gedruckten Seite, was nach Willa Cather ebenso schwierig ist, «als wenn man die zarteste Frühlingsblume aus dem dunklen Wald ins grelle Sonnenlicht holt, ohne ihre Blütenblätter zu verletzen».

Bei solcher Knappheit des Stils ist die Dichterin auch sparsam in der Anwendung von Bildern – wo sie aber erscheinen, sind sie von überraschender Schönheit. So sagt sie von rasch vergehenden Tagen: «Die Tage flogen vorbei wie Blumen, die man in den Seewind wirft.» Und von einer fernen Insel, auf die an einem grauen Abend eine Lanze goldnen Sonnenscheins fällt, heißt es: «Der jähe Lichtglanz der Sonne über jener alleräußersten Insel ließ sie wie eine unerwartete Offenbarung einer jenseitigen Welt erscheinen, die manche so nahe wähnen.» Ein andermal fällt der letzte rote Herbstabendsonnenschein auf die fernen Segel von Zweimastern, «so daß sie wie goldne Häuser auf der See standen.»

Trotz aller Intimität des Details wirken diese Landschaften nicht wie durch die Lupe gesehen, sondern wie aus großer Höhe aufgenommen. Alles Kleinliche schwindet. So schreibt sie über das Familientreffen der Bowdens: «Wir hätten eine Gruppe alter Griechen sein können, die auszogen, um einen Sieg zu feiern oder um oben im Hain den Erntegöttern zu opfern. Es war merkwürdig ergreifend, all das mitanzusehen und ein Teil davon zu sein. Der Himmel und das Meer haben so lange schon die arme Menschheit bei ihren Zeremonien beobachtet; wir waren nicht länger eine Familie Neu-Englands, die ihr eigenes Bestehen und ihr schlichtes Gedeihen feierte – wir trugen Banner und Erbe all solcher Familien, von denen diese hier abstammte, und waren nur die letzten unsrer Linie. Wir besaßen die Instinkte einer fernen, vergessenen Kindheit; im stillen dachte ich, wir sollten grüne Zweige tragen und im Weiterschreiten singen.» Ebenso großartig wird uns der weite Rundblick von der obersten Kuppe der Außeninsel vermittelt: «... ein Gefühl von Freiheit in Raum und Zeit ...»

Was uns von diesen Landschaftsbildern bleibt, ist ein Duft – der Duft verlassener Inseln, der Duft eines Kräutergartens, den die Seebrise durchs offene Fenster ins Haus trägt, oder der starke Geruch des Meeres: «Die

Flut setzte ein, und mit ihr kamen viele kleine Fische herein, die nichts ahnten von den Silberblitzen der großen Vögel über ihnen und von der Schnelligkeit ihrer wilden Schnäbel. Die See war voller Leben und Temperament, die Kämme der Wogen schnellten zurück, als wären sie so beschwingt wie die Möwen und als hätten sie wie die Möwen die Freiheit des Windes.» Die Dichterin versteht sich eben auf den wahren Realismus: sie kann trotz aller Stärke miterlebenden Gefühls den künstlerischen Abstand wahren.

Was bei ihr von der Landschaft gilt, das gilt auch von ihren Charakteren. In ihrer Sensibilität fängt sie jedes Wort, jede Geste und Miene ihrer Helden auf – und weiß doch gleichzeitig, daß alles nur ein Faden im Gewebe des Ganzen ist. «Das Gefühl darf nie zur Sentimentalität absinken», rät sie der jüngeren Willa Cather, «sonst schreiben Sie bloß über das Leben, anstatt das Leben selbst zu schreiben.» Nachdem sie im ‹Land der spitzen Tannen› die Heldin von ihrer unglücklichen Liebe erzählen ließ, schließt sie mit ihrem eigenen Eindruck: «Sie stand im Mittelpunkt eines runden, geflochtenen Teppichs, und im ungewissen Licht schienen die grauen und schwarzen Ringe um ihre Füße zu kreisen. Ihre hohe, kräftige Gestalt in dem niedrigen Zimmer verlieh ihr das Aussehen einer riesigen Sibylle. Vom Gärtchen wehte der seltsame Duft des geheimnisvollen Krautes herein.» Auch für Eigenbrötler hegt sie große Sympathie: Mrs. Fosdick und Almiry unterhalten sich darüber. «Was für eine Menge komischer Leute es doch hier gegeben hat, Almiry, als wir jung waren! Jetzt sind sie einer wie der andre: keiner, über den man lacht, und keiner, über den man weint.» Worauf Almiry erwidert: «Es war einfach mehr Lebenslust da, und bei manchen nahm die Lebenslust eine seltsame Wendung. Heutzutage sind die Leute bloß alle Nachäffer und haben eine Todesangst, anders als alle zu sein; was aber die alten Leute von damals sind, die beteten noch drum, daß sie nur ja nicht alle gleich wären.»

Die selben Menschen erscheinen der Dichterin aber auch von antiker Größe: «Sie blickte von mir fort, und dann erhob sie sich und ging allein weiter. Es war etwas Einsames und Verlassenes um ihre große, entschlossene Gestalt. Sie hätte Antigone sein können, Antigone allein auf der Ebene von Theben. Es wird einem nicht oft gegeben in dieser lärmenden Welt, zu den Orten großen Grams und Schweigens zu kommen. Ein absoluter, ein archaischer Gram hielt diese ländliche Frau in Bann; sie schien mit all ihrem Leid und der Weltferne ihres Alltags voll geschäftiger ländlicher einfacher Dinge und der Düfte urzeitlicher Kräuter wie die Wiedergeburt einer historischen Menschenseele.»

Trotzdem sind es Menschen, die dem Boden eines Landes entwuchsen, das ihrem Herzen nahesteht – keine außergewöhnlichen Charaktere, die sich ihrer Umgebung nicht einfügen können. In einsamen Farmen, auf Bergweiden und zwischen Wacholder und Tannen und in schmucken, altersgrauen Bauernhäusern leben ihre reizenden, unvergeßlichen alten Männer und Frauen, von Generationen von Seefahrerahnen her mit dem Hauch der Ferne umwittert und voll kaum glaublicher Erlebnisse, denen wir doch unweigerlich Glauben schenken müssen und wollen, sei es nun dem Kapitän Littlepage und seiner Zwischenstation zum Jenseits oder sei es der ‹Zwillingsschwester der Königin›, deren starkes inneres Erleben für sie zu einer greifbaren Realität wird, wie es auch Mrs. Todd in ihrer Antwort bestätigt: «Das beweist doch wieder mal, daß für Leute mit ein bißchen Phantasie solche wunderschönen Träumereien erst das wahre Leben sind.»

So werden die Schranken von Raum und Zeit aufgelöst: unbeschwert durch groben Materialismus und die Gefahr, zu veralten, weist das Meisterwerk in die Zukunft, ja, es ist eine Botschaft an die Zukunft, wie Willa Cather erklärt, weil es in einer universalen Sprache geschrieben ist – eine Botschaft von der Unvergänglichkeit des gütigen Menschenherzens. Und das ist es auch, was uns immer wieder nach diesem kleinen Kunstwerk greifen läßt: die Güte, die von Menschen wie der geduldigen Schäferin, dem schweigsamen Fischer, der feinen alten Inselfrau Mrs. Blackett ausstrahlt. Das Buch ist Versprechen und Bestätigung zugleich. Was Wunder, daß es das Lieblingsbuch so vieler Amerikaner ist?

Elisabeth Schnack

manesse im dtv

Weihnachten · Prosa aus der Weltliteratur / dtv 24000

Kinder in der Weltliteratur / dtv 24001

Legenden der Maya
von Antonio Mediz Bolio.
Mit 120 Illustrationen / dtv 24002

Die steinerne Blume
Märchen russischer Dichter / dtv 24003

Chinesische Geister- und Liebesgeschichten
Ausgewählt von Martin Buber.
Mit 17 Illustrationen / dtv 24004

Das Kopfkissenbuch der Hofdame Sei Shonagon
Mit 50 Illustrationen / dtv 24005

Arthur Conan Doyle
Sherlock-Holmes-Geschichten / dtv 24006

Christian Morgenstern · Sämtliche Galgenlieder / dtv 24007

Anton Tschechow · Meisternovellen / dtv 24008

August Strindberg · Meistererzählungen / dtv 24009

Emily Brontë · Sturmhöhe / dtv 24010

Mark Twain · Meistererzählungen / dtv 24011

Jane Austen · Stolz und Vorurteil
Roman / dtv 24012

Maxim Gorki
Meisternovellen / dtv 24013

Mary Shelley · Frankenstein
Roman / dtv 24014

Honoré de Balzac · Eine dunkle Affäre
Roman / dtv 24015

Theodor Storm · Meistererzählungen /dtv 24016

Henry James · Die Drehung der Schraube
dtv 24017

manesse im dtv

Tuti-Nameh · Das Papageienbuch
Nach der türkischen Fassung übertragen von Georg Rosen
Nachwort von J. Christoph Bürgel
dtv 24018 (April 1993)

Inseln in der Weltliteratur
Herausgegeben von Anne Marie Fröhlich
Nachwort von Federico Hindermann
Mit 26 Illustrationen
dtv 24019 (Mai 1993)

Guy de Maupassant · Fünfzig Novellen
Ausgewählt und übersetzt von N. O. Scarpi
Nachwort von Joseph Halperin
dtv 24020 (Juni 1993)

Jerome K. Jerome · Drei Mann in einem Boot
Ganz zu schweigen vom Hund!
Aus dem Englischen übertragen von Trude Fein
Nachwort von Ernst Leisi
dtv 24021 (Juli 1993)

Irische Erzähler
Auswahl und Übertragung von Elisabeth Schnack
Nachwort von Sean O'Faolain
dtv 24022 (August 1993)

Jane Austen · Mansfield Park
Roman
Aus dem Englischen übersetzt von Trude Fein
Nachwort von Max Wildi
dtv 24023 (September 1993)